forever devoted

Christina Daron

Vorwort

Nackt sitzt er auf dem Rand des Bettes, sein Glied steinhart, geschwollen, nass von ihrem Speichel, während sie zwischen seinen Beinen kniet, geduldig wartend, bis er sie auffordert aufzustehen.

Sie sieht, dass er mit sich ringt. Dieser große, schwarze, sehnige Mann, hart wie Stahl und ein vollendeter Gentleman, hadert mit sich und den Emotionen, die sie in ihm hervorruft.

Er beugt sich vor, packt ihren Hinterkopf und zieht sie an den Haaren ein Stück hoch. Sie wimmert. Sie ist seinem gemeißelten Gesicht so nah, dass sie an seinen Lippen wimmert, sich nach seinem Mund sehnt, den er ihr verwehrt.

Sie legt ihre Hände auf seinen Oberschenkeln ab, stützt sich so.

„Wem gehörst du?", knurrt er. Seine Stimme ist heiser, als wären seine Stimmbänder belegt.

„Dir", flüstert sie an seinen Lippen.

„Wem?"

„Dir!", sagt sie lauter. Sie hört sein Bedürfnis, es zu hören, und sein Gesicht verschwimmt vor ihren Augen. Tränen steigen in ihr auf, als würde sie den Sturm, der in ihm tobt, spüren.

Ein Gefühlschaos bricht sich Bahn.

Er rutscht zurück, setzt sich richtig aufs Bett und zieht sie an den Haaren mit, ihre Kopfhaut schmerzt bereits.

„Reite meinen Schwanz und präsentiere deine feuchte Muschi deinem Mann", befiehlt er.

Sie blinzelt. Bisher hat nur ihr Mann sich das Recht rausgenommen, ihren Arsch zu besteigen.

„Tu, was er sagt", tönt es aus der Ecke, in der ihr Mann nackt im Sessel sitzt und ihr dabei zugesehen hat, wie der Schwarze sie geleckt und gefickt und wie sie ihm den Schwanz gelutscht hat.

Sie schluckt. Sie dreht sich, das lederne Halsband mit den langen Bändern dran reizt ihre Haut, und die Bänder streifen ihre harten Nippel. Sie weiß genau, wie sehr ihr Mann auf Leder steht, deswegen trägt sie jetzt auch lederne Handschuhe, maßgeschneidert, hauchdünn.

„Komm her", raunt der Schwarze sanft, fast zärtlich zieht er sie zu sich. Er nimmt die Tube Gleitgel und schmiert es sich erst auf den Schwanz und dann auf ihr Loch.
Sie zittert vor Erregung und Nervosität.
Von ihrem Mann ist sie bereits mit großen Dildos penetriert worden, um ihr den Analverkehr zu erleichtern, aber sie zuckt, als sie hinabgleitet und die dicke schwarze Eichel Einlass fordert.
„Das machst du gut", raunt er, greift zwischen ihre Beine und reibt ihren Kitzler.
Sie stützt sich auf seine Knie, beugt sich vor, um eine bessere Position zu finden. Ihr bleibt die Luft weg, sie zittert stärker vor Lust und Schmerz, und seine Finger reiben sie weiter.
Er steckt bis zum Anschlag in ihr drin. Sie traut sich gar nicht, sich zu bewegen, lehnt sich erst mal an die breite, muskulöse Brust.
„Das machst du sehr gut", wird sie gelobt. Er knabbert an ihrem Ohrläppchen, sie seufzt. „Präsentiere
dich deinem Mann." Er erhöht den Druck auf ihren Kitzler, sie stöhnt lauter, legt den Kopf auf seine Schulter und spreizt die Beine. „Du bist so feucht", keucht er. „Irgendwann bringen wir dich dazu, abzuspritzen. Ich liebe es, wenn Frauen ihre Lust verteilen."
„Und ich werde da sein und sie trinken." Auf einmal steht ihr Mann fast unbemerkt direkt vor ihr.
„Das wirst du, nicht wahr?" Sie greift nach seiner Hand, die er sofort ergreift.
„Ich werde immer da sein", verspricht er ihr, streicht mit dem Daumen über den Ring an ihrem Ringfinger, den sie sich extra über den Handschuh gezogen hat. Er geht in die Knie, immer noch ihre Hand festhaltend, und presst sein Gesicht an ihre Pussy, während der andere ihr Lustzentrum bearbeitet.
Das wird zu viel für sie, sie muss sich bewegen, als sie merkt, dass ein schwerer Arm um ihre Hüften liegt.
„Nicht bewegen."
Ihr Mann leckt nur kurz über ihre Pussy. Nur ein Zungenschlag – und sie bebt. Er steht auf, nickt dem Mann zu, und dieser legt sich mit dem Rücken aufs Bett, während ihr

Mann seine Hand aufs Knie legt und ihr Bein zur Seite drückt, dann beugt er sich vor. Er stellt sich zwischen ihre Beine, während der andere seine Füße auf die Bettkante gestellt hat, sodass er noch tiefer in sie eindringen kann.

„Wem gehörst du?", stellt er dieselbe Frage, die zuvor gestellt wurde. Seine Eichel ist geschwollen, glänzt von seiner Lust und pocht an ihrer Pussy.

Sie keucht, seufzt und stöhnt gleichzeitig, als der Schwarze beginnt, in sie zu stoßen, während ein zweiter gleich ihre Pussy ausfüllen wird.

„Wem du gehörst, hab ich gefragt!", sagt er mit schneidender Stimme und krallt sich ihr Kinn.

„Dir. Dir gehöre ich!", wimmert sie, dann schreit sie auf, als er mit einem einzigen harten Stoß seinen Schwanz in ihren Körper versenkt.

Punkte flimmern vor ihrem Auge.

Sie fühlt sich ausgefüllt, der nächste Höhepunkt rollt an, und ihr Haar klebt ihr im Gesicht, auf dem Rücken, überall, wo es auf nasse, verschwitzte Haut trifft.

Sie sieht in die Augen ihres Mannes, die vor Emotionen dunkel glänzen.

„Und wem gehörst du jetzt?", fragt ihr Mann mit heiserer Stimme.

Tränen benetzen ihre Wangen, sie schluchzt. Bevor sie ihrem Mann über den Weg lief, war sie ein kleines, naives Dummchen im Vergleich zu heute. Ihr Horizont konnte sich gar nicht so weit erweitern, weil sie von den tiefen, sexuellen Abgründen keine Ahnung hatte.

„Euch beiden!", schreit sie voller Hingabe.

„Vergiss das niemals!", sagt ihr Mann beinahe warnend, als wüsste er schon, was für eine Entscheidung sie demnächst träfe, bevor sie es auch nur ahnte.

Nein, wie könnte sie ihre Männer jemals vergessen?!

Kapitel 1

Sophie

„Ach, verdammte Scheiße", fluche ich. „Das waren meine letzten zehn Mäuse."

Die Kerle und Frauen, allesamt in Schwarz gekleidet, lachen schadenfroh.

„Kleines, du hast das Pokern nicht erfunden", lacht Timothy. „Du verrätst viel zu viel."

Ich runzle die Stirn. „Wie denn? Ich sag doch gar nichts."

Timothy schüttelt missbilligend den Kopf. „Ich meinte damit dein Gesicht. Hast du ein gutes Blatt auf der Hand, ziehst du deine Augenbrauen hoch …"

„Tu ich nicht!"

Die drei Männer und die fremde Frau nicken synchron, und beinahe zeitgleich sagen sie, dass ich es doch täte.

Meine Wangen färben sich rot, und ich beiße mir auf die Unterlippe. „Ich sollte mich nicht ständig von euch zum Pokern überreden lassen. Wollen wir hoffen, dass Sid noch Bier dahat", murre ich.

Ich schmeiße meine zehn Dollar in die Mitte des Tisches, wo bereits ein kleiner Haufen Scheine liegt. Die Kerle grölen mir noch Sachen hinterher, die in ihren Augen aufmunternd sein sollen.

Arschlöcher.

Und doch grinse ich in mich hinein, weil es mir zu sehr Spaß macht, mit der Meute zusammen zu sein.

„Na, wieder verloren?" Sid sieht mich spöttisch an und öffnet eine Flasche. „Das Bier geht auf mich."

„Danke." Ich nehme das Bier, proste ihm zu und nehme einen tiefen Schluck. „Ah, das tut gut."

Ich hole mein Handy aus dem Blazer, sehe auf die Uhr und gähne automatisch, als ich sehe, wie spät es ist.

„Erwartest du noch einen wichtigen Anruf?", fragt Sid.

Ich nicke und reibe mir die Augenwinkel. „Mein Boss ist auf so einem wichtigen Charity-Ball. Ich warte auf eine Nachricht, dass ich ihn endlich abholen kann." Trotz der späten Stunde

macht der Job mir unfassbar viel Spaß, obwohl ich mir nie
sicher bin, ob mein Chef sich nur in Grauzonen bewegt oder
bereits auf illegalem Wege wandelt. Aber das hat mich nicht zu
interessieren, und ich will es auch nicht wissen, dafür werde
ich viel zu gut bezahlt, als dass ich Fragen stellen würde.
Es ist laut und stickig in der Bar; es ist Samstagnacht. Die Bar
ist weder schick noch wirklich stilvoll eingerichtet, aber
trotzdem hat sie was Heimeliges, sodass ich immer wieder
hierherkomme. Bei Sid fühle ich mich wie eine kleine
Schwester, die vom großen Bruder bevormundet wird, weil sie
sich mit zwielichtigen Typen abgibt, wie Sid behauptet.
Viele von den Kneipenbesuchern, die nicht so aussehen, als
würden sie Sonntagmorgen in der Küche stehen und Kuchen
für die Schule ihrer Kinder backen, sind fast ausschließlich in
Schwarz gekleidet. Oft in Lederkluft oder in abgewetzten
Sachen, deren gute Jahre weit, weit zurückliegen.
Die anderen und ich dagegen sehen aus wie geleckt. Wenn
jemand Neues die Bar betritt, kann er ohne zu zögern genau
sagen, wer von den Anwesenden die Chauffeure sind.
Ich selbst trage eine enganliegende weiße Bluse, eine schwarze
Krawatte, eine schwarze enge Stoffhose und Lackschuhe. Ich
liebe diesen Look. Meine dunklen Haare sind zu einem Knoten
im Nacken gebunden, da ich sie im Dienst selten offen trage.
Mein schwarzer Blazer hängt über dem Barhocker, auf dem ich
sitze. Die Männer unter den Chauffeuren tragen oft eine Weste
unter ihrer Anzugjacke, und über die Monate hinweg, in denen
ich meine Kollegen näher kennenlernte, habe ich auch gelernt,
dass manche von ihnen sogar Waffen mit sich tragen.
„Hey, Babe", flüstert mir jemand ins Ohr. Ich drehe mich auf
dem Hocker.
„Baby", rufe ich freudig aus, und wir umarmen uns.
Honey, so heißt mein Baby, lernte ich durch meinen Job
kennen. Wenn Events wie Charitys stattfinden, gibt es oft
irgendwo eine Bar, in der sich die Chauffeure tummeln, bis der
Anruf des Arbeitgebers eingeht und man sich vom Acker
machen muss.
So wie Honey.

Honey begegnete ich vor gut drei Monaten. Sie fragte mich nach meinem Namen, und sie entschied kurzerhand, mich mit Babe anzusprechen. Warum sie das tat, war mir ein einziges Rätsel, also begann ich, sie mit Baby anzusprechen.
Baby hat die Seiten kurzgeschoren, auf ihrem Kopf kringeln sich dicke, blonde Locken. Sie hat sich heute ein rotes Tuch um den Kopf gewickelt, das sie vorne auf ihrer Stirn zu einem Knoten gebunden hat; es ist farblich auf ihre Krawatte abgestimmt. Sie trägt eine schwarze, hautenge Bluse, dazu einen Blazer, dessen Ärmel umgekrempelt sind, sodass der weiße, mit feinen schwarzen Streifen durchzogene Innenstoff zu sehen ist.
Ihre gebräunte Haut kommt gut zur Geltung. Ich vermute ja immer noch, dass sie ein Sonnenstudio besucht, weil ihre Bräune einfach zu gleichmäßig, zu nahtlos ist.
Ich bin neidisch auf ihre Farbe, weil meine Haut Sonne abstößt wie ein beschissener Vampir. Honey versuchte mich zu trösten, indem sie mal behauptete, dass ich eine edle helle Haut hätte und nicht eine Leichenblässe wie Stubenhocker. *Danke, Honey.*
Baby verzieht ihre tiefrot geschminkten Lippen zu einem Grinsen, ihre weißen Zähne kommen strahlend zur Geltung, sie dreht am silbernen Ring in ihrem linken Nasenflügel.
„Na, Babe, wie geht's dir? – Sid, ein Bier, bitte."
Sie setzt sich direkt neben mich, nimmt von Sid das Bier entgegen und prostet mir zu.
Ich zucke mit den Schultern. „Kann nicht klagen, warte auf den Anruf, damit ich endlich Feierabend machen kann."
„Willkommen im Club", sagt sie. „Es wundert mich, dass mein alter Herr so lange durchhält."
Wir lachen. Ihr Boss, den sie als alten Herrn bezeichnet, ist ein Mittsiebziger und sieht aus wie ein alter Kauz. Sein strohweißes Haar steht in alle Himmelsrichtungen ab, und die Anzüge, die er trägt, sind ihm zwei Nummern zu groß, sodass er ständig in ihnen versinkt.
„Ich hab dir doch erzählt, dass er des Öfteren vergisst, dass er mir eine Tankkarte gegeben hat, und er steckt mir hier und da fünfzig Mäuse zu."

Ich nicke artig und sie steckt ihre Hand in die Tasche ihres
Blazers.
„Hat er heute wieder vergessen. Das Bier geht auf mich."
Wir lachen.
„Mein Herr würde nie im Leben so etwas vergessen", murre
ich.
„Dafür bekommst du 'ne Runde Sex von ihm; das kann ich
kaum von meinem behaupten."
„Oh, ja, den bekomme ich", sage ich im plötzlich
schwärmerischen Ton. Chris ist gut gebaut, einnehmend und
zum Glück unkompliziert. „Baby, dieser Mann weiß, wie er
eine Frau im Bett beglückt."
„Ich wünschte, ich könnte einen Blick auf seinen Schwanz
erhaschen." Honey blickt verträumt ihre Flasche an. „Nur
einen Blick."
Ich lache. „Ich hab dir zwar gesagt, dass Chris verflucht gut
gebaut ist, aber mit einer Flasche kann er es nicht aufnehmen."
Honey lacht.
„Weißt du, was er mir letztens vorgeschlagen hat? Ich soll bei
ihm einziehen."
Sie verschluckt sich am Bier. „Ich dachte, ihr hättet nur was
Lockeres am Laufen?"
„Haben wir auch. Er schlug es vor, weil ich es so einfacher zur
Arbeit hätte und …"
„… er dich so direkt vereinnahmen kann", beendet Honey
meinen Satz. „Willst du wirklich mit deinem Boss unter einem
Dach wohnen?"
Ich zucke wieder mit den Schultern. „Es war nur so ein
Gedanke. Ich würde mir die Miete sparen, könnte Geld zur
Seite legen."
Honey greift nach meiner Hand. „An deiner Stelle würde ich
es mir gut überlegen." Sie streichelt mit den Daumen meinen
Handrücken, was mir nicht unangenehm ist. Ich weiß, dass
Honey auf Männer wie auf Frauen steht, und mir ist bewusst,
dass sie sich zu mir hingezogen fühlt.
Noch vor einigen Nächten standen wir wild küssend in der
Ecke einer Gasse, beide hatten wir zu viel getrunken. Wir sind
unterbrochen worden, von anderen betrunkenen Gästen, die

uns johlend nachriefen. Ich weiß nicht, wo uns das noch
hingeführt hätte, wären wir unter uns geblieben. Und ja, ich
war nicht abgeneigt. Es prickelt im Schritt, als ich
zurückdenke, und ein heißer Schauer jagt mir über den
Rücken.
Ich lächle sie an, will etwas sagen, aber in diesem Moment
klingelt mein Handy. „Da muss ich drangehen." Ich rutsche
vom Hocker, werfe mir den Blazer über und nehme den Anruf
entgegen, als ich gerade durch die Tür nach draußen gehe.
„Sir?"
„Ich möchte, dass Sie mich in zwanzig Minuten abholen
kommen."
Der Anruf ist beendet, ehe ich bestätigen kann. Ich gehe zurück
in die Bar, verabschiede mich von Honey und Sid, und dann
husche ich über die nasse Straße; es hat sich merklich
abgekühlt. Es ist September, der Sommer ist zu Ende, die
Nächte werden kälter. Ich habe abseits der Bar geparkt, weil
vor ihr kein Platz mehr war. Ich zücke den Schlüssel, gehe um
die Ecke und drücke die Taste auf dem Autoschlüssel. Der
schwarze Mercedes, A-Klasse, leuchtet hell auf.
Chris wechselt die Autos wie seine Unterwäsche – er hat zehn
Autos in seiner Garage geparkt, die er extra unter seinem Haus
anfertigen ließ. Davon sind zwei Stretch-Limousinen, auf die er
heute keine Lust hatte. Ich steige ein und fahre kurz darauf los,
nachdem ich Spotify auf dem Display des Multimediasystems
aufgerufen und die Ambientebeleuchtung auf Nachtblau
eingestellt habe. So macht Autofahren Spaß.

Kapitel 2

Hunter

Diese Charity-Veranstaltungen sind zum Kotzen. Überall Glamour, Glitzer, funkelnde Diamanten, die man scheinbar tragen muss, um Kindern in Afrika zu helfen. Ich seufze genervt.

Mr. Moffett suchte mich vor etwa einer Woche in meinem Büro auf, weil er sich in Kreisen bewegt, die seinen Tod wollen. Gut, das ist nichts Neues, was ich von ihm höre, weil die meisten meiner Klienten vom Tod bedroht werden und mich deshalb aufsuchen.

Ich bezeichne mich gerne als Bodyguard mit gewissen Extras – in diesem Fall bedeutet es, dass ich bereit bin, Menschen zu töten. Als Ex-Söldner weiß ich, wie sowas vonstattengeht. Meine Angestellten kommen aus einem ähnlichen Umfeld, und sie wussten von Anfang an, worauf sie sich einließen.

Da saß nun der blonde Schönling in seinem teuren Anzug vor mir, lächelte leicht und kramte in seiner Anzugjacke, bis er etwas hervorholte, das abrupt meine Meinung zum neuen Auftrag änderte.

„Das ist nur ein Vorgeschmack auf das, was Sie am Ende bekommen." Ohne mit der Wimper zu zucken, knallte er mir ein großes Bündel Einhundert-Dollar-Scheine auf den Schreibtisch, und ich sagte zu. Ich mag Geld – warum daraus einen Hehl machen?

Es ist Samstagabend, weit nach Mitternacht. Die Frauen sind beschwipst, die Männer angenehm vom Champagner betrunken. Ich konnte schon die ganze Zeit beobachten, dass die Schnösel nichts Hartes trinken oder mal so was wie Bier. Weicheier.

Ich entdecke Lafayette in der Masse, der die bewundernden Blicke der Damen komplett ignoriert. Der Typ, muss ich neidvoll feststellen, sieht wie ein schwarzer Panther im Anzug aus. Seine Haut ist dunkel, sehr dunkel, dazu sein gestählter

Körper und seine braunen Augen, in denen das Weiße
aufgrund des starken Kontrasts blendend erscheint.
Er bewegt sich geschmeidig zwischen den Gästen, scannt den
Raum und schielt zu Moffett, um ihn im Blick zu haben, dann
kommt er zu mir.
„Du siehst aus, als würde der Anzug dich verbrennen", sagt
Lafayette. „Du solltest geschmeidiger werden."
Ich werfe ihm einen scharfen Blick zu. „Du kannst mich mal."
„Nein, ehrlich, wenn du dem Anzug mal mehr Respekt
erweisen würdest, der so nebenbei ein Heidengeld gekostet
hat, würdest du auch merken und erkennen, welche Türen
oder Beine sich für dich öffnen würden."
Spöttisch ziehe ich eine Braue hoch. „Ach, ist das so?"
Lafayette schüttelt missbilligend den Kopf, steckt seine Hand
in die Innentasche seines Jacketts und holt abgerissene Stücke
von Servierten und Papier hervor.
Ich lache auf. „Dein Ernst?" Ich nehme die Stücke und zähle sie
durch. „Ernsthaft? Zehn Nummern von Frauen?"
„Und eine von einem Typen." Lafayette scheint fassungslos
drüber zu sein. „Sieh mich an! Seh ich aus, als würde ich auf
Männer stehen?"
Für einen Moment schauen wir verlegen zur Seite. Da gab es
die Sache zwischen uns, über die wir nie gesprochen haben.
Und insbesondere ich vermeide das Thema.
Ich räuspere mich stark. „Wieso hast du dann seine Nummer
genommen?"
Er zuckt mit den Schultern. „Ich hätte ihm den Kopf abreißen
können, aber so viel Mut musste ich würdigen."
„Und wie genau willst du das würdigen?" Ich grinse.
„Halt's Maul", knurrt Lafayette. „Da war ein Mädel bei, das ich
heute noch besuchen werde."
Er grinst anzüglich, ich schüttle den Kopf. „Professionalität
sieht anders aus."
Wieder dieses Schulterzucken. „Ich kann durchaus Arbeit mit
Vergnügen kombinieren. Das solltest du auch mal versuchen.
Ach, guck mal, Moffett scheint gehen zu wollen."
Wir machen uns gemeinsam auf den Weg zu ihm, bereden uns
kurz, dann geht's nach draußen. Mir ist bewusst, dass mein

schwarzer Freund hier und ich Blicke auf uns ziehen, und es sind nicht nur anzügliche. Egal ob Mann oder Frau, einige von ihnen sehen uns an, als würden wir sie jeden Moment beklauen wollen oder umbringen. Solche Blicke lassen sich schwer interpretieren.

„Meine Chauffeurin müsste gleich da sein", sagt Moffett. „Ich hab ihr Bescheid gegeben."

Er nimmt der Frau aus der Garderobe den Mantel ab und zieht ihn sich über, lässt ihn aber vorne offen.

Wir verlassen gerade das Gebäude und sind im Begriff, die Stufe hinabzusteigen, als jemand Moffetts Namen ruft. Ich mustere den Mann von oben bis unten, auch Lafayette tut das, und als würden wir uns gedanklich absprechen, greifen wir synchron zu unseren Waffen, ohne sie zu zücken. Erst einmal abwarten, ehe wir vor versammelter Mannschaft rumballern.

„Zu so später Stunde noch unterwegs?", fragt Moffett süffisant. „Ihre Frau wird Sie sicherlich vermissen." Er lacht, als hätte er einen Witz gemacht.

Der Fremde verzieht seine Lippen zu einem kalten Grinsen.

„Meine Frau wartet schon sehnlichst auf ihren Gatten. Aber ich bin nicht hier, um mit Ihnen über meine Frau zu sprechen. Wie ich hörte, strecken Sie ihre Fühler aus, suchen nach neuen Geschäftszweigen."

Hinter dem Kerl tauchen urplötzlich drei übel aussehende Gestalten auf. Sämtliche Alarmglocken schrillen in mir auf, und ich wechsle kurz Blicke mit Lafayette, der kaum merklich nickt. Wir sind in Alarmbereitschaft, aber solange die drei Typen keine Anstalten machen, werden wir auch keine machen.

Der Fremde macht einen Schritt auf Moffett zu.

„Das ist nah genug", knurre ich und stelle mich direkt neben Moffett.

Ich werde abschätzig gemustert, was auf Gegenseitigkeit beruht.

„Ich wollte Ihnen gerne zur Seite stehen, falls Sie eine umfassende Beratung brauchen, Mr. Moffett." Er zückt eine Visitenkarte und hält sie ihm hin; Moffett nimmt sie nur widerwillig entgegen. „Rufen Sie mich an. Schönen Abend noch, wünsche ich."

„Wer war das?", frage ich ihn, nachdem der Typ außer Hörweite ist.

„Das, meine Herren, ist der Mann, der meinen Tod will."
„Wir müssen uns dringend unterhalten", brumme ich. „Ist Ihre Chauffeurin da?"

Moffett dreht sich, blickt hinab auf die Straße. In diesem Moment fährt ein schicker Mercedes vor. „Da ist sie."

Wir gehen die letzten Stufen hinunter, die Chauffeurin wartet bereits am Wagen, um ihrem Boss die Tür aufzuhalten. Sie misst etwa einen Meter siebzig, ist schlank und trägt ein schickes Outfit. Sie hat ihr Haar, das keine klassische Mütze verdeckt, wie die die Chauffeure im Fernsehen sie gerne tragen, im Nacken verknotet. Es ist tiefschwarz, so dunkel, dass es mit der Nacht verschmelzen würde, wären da nicht die Straßenlaternen und bunt flackernden Reklametafeln, die man gerne in New York vorfindet. Ihre Haut ist hell, ihre Statur schlank.

„Guten Abend, Sir. Ich hoffe, Sie haben sich nicht gelangweilt?"

„Dieses Mal war das Programm recht unterhaltsam. Danke der Nachfrage, Sophie. Die beiden Männer begleiten mich noch." Mehr erklärt er seiner Angestellten nicht.

Ich stutze bei dem Namen und stolpere jedes Mal, wenn ich ihn höre. Sie hat das Gesicht abgewandt, wartet darauf, dass wir auch einsteigen.

Ich runzle die Stirn, lege die Hand oben auf der Wagentür ab, ehe ich einsteigen will, als ich einen Blick auf ihr Gesicht erhaschen kann, so als würde sie sich bewusst von mir abwenden. Meine Augenbrauen sinken tief ins Gesicht, ich schaue sie genauer an, verharre in der Position, in der ich mit einem Fuß im Auto bin und mit dem anderen noch auf der Straße, in gebückter Haltung, um mir nicht den Kopf zu stoßen.

„Sophie", murmle ich. Mir wird heiß, meine Haut prickelt, mein Herzschlag pocht in meiner Brust. Nur langsam und eher widerwillig dreht sie das Gesicht zu mir. Ich kann nicht fassen,

dass ich ihr inmitten von New York um Mitternacht über den
Weg laufe.
Da steht meine Frau vor mir.

Kapitel 3

Ich sehe Chris mit zwei großen Gestalten jeweils rechts und links von sich die Stufen hinabgehen. Zwar sind die Stufen gut beleuchtet, aber die Gesichter kann ich nicht erkennen. Ich parke den Wagen in zweiter Reihe, steige aus und umrunde den Mercedes, um Chris die hintere die Tür aufzuhalten, wie es eben ein Chauffeur so macht. Ich unterdrücke ein Gähnen, die aufkeimende Müdigkeit lässt mich frösteln.

Ich wende das Gesicht ab, um in meinen Ellbogen zu gähnen, da ich es nicht unterdrücken kann, richte mich aber auf, als Chris und die Männer unten angekommen sind. Mir sind die Männer unbekannt. Als ich meinen Boss vor dem Gebäude abgesetzt habe, waren sie noch nicht da. Die Begleiter machen keine Anstalten, sich zu verabschieden, also werde ich einen auf dem Beifahrersitz parken, was mir nicht behagt, besonders, weil der eine mich studiert, als wäre ich eine Skulptur in einem Museum.

Merkwürdig nur, dass sich plötzlich meine Nackenhärchen aufstellen. Ich runzle die Stirn, kann aber das Gesicht von dem, der mich beobachtet, nicht richtig erkennen. Dafür ist das Licht der Straßenlaternen zu dunkel.

„Guten Abend, Sir. Ich hoffe, Sie haben sich nicht gelangweilt?"

„Dieses Mal war das Programm recht unterhaltsam. Danke der Nachfrage, Sophie. Die beiden Männer begleiten mich noch." *Wie schön, dass er die beiden vorstellt,* denke ich mir, verkneife mir aber einen Kommentar.

Bei der Erwähnung meines Namens geht etwas in dem einen Mann vor. Ich schaue kurz den anderen Mann an, der groß und schwarz ist, ein Mann, der aussieht, als würde er nie was anderes tragen als Anzüge. Der Anzug unterstreicht seine unterschwellige Gefährlichkeit, die von ihm ausgeht, wenn man ihm zu nahekommt. Ich blinzle, als ich den Blick vom Schwarzen abwende und hebe erneut meine Augen.

Schlagartig wird mir schlecht, und ich fühle mich euphorisch zugleich. Das ist Lafayette. Und da, wo Lafayette ist, … ist Hunter nicht weit. Mir wir schwindelig.
Hunter hat sich verändert, ist muskulöser und breiter geworden, seine Ausstrahlung irgendwie gefährlicher und kälter. Er trägt einen Bart, und seine einst kurzgeschorenen Haare trägt er in einem lockeren Dutt.
Ich blinzle, Tränen verschleiern mir den Blick, und ich wende das Gesicht ab.
Chris ist bereits eingestiegen, Hunter bückt sich schon, sodass ich hoffnungsvoll die Luft anhalte, als er in seiner Bewegung innehält. Mir pocht mein Herzschlag bis in den Hals, nein, bis in den Ohren, als ich glaube, meinen Namen zu hören.
Lafayette mustert mich mit scharfem Blick, seine Augen durchbohren mich, suchen meinen Blick, den ich ihm verwehre. *Bitte, sag jetzt nichts, falls du mich erkannt hast*, bete ich stumm.
„Steig in den Wagen, Lafayette", knurrt Hunter und richtet sich wieder auf. Seine Hand liegt oben auf der Wagentür, unmittelbar neben meiner. Lafayettes typische Art, eisern zu schweigen, dröhnt in der Stille, die sich um den Mercedes herum entwickelt hat.
An Hunters Stelle steigt er zu Chris, und Hunter knallt mit Nachdruck die Autotür zu. Ich zucke zusammen. Es gibt keine Tür mehr zwischen mir und meinem Mann, keine Deckung, keinen Schutz.
Obwohl meine Gedanken rasen, fühlt sich mein Kopf verrückterweise leer an, und in meinem Bauch ist es, als würden meine Gedärme Achterbahn fahren.
„Sophie." Schüttelt Hunter etwa den Kopf?
„Hunter?" Statt es wie eine Feststellung klingen zu lassen, frage ich ihn ernsthaft, ob er mein Mann ist.
„Erkennst du etwa deinen eigenen Ehemann nicht wieder?" Seine Stimme klingt spöttisch. „Vielleicht sollten wir die Pflichten als Mann und Frau nochmal auffrischen."
Hunters Tonfall ist höhnisch, und erneut zucke ich zusammen. Es ist drei Jahre her. Drei verflucht lange Jahre, und mein Körper reagiert sofort auf ihn, so als hätte dieser nur

geschlummert, nur darauf gewartet, zum neuen Leben zu
erwachen.

Reiß dich zusammen, Sophie, bleib cool. WIE SOLL ICH BLOSS
COOL BLEIBEN, schreie ich stumm im Grunde mich selbst an.
„Du siehst verändert aus", sage ich so cool wie möglich. *Was
Besseres fällt dir auch nach all den Jahren nicht ein,* spöttelt meine
innere Stimme.

Seine Augenbrauen ziehen sich zusammen, sein Blick wird
finster. „Ich hab mich verändert", sagt er hart.

Wir starren uns an, bis mir bewusst wird, dass ich noch einen
Job zu erledigen habe.

„Steig in den Wagen", wiederhole ich seine Worte. „Ich muss
euch zu meinem Boss bringen. Und keinen Ton über meinen
Fahrstil."

Hunter fixiert mich so lange, bis ich den Mercedes umrundet
habe und in den Wangen gestiegen bin. Ich atme tief ein,
versuche das Zittern zu unterdrücken, das ich erst bemerke, als
ich den Startknopf drücke.

Hunters wuchtige Gestalt nimmt den ganzen vorderen Bereich
in Beschlag. Ich kann nicht atmen, nicht denken, wenn er mir
so auf die Pelle rückt.

Ich versuche, ihn auf der Fahrt bis zu Chris' Villa zu
ignorieren. Genauso gut könnte man versuchen, einen Bären
zu ignorieren, der auf dem Dach deines Autos herumspringt.
Ich werde ungefähr zwanzig Minuten brauchen, bis wir da
sind, und auch nur, weil es nachts ist. Aber es sind zwanzig
Minuten mit einem vor Wut brodelnden Gorilla neben mir, der
stur den Mund hält. Zwar ist die extra eingebaute
Trennscheibe oben, sodass man unsere Worte nicht bis nach
hinten hören kann, aber sein Mund scheint versiegelt zu sein.
Was mir nur recht ist.

Zwanzig grausame, sich hinziehende Minuten, in denen nicht
ein einziges Wort gefallen ist.

Fast wäre ich aus dem Wagen gesprungen, als ich den Mercedes direkt vor der Villa parkte, wenn da der Gurt nicht gewesen wäre.

„Willst du so schnell von mir weg?", faucht Hunter und drückt meinen Gurt auf.

Ich kann darauf nichts erwidern, mein Hals fühlt sich staubtrocken an.

Lafayette steigt bereits aus, starrt mich über das Autodach hinweg an. Er verschmilzt mit der Dunkelheit, als wäre er eins mit der Nacht und eine Gefahr, die jederzeit wie aus dem Nichts aus der Dunkelheit hervortritt und dich umbringt. Eine Gefahr mit gestählten Muskeln.

Ich schaudere. Ich weiß genau, wie Lafayette unter diesem Anzug aussieht, wie er sich anfühlt. Ich schlucke. Da ist ein vertrautes, warmes Prickeln zwischen meinen Beinen, als wüsste meine Vagina sofort, was sie erwartet, wenn Lafayette in meiner Nähe ist. Die gleiche Wirkung hat auch Hunter auf mich, dessen Augen sich in meinen Nacken bohren, als er auf meine Seite des Wagens kommt und sich hinter mir positioniert.

Mein Nacken wird heiß, die Härchen stellen sich auf.

Ich öffne Chris die Tür, und er steigt aus. Er lächelt mich kurz an, beugt sich zu mir herab und flüstert mir etwas ins Ohr, was nur für mich bestimmt ist. Ich erröte, aber mein Herzschlag setzt aus, als Chris vorausgeht und die Männer keine Anstalten machen, sich zu bewegen. Lafayettes Miene wirkt härter als zuvor, und als ich mich zu Hunter drehe, schrecke ich zurück. Mordlust steht ihm ins Gesicht geschrieben.

„Sollte er dich in meiner Nähe auch nur mit den Fingerspitzen berühren, schneide ich sie ihm ab", sagt Hunter eisig.

Mein Herz findet seinen Rhythmus wieder, ich werde wütend.

„Lass ihn in Ruhe, Hunter", zische ich. „Chris hat dir nichts getan."

Hunters Brauen schnellen nach oben, überrascht über meinen aggressiven Ton. „Noch nicht. Aber wie gesagt …"

„Lass es", wiederhole ich scharf. Ich will eigentlich mehr als das sagen. Ich sollte doch nach drei Jahren mehr sagen können, als meinen Mann davon abzuhalten, jemandes Finger abzuschneiden.

Hunter macht einen Schritt auf mich zu, dann noch einen. Je näher er kommt, desto höher schlägt mein Herz.

Lafayette ist plötzlich neben mir. Etwas erschrocken über sein raubtierhaftes Anschleichen presse ich mich gegen den Mercedes, spüre die Kälte des Metalls durch meine Kleidung auf meiner erhitzten Haut.

Hunter steht unmittelbar vor mir, stützt seine Hände links und rechts von meinem Kopf auf dem Dach ab. Dieser Mann hat in den Jahren und durch sein neues Aussehen nichts an Autorität und Anziehungskraft eingebüßt. Wenn ich mich nicht irre, hat sich beides sogar noch verstärkt. Oder bilde ich mir das nur ein, aufgrund dessen, dass ich im Leben nicht daran geglaubt habe, ausgerechnet meinem Mann durch einen gemeinsamen Auftraggeber wieder über den Weg zu laufen? In meinem Kopf ist ein Wirrwarr aus Gedanken und Emotionen.

Meine Augen huschen zu Lafayette, der die Arme verschränkt hat, dann zu Hunter, dessen Gesicht viel zu nah an meinem ist. „Willst du mir etwa vorschreiben, was ich machen soll, Prinzessin?"

Meine Wangen werden siedend heiß, sein Ton ist überheblich. „Genau das will ich dir damit sagen", zische ich. Seit ich Hunter nicht mehr um mich hatte, musste ich plötzlich selbstständig und selbstbewusster werden. Das werde ich mir in den dreißig Minuten, seit ich ihm über den Weg gelaufen bin, nicht kaputt machen.

Ein Ruck geht durch die beiden, sie wechseln erstaunte Blick miteinander, als urplötzlich Hunter seine Hand auf meine Kehle legt und zudrückt. Er neigt seinen Kopf, seine Lippen berühren mein Ohr, und ich kann nichts dagegen tun, als heiße Lust zu empfinden. Gleichzeitig verschwimmt der klare Nachthimmel in einem Schleier von Tränen.

„Es wird deine schuld sein, wenn dein Freund sterben muss." Seine Stimme ist kalt und schneidend. „Sieh zu, dass er dich nicht mehr anpackt. Hast du das verstanden?" Er drückt fester zu, legt sein Ohr ganz nah an meine Lippen.

Wie oft habe ich schon an seinem Ohrläppchen gekaut und geleckt? Ich schlucke die Erinnerung herunter und nicke, als Hunter mich ermahnt, ihm zu antworten.
„Hab verstanden", presse ich hervor.
Hunter sieht aus, als wolle er noch etwas sagen, starrt mich an. Ich meine, dass seine Augen für einen kurzen Moment meine Lippen sehnsuchtsvoll angeschaut hätten, aber dann lässt er mich los.
„Hey, alles gut da unten bei euch? Sophie?"
Wir alle drei starren die Stufen hinauf zur Villa, in deren Haustür Chris steht. Man kann nur seine Silhouette ausmachen, von hinten wird er vom Schein der Deckenleuchte angestrahlt, sodass man sein Gesicht nicht sehen kann. Lafayette, immer noch kein Wort sprechend, dreht sich um und geht die Stufen hinauf, Hunter folgt ihm nur widerwillig. Die Männer betreten das Haus, die Tür wird von Hunter mit Nachdruck geschlossen, ohne dass er mich nochmal anschaut. Es ist eine Warnung: Ich werde diese Villa nicht betreten, solange sich entweder Lafayette oder Hunter oder gar beide in dem Haus aufhalten.
Ich seufze. Nur heute Nacht werde ich dieser Aufforderung nachkommen, danach werden wir ja sehen.

Kapitel 4

Hunter

Moffett führt uns in den Salon, der von einem gekachelten Kamin dominiert wird. Auf dem Kaminsims steht eine altbackene Vase mit frischen Blumen, daneben eine Kuckucksuhr.

„Die Kuckucksuhr ist ein Erbstück meiner Großmutter", sagt Moffett, der sieht, wie ich das kitschige Teil mustere. „Die Vase auch."

Ich nicke bloß und drehe mich zu Moffett, der gerade dabei ist, sich Whiskey einzuschenken. Die Flasche stellt er auf einen alten Servierwagen aus Holz, der in der Ecke steht.

„Darf ich Ihnen auch was anbieten?" Er greift nach unten und holt zwei weitere Gläser hervor, ohne unserer Antwort abzuwarten. Mit den drei Gläsern in den Händen balancierend kommt er zu uns und zur Sesselgruppe, wo er uns auffordert, uns hinzusetzen.

„Hier, meine Herren", sagt er und reicht uns die Gläser. „Ich hoffe, der schmeckt Ihnen."

Er sinniert einen Moment über den Whiskey, über die Lagerung, in welchen Fässern und wie alt Whiskey sein sollte, um so zu schmecken.

Da ich kein Kenner bin, ist es mir egal, ob ich einen Walker trinke oder irgendwas Edles, Hauptsache einen Drink, der mein schlichtes Gemüt beruhigt. Aber ohne Zweifel: Das Zeug schmeckt. Dem Mistkerl ziehe ich nachher eine Flasche ab.

„Schmeckt", sagt Lafayette und gönnt sich noch einen Schluck. „Viel besser als das, was ich bisher getrunken habe. Ich predige schon die ganze Zeit, dass wir mehr als nur einen Johnny verdient hätten." Lafayettes Stimme ist tief, beinahe samten und einlullend, wenn er etwas unbedingt will.

„Seit wann bist du denn unter die Whiskey-Feinschmecker gegangen?", knurre ich.

Er zuckt mit den Schultern. „Nun, da du dich für solche Dinge nicht interessiert, sah ich mich nicht in der Pflicht, es dir unter die Nase zu reiben."

Ich kneife mir in die Nasenwurzel. „Könnten wir vielleicht das Thema wechseln?" *Bevor ich dich dafür verprügle, mich für meinen Geschmack zu kritisieren.*
Der große Schwarze versteht die unausgesprochene Botschaft und zieht über sein gehobenes Glas hinweg spöttisch die Augenbrauen hoch.
„Also, Mr. Moffett, wer war der Typ, dem wir da über den Weg gelaufen sind? Worum ging es bei dem Gespräch?"
Chris Moffett kippt den Whiskey in den Rachen und sammelt sich. Der Typ sieht nicht schlecht aus, mit den dunkelblonden Haaren und dem aristokratisch geschnittenen Gesicht, wie Sophie sagen würde. Der Kerl hat Geld, keine Frage, sonst würde er nicht in so einem Bunker wohnen. Möglicherweise hat er dieses Haus geerbt, das schon über Generationen der Familie gehört. Zwischendurch kommt das überhebliche Gehabe eines verzogenen Jungen durch, aber sonst scheint er klar im Kopf und kein Produkt langjährigen Inzuchtgehabes einer aristokratischen, reichen, alteingesessenen Familie zu sein.
Natürlich haben wir Erkundigungen über Moffett eingeholt, aber viel ist nicht über die Familie bekannt, umso interessanter ist es zu erfahren, in welche Geschäfte er gerne einsteigen will.
„Das war Rivera, Domenico Rivera, ein kleiner Mafioso."
Ich ziehe die Brauen hoch. „Ein kleiner, der Ihren Tod will?"
Auch Lafayette ist nicht überzeugt. „Mr. Moffett, Sie müssen absolut ehrlich zu uns sein. Sonst können wir Sie nicht beschützen."
Moffett schnalzt mit der Zunge. „Rivera wäre gern ein großer Fisch, aber da komme ich ins Spiel. Ich strecke meine Fühler aus und will meinen Handel erweitern."
„Welchen Handel worin, Mr. Moffett?", hakt Lafayette nach.
„Nicht wichtig."
Ich seufze. Mein Klient ist für heute nicht gewillt, es uns mitzuteilen.
„Nun gut. Dann stellen Sie uns bitte eine Liste zusammen, wer zu Ihrem Personal gehört."
Chris schaut verständnislos drein.

„Da wir scheinbar auf illegalen Wegen wandeln, brauchen wir
sämtliche Namen und Adressen, um diese zu prüfen, auch die
Ihrer Chauffeurin, um uns zu vergewissern, dass diese
ausschließlich für Sie arbeiten."
Chris lacht, und als er schnallt, dass wir es ernst meinen,
vergeht es ihm sogleich. „Sophie brauchen Sie nicht zu
überprüfen …"
„Wieso nicht?" Lafayette wirft mir von der Seite einen Blick zu.
Mein Hals schwillt an, weil er ihren Namen eine Spur zu
süffisant erwähnt hat.
„Ich habe sie selbst überprüft – und natürlich auch die anderen
Angestellten. Die sind sauber."
„Wir wollen trotzdem Namen und Adressen, Sir." Lafayette
bleibt bestimmt, aber ruhig.
„Dann kann ich es Ihnen auch sofort mitteilen: Sophies
Adresse wird sich ändern, weil sie demnächst bei mir
einziehen wird."
Ich glaube für einen winzigen Augenblick, einen Schlaganfall
bekommen zu haben. Ich starre ihn mit leerem Blick an, mein
Herz und mein Gehirn haben aufgehört zu arbeiten, meine
Finger fühlen sich taub an.
„Sie und Sophie sind ein Paar?" Lafayette springt für mich ein
und schielt zu mir rüber. Seine Stimme vibriert, weil er selbst
mit der neuen Information zu hadern hat.
„Oh, Gott, nein", lacht Chris auf.
Weil seine selbstherrliche Art mich direkt zur Weißglut treibt,
schießt das Blut in meine tauben Finger, mein Herz und mein
Verstand erwachen zum Leben – alles in mir schreit danach,
ihm die Finger abzuschneiden.
„Sophie ist meine Geliebte, und ich habe sie gerne in meiner
Nähe, ohne sie an feste Bedingungen geknüpft zu haben.
Zumal es für sie einfacher ist, als Chauffeurin zu fungieren,
wenn sie hier wohnt – Platz ist ja da. Und sie steht mir jederzeit
zur Verfügung."
„Zur Verfügung in allen Lebensbereichen", knurre ich. Das
steht sowas von fest, dass ich ihn verstümmeln werde.
Lafayette scheint meine Gedanken zu erraten und steht abrupt
auf.

„Sir, das war's fürs Erste. Wir brauchen umgehend die Namen
der Angestellten und natürlich die Ihrer Geschäftspartner. Wir
stellen ein Team zusammen, das demnächst rund um die Uhr
in Ihrer Nähe ist beziehungsweise sorgen dafür, dass nachts
jemand vom Team bei Ihnen im Haus ist."
„Muss das denn sein?", murrt Moffett. „Ich denke, im Haus
werde ich nicht angegriffen …"
„Nachts geschehen die meisten Morde – und das in den
eigenen vier Wänden", unterbreche ich ihn mit einer Aussage,
die ein bisschen der Wahrheit entspricht.
Immer noch mürrisch dreinschauend nickt er. „Gut, ich lasse
ein Gästezimmer herrichten."
„Wir schicken einen Techniker raus, der die Villa nach Wanzen
untersucht bzw. Ihre Alarmanlage aufpimpen wird."
Chris und ich sind von den Sesseln hoch, er führt uns zur Tür.
Lafayette schüttelt hinter Moffetts Rücken warnend den Kopf –
ich soll ja meine Finger bei mir lassen. Nun bin ich derjenige,
der murrend dreinschaut.
„Wir schicken Montagmorgen einen Mann namens Karl zu
Ihnen, der Sie zu Terminen begleitet. Sicherlich haben Sie einen
vollen Terminkalender."
„Da morgen Sonntag ist, werde ich ausschlafen und vor zehn,
elf Uhr nicht wach sein. Bis dahin werden Sie nicht von mir
hören. Ich sage dem Hausmädchen, es soll eine Liste mit allen
Namen der Angestellten anfertigen."
„Ist gut. Die Liste schicken Sie uns bitte per Mail zu." Lafayette
reicht ihm unsere Visitenkarte. „Schönen Abend noch", sagt er
ganz galant, und die Tür fällt hinter uns zu.
„Was wirst du jetzt tun?", fragt mein großer Schwarzer mich.
„Sobald ich ihre Adresse habe, statte ich meiner Frau einen
Besuch ab", knurre ich. Es sind drei Jahre vergangen, drei
verfluchte Jahre, und ich merke, wie sehr es mich immer noch
verletzt, wenn ich an den Tag zurückdenke, als sie mich
verließ.
Sie packte ihre Sachen, bitterlich weinend, aber sie ließ sich
nicht davon abbringen. Sie zog die Haustür hinter sich zu,
danach herrschte eine dröhnende Stille.

In meinem Kopf ging ich die Szene immer wieder und wieder durch. Sie zog die Tür zu, ohne sich umzuschauen, ohne sich von Lafayette zu verabschieden, und dann war sie weg.
Weg. Für drei Jahre.
Ich ahnte nicht, dass das ein Lebewohl war. Das kapierte ich erst, als ich nie wieder von ihr hörte.

Kapitel 5

Sophie

„Sch, sch, nicht weinen, Babe", versucht Honey mich zu beruhigen.

Ich sitze mit dem Rücken zwischen ihren Beinen an ihre Brust gelehnt, ihre Arme umschlingen mich.

Sie legt das Kinn auf meinen Scheitel und wiegt mich. „Was ist denn geschehen? Hat Chris irgendwas gemacht? Ich bringe ihn um", knurrt sie.

Ich schüttle den Kopf. „Nein, er hat nichts gemacht. Ich bin nur jemandem begegnet …" Ich schlucke den aufkeimenden Kloß runter und verfalle ins Schweigen. Die geweinten Tränen verharren auf meinen Wangen, sodass Honey sie liebevoll wegwischt.

„Du magst gerade nicht drüber reden, oder?"

Ich schüttle den Kopf; sie schlingt die Arme fester um mich.

Sie trägt jetzt Leggings und einen weiten Pulli, den sie sich schnell übergeworfen hat, als ich sie anrief. Es dauerte eine Weile, bis ich mich dazu durchringen konnte, sie anzurufen. Sie kam sofort.

Ungeschminkt und in bequemen Sachen sah sie trotzdem umwerfend aus, ich dagegen machte ihr verheult und in XXL-Shirt die Tür auf.

Ich rücke von ihr ab, setze mich hin und greife nach dem Weinglas. „Magst du auch noch?"

Honey nickt, und ich reiche ihr das Glas. Schweigend trinken wir. Es ist ein einvernehmliches Schweigen, nichts Unangenehmes. Während ich meinen Wein austrinke, starre ich in den Schein des Kerzenlichts.

Zitternd stelle ich mein ausgeleertes Glas ab, Tränen benetzen erneut meine Wangen.

Honey beugt sich vor, legt ihre Hand auf eine Wange und küsst die Tränen auf der anderen Wange weg. Ich atme zitternd ein und schließe die Augen.

„Du musst jetzt nicht reden, wenn du nicht magst", flüstert sie.
„Ich bin für dich da, Babe."
Ich drehe meinen Kopf weiter zu ihr, öffne die Augen wieder.
„Danke dir", hauche ich.
Sie sieht mir in die Augen. Mir ist noch nie aufgefallen, wie
katzenhaft ihre Augen sind, mit dem hellen Grün und den
langen Wimpern.
Honey beugt sich noch ein Stück vor, legt ihre andere Hand
auf meine Wange und zieht mich sanft zu sich. „Darf ich dich
küssen?", fragt sie im immer noch flüsternden Tonfall, und ich
nicke bloß.
Zuerst ist es nur ein sanfter Kuss, beinahe keusch, als unsere
Lippen sich berühren, bis Honey das Tempo anzieht. Vielleicht
liegt es am Wein und am Kerzenschein oder an meinem
Bedürfnis, von Hunter abgelenkt zu werden, aber ich erwidere
fast wild den Kuss.
Er ist ungezähmt, hemmungslos, der Kuss, und auch Honey
packt mich jetzt anders an. Ich seufze an ihren Lippen, als ich
ihre Hand unter meinem Shirt spüre. Ihre Finger gleiten über
meine Rippen, hinauf zu meiner Brust, und ich seufze lauter,
als ihre Hand meine Brust umschließt.
Zwischen meinen Beinen beginnt es zu prickeln, und ich will
eindeutig mehr. Kaum dass Hunter in meiner Nähe ist, spüre
ich eine ungezähmte Leidenschaft, die nur roh und wild
bekämpft werden kann.
Ungeduldig streife ich das Shirt über den Kopf, präsentiere
mich mit nacktem Oberkörper vor Honey, und ich will, dass
sie sich auf mich stürzt. Ich lege meine Hand in ihren Nacken,
erobere ihren Mund mit meiner Zunge, und ich verändere
meine Position. Ich lehne mich mit dem Rücken zurück an die
Couch, ziehe Honey mit, und ich spreize leicht die Beine.
„Bitte, fass mich an", fordere ich sie auf, und ich schaue ihr
direkt in die Augen.
Ihr Blick ist verhangen, ihre Wangen gerötet, ein schmutziges
Grinsen zeichnet sich auf ihren Lippen ab.
„Ich frage mich, wer dich so geil gemacht hat", sagt Honey.
„Wer dich so aus der Fassung gebracht und dich so aufgewühlt
hat. Den Mann musst du mir unbedingt vorstellen."

Meine Wangen werden tiefrot. Wie konnte sie das wissen?
Doch nicht bloß aus der Erwähnung heraus, dass ich
jemandem begegnet bin?
Ich zucke zusammen, als ich auf einmal Honeys Hand auf
meinem Geschlecht spüre, als sie mich durch meinen Slip reibt.
Wieder dieses schmutzige Grinsen. „Du bist ganz schön nass,
und schau dir deine Brüste an. Diese wundervollen harten
Nippel."
Plötzlich steht sie auf, aber nur, um sich die Klamotten
auszuziehen und sich in Unterwäsche vor mir auf den Boden
zu knien. Sie beugt sich hinab, legt ihre Hände auf meine
Brüste. Ich bäume mich auf, als sie meinen einen Nippel leckt
und den anderen zwirbelt. Sie saugt daran, lutscht und leckt,
was mich rasend macht und meine Lust zwischen meinen
Beinen zum Pulsieren bringt.
Sie lässt erst von meinen Brüsten ab, als meine Nippel von
ihrem Speichel glänzen und geschwollen sind, um sich endlich
meiner Pussy zu widmen.
Ich hatte bereits Sex mit Frauen, aber immer nur im Beisein
von entweder Hunter oder Lafayette oder gar im Beisein von
beiden.
Aber ich war bisher nie allein mit einer Frau, was mich
plötzlich beschämt und verunsichert.
Honey spürt meinen Wandel, und sie sieht zu mir auf,
erforscht mein Gesicht, runzelt besorgt die Stirn. „Wir können
auch aufhören. Es ist in Ordnung."
Diese Frau hat unfassbar feinfühlige Antennen. „Sollen wir ins
Schlafzimmer gehen?"
„Ja, bitte", sage ich mit zitternder Stimme.
Sie nickt verständnisvoll. „Geh du vor, ich lösche die Kerzen
und stelle die Gläser weg."
„Ich … Die Gläser lass mal stehen …"
„Geh ins Bett, Babe, ich komme gleich nach." Ihr Ton ist
bestimmend.
Chris ist als mein Boss auch bestimmend, aber privat im Bett
eher weniger. Meine devote Seite kitzelt mich, sie hat nie
aufgehört zu leben, also gehe ich ins Schlafzimmer, krieche ins
Bett und ziehe die Bettdecke über mich. Hunter hatte viele

Bereiche meines Lebens mitbestimmt, mich erzogen zu gehorchen. Ich hätte alles für ihn getan. Aber wie hatte er es wagen können, mich zu betrügen?

Tränen steigen in mir auf. Nein, Schluss, drei Jahre habe ich keine einzige Träne für ihn vergossen, ich brauche damit heute nicht anfangen. Aber … Tränen kullern stumm meine Wangen hinab. So einfach ist das doch nicht.

Honey kommt ins Schlafzimmer. Sie lehnt die Tür an, umrundet das Bett und schlüpft zu mir unter die Decke.

Sie legt einen Arm um meine Mitte und zieht mich an sich. Sie malt kleine Kreise auf meinen Bauch, meine Muskeln ziehen sich zusammen, wenn sie eine empfindliche Stelle berührt.

„Gute Nacht, Babe", murmelt sie und drückt ihre Lippen an meinen Hals. Ich bewege mich in ihren Armen, drehe mich zu ihr, sodass wir Nase an Nase liegen.

„Tut mir leid wegen vorhin da im Wohnzimmer."

Sie zuckt mit den Schultern, und ich kann ihre weißen Zähne sehen. Sie lächelt. „Wie gesagt, alles gut." Sie legt ihre Hand auf meine Wange, streichelt sie. Als sie meine Tränen bemerkt, stutzt sie, und ihr Lächeln vergeht. „Magst du jetzt darüber sprechen?"

Ich schüttle den Kopf. „Mir ist nicht nach Reden."

Ihre andere Hand streichelt meine Seite, fährt über meine Rippen, und ich zapple unter ihren Berührungen, weil Honeys Finger mich kitzeln. Das Shirt habe ich mir gar nicht erst wieder überzogen, bin nur mit Slip bekleidet ins Bett, so hat Honey uneingeschränkten Zugang zu meinem Körper.

Sie legt ihre Hand auf meinen Po, streichelt und massiert ihn, dann wandern ihren Finger unter meine Pobacke und verharren auf der Rückseite meines Oberschenkels.

Es ist dunkel im Schlafzimmer, die Vorhänge aber nicht zugezogen, sodass ich die Umrisse ihres Gesichts sehen kann, und ich lege eine Hand auf ihre Wange.

„Küss mich, bitte", fordere ich sie leise auf. In den Armen der Dunkelheit fühle ich mich wieder mutiger, ein vertrautes Prickeln kehrt zurück, als Honey mich küsst.

Ihre Hand auf meinem Oberschenkel schiebt sie mein Bein
über ihre Hüften, und sie legt erneut ihre Hand auf mein
Geschlecht, reibt es wieder durch den Slip.
„Babe, ich kann kein zweites Mal aufhören, okay?", sagt sie
zwischen den Küssen.
„Nicht aufhören", stöhne ich und reibe mich an ihrer
Handfläche.
Sie schiebt den Slip zur Seite, teilt meine feuchten Schamlippen
und drückt mit dem Daumen gegen meine Perle. Ich schlinge
einen Arm um ihren Hals, presse meine Zunge in ihren Mund,
als sie ihre Finger in mich hineinschiebt.
Ich stöhne und schreie leise auf, als sie einen dritten Finger in
meine Pussy drängt. Ich bewege die Hüften, ficke ihre Finger –
und ich brauche mehr.
Honey richtet sich auf, schmeißt die Bettdecke von uns und
steigt auf mich drauf. Sie stützt sich mit einem Arm neben
meinem Kopf ab, küsst mich wild und mit hemmungsloser
Entschlossenheit, dabei pumpen ihre Finger in meine Pussy.
Ich fahre ihren Rücken hinauf, erkunde ihren Körper mit den
Fingern. Sie hat weiblichere Kurven als ich, die mich
unglaublich antörnen. Ich reiße ihr den BH nur runter, rutsche
etwas tiefer und beiße in ihre saftigen Nippel, die über meinem
Mund baumeln.
„Tiefer", stöhne ich, als Honey endlich den Punkt erreicht, der
mir einen Höhepunkt beschert. „Ja, da!", schreie ich auf und
sauge an ihrer Brust, als ihre Fingerkuppen tiefen, beinahe
schmerzhaften Druck auf den Punkt ausüben, der mir soeben
einen Orgasmus beschert.
Honey rückt von mir ab, gleitet hinab und zieht den Slip von
meinen Beinen. „Ich muss dich lecken", sagt sie rau, als sie ihre
Finger ableckt.
Bereitwillig öffne ich die Beine, lege einen Arm über meinen
Kopf, stütze mich mit der Hand am Kopfende ab und presse
mich ihr entgegen.
Honey ist so anders als die Männer: sanft und wild, zielstrebig
und zärtlich. Forsch zieht sie meine Schamlippen auseinander,
leckt und saugt meinen Kitzler.

Lustvoll zieht sich mein Unterleib zusammen, Seufzer der Lust und Entzückung entrinnen meinem Mund. Ihre Zunge ist flink, schnellt über meine Perle, bis ich um mehr bettle. Fast ruckartig setze ich mich auf, als sie ihren Daumen auf meinen Kitzler presst und ihre Zunge in meine Pussy drängt.

„Honey", fluche und seufze ich gleichzeitig, während ich meine Hände in ihren dicken, kurzen Locken vergrabe.

„Honey!", schreie ich wieder, als ich komme. Dabei presse ich meine Pussy an ihren Mund, ihre Zunge steckt bis zum Anschlag in mir drin. Ich lache leise, weil Honey den Kopf hebt und sich genüsslich die Lippen leckt. Sie kommt zu mir hoch und küsst mich.

„Leg dich auf den Bauch", fordere ich sie auf, um mich dann auf ihren Po zu setzen.

Ich beuge mich hinab, knabbere an ihrem Nacken, dabei öffne ich ihren BH. Ich beiße sie sanft, während ich meine Hände unter ihren Körper schiebe und ihre Brüste umschließe. Honey seufzt in das Kopfkissen.

Ungeniert reibe ich mich an ihrem Po, immer noch verspüre ich Lust, die noch nicht ganz befriedigt zu sein scheint. Ich küsse ihre Schultern, knabbere an ihrer Haut, beiße mich an ihrer Schulter fest und sauge an ihr, dabei rutsche ich von Honey runter, um leichter meine Hand zwischen ihre Beine schieben zu können. Sie winkelt ein Bein an, drückt den unteren Rücken durch, gewährt mir so leichteren Zugang, und ich kann ihr Höschen zur Seite schieben.

„Beiß mich nochmal", keucht sie, und ich komme dem mit Freuden nach. Sie bäumt sich auf, richtet sich auf den Knien auf, als ich sie mit den Fingern befriedige. Sie ist feucht und willig, und eine ungewohnte Macht nimmt von mir ergriff. Honey stöhnt laut, bewegt völlig ungeniert ihr Becken im Rhythmus meiner Finger, und sie wimmert, als ich meine Zähne fest in ihren Nacken grabe. Ich sauge die weiche Haut in meinen Mund und ficke mit meinen Fingern.

Dieses erhabene Gefühl, ihr Lust zu dirigieren, ist so wundervoll, dass es mich in eine andere Sphäre katapultiert. Ich ziehe meine Finger raus, vergrabe meine Fingernägel in ihre Pobacken und hinterlasse rote Striemen. Sie zittert, spreizt

weit ihre Beine, um mich stumm aufzufordern, ihre feuchte
Grotte nicht zu vernachlässigen. Ich drehe ihr Gesicht an den
Haaren zu mir und küsse sie. Sie stöhnt in meinen Mund, weil
meine Finger erneut in ihre Nässe eintauchen.
„Mach weiter", bettelt sie, ich steigere das Tempo. Honey
erhebt sich, setzt sich quasi auf meine Hand, während sie
meinen Mund mit ihrer Zunge ausfüllt. „Ich komme!", ruft sie
an meinem Mund aus. „Ich komme!"
Ihr Becken zieht sich rhythmisch um meine Finger. Sie legt eine
Hand auf mein Kinn, sieht mich direkt an; sieht mich an, bis
die Wellen des Orgasmus abklingen.
„Das war gut", haucht sie.
„Ja, das war es."

Mit flauem Magen stehe ich in der Küche. Ich lausche der
Kaffeemaschine, wie sie das heiße Wasser durch den
Kaffeefilter pumpt, Honey schläft noch, es ist bereits elf Uhr.
Ich machte leise die Schlafzimmertür hinter mir zu, zog mein
Schlafshirt an und schlüpfte in den Morgenmantel.
Der wenige Schlaf und der viele Wein bringen mein
Kreislaufsystem durcheinander, trotz der Menge kalten
Wassers, das ich mir ins Gesicht geklatscht habe, wollte mein
System nicht hochfahren.
Ich gähne laut und lang, während ich nach oben greife und mir
eine Kaffeetasse vom Haken nehme.
Da der Kaffee noch einen Moment braucht, stakse ich ins
Wohnzimmer und greife nach meinem Handy, das auf dem
Tisch liegt.
Chris hat mir eine Sprachnachricht geschickt, und das noch in
der Nacht. Ich runzle die Stirn, denke angestrengt nach, aber
wahrscheinlich ging sie in meiner Aufregung unter.
Ich klicke auf „abspielen". Im Grunde ist seine Nachricht
nichtig, nichts mit Bedeutung.
Er fragt gar nicht nach, wieso ich gestern einfach abgehauen
war, stattdessen schlägt er vor, heute Abend bei ihm zu essen.
Ich gähne wieder.

Nach jetzigem Maßstab bin ich froh, aufrecht auf meinen
Beinen zu stehen. Ich leg das Handy weg – ich antworte später.
Ich strecke mich, meine Glieder fühlen sich wohlig träge an,
und ich lächle in mich hinein. Honey weiß, was sie tut.
Aber als meine Gedanken an Hunter zurückkehren, vergeht
mir das Lachen, und ich presse fest meine Lippen aufeinander.
Mein Herz beginnt zu pochen, als wäre ich aufgeregt oder eine
schnelle Runde im Central Park gelaufen.
Ich reibe mir die Augen, als diese plötzlich anfangen zu tränen,
und ich kehre in die kleine Küche zurück. Dort befindet sich
ein kleines Fenster, durch das die Sonne, die immer mal wieder
hinter dunklen Wolken verschwindet, ihre Strahlen im Raum
verteilt. Es sieht so aus, als würde es heute noch Regen geben.
Soll mir recht sein, dann habe ich eine Ausrede, zu Hause
bleiben zu können, um den ganzen Tag Netflix zu gucken.
Die Kaffeemaschine verstummt, also ist der Kaffee endlich
durchgelaufen. Ich schenke mir welchen ein, schaufle Zucker
in die Tasse und füge Milch hinzu. Oh, ja, das ist gut. Ich
seufze und gähne irgendwie gleichzeitig.
Ich will nach Honey schauen, ihr Kaffee bringen, als es
plötzlich gegen meine Wohnungstür hämmert. Das hört sich
an, als wolle da jemand meine Tür einschlagen.
Oh, Gott – doch nicht etwa die Polizei?! Sind die etwa hinter
Chris' Geschäfte gekommen?
Ich stelle die Tasse ab, ziehe die Schlaufe um meine Taille
enger und rufe, dass ich ja schon komme.
Bitte nicht die Polizei. Bitte lass es nicht die Polizei sein.
Ich öffne die Tür, starre in ein wütendes Gesicht und wünsche
mir die Polizei herbei.

Kapitel 6

Hunter

„Was hast du vor?" Lafayette steht in Morgenmantel und seidener Pyjamahose in der Küche, angelehnt an den Tresen, dabei eine Tasse Kaffee trinkend.

Eins muss man ihm lassen: Er hat einen gesunden Schlaf. Es ist Sonntagmorgen halb elf, während ich schon um sieben die ersten Runden im Central Park absolviert habe.

Bereits geduscht und umgezogen sitze ich seitdem in der Küche, bis aufs äußerste angespannt. Im Fünf-Minuten-Takt aktualisierte ich mein E-Mail-Fach, in der Hoffnung, dass eines der Hausmädchen von Moffett schon bei ihm ist, um endlich die Liste zu schicken.

Genau eine Stunde danach bekomme ich wirklich die Liste von Namen und Adressen zugeschickt. Unter anderem auch die von Sophie.

„Ich fahre zu ihr", antworte ich kurz angebunden.

Lafayette mustert über den Rand der Tasse mein Gesicht. Sein Blick ist stechend, aber sein scharfer Verstand weist ihn darauf hin, dass er sich auf dünnem Eis bewegt.

Zwar hebt er die Brauen, um seine Missbilligung zum Ausdruck zu bringen, trinkt aber brav seinen Kaffee. Mit Wucht schiebe ich mich vom Tisch, der Stuhl knarzt und ächzt über den Boden. Ich nehme das Handy in die Hand, um die Adresse auf Google Maps aufzurufen.

„Sie wohnt keine zwanzig Minuten entfernt", murmle ich heiser. Mit dem Wissen, dass sie unweit von mir wohnt, schnürt es mir die Kehle zu.

Lafayettes Reaktion darauf ist vielsagend, als er fest die Lippen aufeinanderpresst.

Ohne ein weiteres Wort verlasse ich das Haus und mache mich auf den Weg. Ich bin sicher, dass Lafayette genauso aufgewühlt ist wie ich, dass er genauso empfindet.

Unsere Ehe, unsere Beziehung ist nicht gesellschaftstauglich, nicht konform zum Bild, was man unter einer Ehe versteht – Männer wie Frauen, hetero- oder homosexuell, egal, wer sich

liebt: In eine Ehe gehören traditionell zwei Menschen. Aber nicht: Mann, Mann, Frau.
Aber unsere Ehe bestand aus Sophie und mir und Lafayette. Er empfindet für sie tiefe Gefühle, lässt mir aber den Vortritt, sie aufzusuchen.

Ich parke den SUV in der Nähe des Gebäudes, in dem Sophie wohnt. Es ist ein klassisches Hochhaus, das man so oft in New York vorfindet. Schmucklos, anonym.
Apartment achtzehn B. Da wohnt sie.
Ich gehe zum Haupteingang, laufe an unzähligen Briefschlitzen vorbei, die die Wand rechts von mir zieren, und steige in den Fahrstuhl, der von innen mit Graffiti beschmiert ist.
Auf der achtzehnten Etage steige ich aus, und da, auf der linken Seite, ist achtzehn B.
Ich verharre vor der Tür, starre die silberne Zahl an.
Drei Jahre.
Ich rufe es mir in Erinnerung, rufe die Wut und Enttäuschung hervor, als sie ging.
Oh, ja, das ist gut, als ich Wut und Zorn spüre, schnaufe ich beinahe wie ein Stier und hämmere mit der Faust gegen die Tür.
Ich höre, wie jemand zur Tür kommt. Je mehr Sekunden verstreichen, desto höher, schneller schlägt mein Puls. Der Türknauf dreht sich, die Tür wird aufgezogen.
Da steht sie vor mir. Überrascht, mit weit aufgerissenen Augen, zerzaustem Haar, als wäre sie gerade erst aus dem Bett gestiegen.
„Hunter", haucht sie. Sie greift zum Kragen ihres Morgenmantels, hält ihn fest. Ihre roten Nägel heben sich deutlich vom dunkelblauen Mantel ab. Ich mustere sie von oben bis unten, studiere ihr zartes Gesicht. Sie hat abgenommen. Ich presse die Lippen aufeinander, weil sie nichts sagt und auch keine Anstalten macht, die Tür weit zu öffnen, zur Seite zu treten und mich reinzulassen.

„Guten Morgen", brumme ich. „Würdest du deinen Mann mal hereinbitten?"
„Woher weißt du, wo ich wohne?", fragt sie stattdessen.
Mein Pulsschlag überschlägt sich.
„Sophie, lass mich rein oder ich werde mir auf meine Art Eintritt verschaffen."
Statt meiner Aufforderung entgegenzukommen, zieht sie die Tür sogar ein Stück zu, sodass nur noch sie im Spalt zwischen Tür und Rahmen steht.
Wütend presse ich die Lippen zusammen, meine Nasenflügel blähen sich auf. „Sophie", warne ich sie. Ich beuge mich vor, lege die Hand gegen die Tür. „Ich sage es dir nicht noch einmal: Lass. Mich. Rein."
Ihre Augen werden schmal, Hitzeflecken bilden sich auf ihren Wangen. „Wenn du was zu sagen hast …" Weiter kommt sie nicht, weil ich mich in den Spalt dränge und mit meiner Schulter die Tür aufdrücke.
„Hunter!", ruft sie wütend aus. Ich packe Sophie an den Oberarmen, wirble sie herum und drücke mit ihrem Rücken die Tür ins Schloss.
Sie versucht, sich aus dem Griff zu befreien, legt ihre Hände auf meine Unterarme. Waren ihre Finger schon immer so zart? Ich schlucke. Der Anblick ihrer Finger auf meinen nackten Unterarmen, weil ich die Ärmel des Hoodies hochgekrempelt habe, versetzt mir einen Schlag. Vergleichbar mit einem Stromschlag, der mich ins Leben zurückholt. Der meine Schutzmauer, die ich aufgebaut habe, zum Bröckeln bringt. Ich schlinge aus einem Impuls heraus meine Finger um ihre Finger, drücke sie hoch an die Tür.
Sie versucht, ihre Hände zu entziehen. Ihre Augen funkeln zornig.
Wieso verspürt ausgerechnet sie Wut? Keine Freude, kein warmes Lächeln.
„Freust du dich nicht, mich zu sehen?", frage ich mit vibrierender Stimme.
„Nein!", faucht sie. „Du hättest mich fragen können, ob wir uns nicht irgendwo treffen könnten …"

„Um was zu machen? Kaffee trinken?" Meine Stimme klingt
schärfer als beabsichtigt.
„Zum Beispiel", antwortet sie trocken. „Dann hätten wir über
das Wetter reden können und was so in den letzten drei Jahren
passiert ist." Das Wort *passiert* betont sie stärker.
Ich halte ihre Hände fester, ziehe sie höher, obwohl sie sich
wehrt. Der Knoten des Bademantels lockert sich, und ich kann
sehen, dass sie ein schwarzes Shirt trägt.
Ich rücke näher an sie. Mein Instinkt sagt mir, sie anzufassen.
Mein Instinkt sagt mir auch, sie auf der Stelle zu ficken, um ihr
zu zeigen, wer ihr Mann ist.
Mein Schwanz zuckt bereits.
„Dann hätten wir bei Kaffee und Kuchen klären können, wieso
du abgehauen bist", sage ich bissig. „Erklärst mir zwischen
fremden Leuten und in nicht privater Umgebung, was dich
dazu gebracht, mich zu verlassen. Ohne mit mir zu reden."
Sie spitzt die Lippen, ihre Augen funkeln. Wenn sie wütend
wird, sah sie immer schon sexy aus.
„Du hast alles getan, damit ich eben *nicht* mit dir rede." Sie
dreht und wendet sich energischer, versucht sogar, mich zu
treten. Ich presse mich zwischen ihre nackten Beine.
„Lass mich los! Hunter, verflucht, was soll das?!", ruft sie
atemlos aus, als ich eine Hand loslasse, um ihr Kinn zu packen.
Sie legt die freie Hand wieder auf meinen Unterarm, nur dieses
Mal ohne mich wegzudrücken. Sie klammert sich am Arm fest,
so als wüsste sie nicht, ob sie mich wirklich wegschieben soll.
Ich beuge mich hinab, lege meine Lippen sanft auf ihre.
Eigentlich sehe ich vor meinem inneren Auge, wie ich ihren
Mund praktisch mit meiner Zunge vergewaltige.
Doch in diesem Moment will ich einfach nur ihre Lippen auf
meinen spüren. Obwohl Sophie meine Frau ist, muss ich mich
heranpirschen, schauen, wie sie reagiert.
Sophie scheint die Luft angehalten zu haben, ihre Augen
blicken auf meine Lippen, sie blinzelt. Ich lege den Daumen
direkt unter ihre Unterlippe und öffne mit etwas Nachdruck
ihren Mund, ehe ich sie erneut küsse.
Sophie beginnt, sich zu entspannen, beginnt, meinen Kuss zu
erwidern.

Da ist eine Macht in mir, die ihr unbedingt zeigen will, wer ihr Mann ist.

Zeig es ihr, verlangt meine innere Stimme. Ich küsse sie stürmischer, wilder, packe ihre Kehle und drücke ihr Kinn hoch. Ich löse mich von ihrer anderen Hand, die ich weiter festgehalten habe, um ihr die Hand auf die Unterseite ihres Oberschenkels zu legen.

Ich packe Sophie fester, bohre meine Nägel in die zarte Haut, sowohl in den Oberschenkel als auch in den Hals. Sie küsst mich, als wäre sie von Sinnen. Genau das tue ich auch. Ich umspiele ihre Zunge, sauge an ihr. Sie umschlingt meinen Hals, reibt mit dem nackten Bein an meiner Hose.

Ich erkunde Sophies Kehrseite, knete ihre Pobacke und presse sie eng an mich. Sie muss – nein: soll – meinen bereits harten Schwanz spüren.

Sie greift unter meinen Hoodie und schiebt ihn mir hoch. Ich kann mir ein dreckiges Grinsen nicht verkneifen, als sie ungeduldig am Hoodie zieht und ihn mir über den Kopf zerren will.

„Zieh das aus", sagt sie ungehalten. Ob ihr bewusst ist, wie atemlos sie klingt? Und flehend noch dazu. Ihre Augen werden groß und träumerisch, als sie meinen nackten Oberkörper vor sich sieht.

„Hunter", murmelt sie beinahe ehrfürchtig und fährt mit flachen Händen über meinen Brustkorb. Sie spürt die Stoppeln vom Brusthaar, streichelt sanft meine Brustwarzen, ehe sie federleicht mit einem Zeigefinger mittig meinen Bauch erkundet und meinem Hosenbund verdächtig nah kommt. Ich spanne die Bauchmuskeln an, weil sie eine empfindliche Stelle berührt. Ihre Nägel kratzen leicht über meine Haut, verharren über dem Hosenbund, so als wäre sie nicht sicher. Also werde ich ihr dabei helfen, es genauso zu wollen wie ich.

Ich greife zwischen ihre Beine und lege meine Hand unmittelbar auf ihr Geschlecht, sodass nur noch der Slip uns voneinander trennt.

Sie wimmert leise, als ich sie streichle. Sie raubt mir einen langen intensiven Kuss, während sie von sich aus beginnt, sich an meiner Hand zu bewegen.

Um besser Halt zu finden, schlingt sie einen Arm um meinen
Nacken, die andere Hand taucht in meiner Hose ab.
Ich knurre in ihren Mund, beiße ihr in die Unterlippe.
„Was war das?" Ich hebe abrupt den Kopf, auch Sophie hat das
Geräusch gehört, und wir halten inne.
Plötzlich beginnt sie, mich wegzuschubsen, wirkt fast panisch.
Mein Herz zieht sich zusammen. „Hast du etwa deinen Lover
hier?!" Meine Stimme ist eisig.
„Lass mich los", faucht sie ungehalten, sodass es sich eher wie
Hau ab! anhört.
„Willst du mich ihm denn nicht vorstellen?"
„Oh, nein", haucht Sophie und sie starrt verlegen gen Decke.
Ich ziehe eine Augenbraue hoch und werfe einen Blick über die
Schulter. Überrascht schießen beide Augenbrauen in die Höhe.
Das habe ich nun nicht erwartet. Ich schiele zu Sophie, deren
Wagen sich tiefrot gefärbt haben. Wahrscheinlich wünscht sie
sich weit weg.
„Guten Morgen", sage ich, muss mich aber räuspern und lasse
endlich Sophie los, die den Gürtel des Bademantels so fest
zuzieht, dass es aussieht, als wolle sie ihre Gedärme
mitverknoten wollen.
Sie fährt sich durchs Haar und versucht Ordnung
reinzubringen.
Die kurzhaarige Blonde steht in Unterwäsche in Sophies
Wohnung und macht keinerlei Anstalten, sich zu bedecken. Sie
steht selbstsicher da, begutachtet mich ungeniert, als wäre ich
ein Zuchtbulle.
„Guten Morgen", sagt sie breit grinsend. „So wie es aussieht,
habt ihr den Tag ohne mich angefangen. Süße, wer ist der
Kerl?" Sie zieht fragend die Brauen hoch, wendet sich an
Sophie, die ihre Hände tief in den großen Taschen des Mantels
vergraben hat.
„Honey, das ist Hunter", antwortet Sophie und presst fest die
Lippen zusammen.
Ich werfe ihr einen missbilligenden Blick zu. Nun gut, wenn sie
es nicht sagt, dann tue ich es, während sie mit voller Absicht
meinem Blick ausweicht.

„Honey, hi, ich bin Hunter." Ich gehe auf die Blondine zu und strecke die Hand aus. „Ich bin Sophies Ehemann."

Honey blinzelt verblüfft. „Ehemann? Dann bist du derjenige, der Sophie gestern zum …"

„Honey!", ruft meine Frau aus.

Ich runzle die Stirn, drehe mich zu meiner Frau und mustere ihr Gesicht. Intensiver als zuvor. Was Honey wohl sagen wollte? Dieses Mal erwidert Sophie meinen Blick, mir entgeht keineswegs, dass sie länger als beabsichtigt unsere Hände beobachtet. Eifersucht?

Obwohl Sophie es nie zugegeben hat und es auch nie zugeben würde, ist sie extrem besitzergreifend. Außerhalb unserer Session war ihre Körperhaltung alles andere als entspannt, wenn ich mich in ihrer Gegenwart mit anderen Frauen unterhielt.

Tatsächlich kam es häufig vor, dass Lafayette fremde Frauen mit nach Hause brachte. Was sollte ich denn machen, wenn eben diese morgens in die Küche kamen, um Kaffee zu trinken? Es gab oft Streitereien deswegen zwischen Lafayette und ihr. Sie bezeichnete die Frauen als Nutten und hielt ihm vor, aus dem Haus noch ein Bordell machen zu wollen. Nutten könnten sich den Kaffee wie jeder andere in einem Café holen. Unser Haus sei schließlich kein Starbucks.

Eines Tages erwischte ich Sophie dabei, wie sie einer Eroberung Lafayettes Kaffee in einen To-go-Becher schenkte und sie praktisch aus dem Haus beförderte.

Ich hatte es tatsächlich ein paarmal beobachtet und fragte mich, wie viele Becher wir denn besitzen. Also habe ich bei Gelegenheit die Küchenschränke durchforstet, was ich sonst auch nie tat, und fand ernsthaft einen Vorrat an Bechern mit Deckeln, die Sophie hinten in dem Schrank unter der Spüle, wo auch Putzmittel aufbewahrt wurden, verstaut hatte. Ich bin mir sicher, es fehlte nicht mehr viel und sie hätte die Becher mit Putzmittel ausgesprüht. Eine kleine Vergiftung besagter Nutten hätte Sophie sicherlich ein Lächeln ins Gesicht gezaubert.

Plötzlich wird mir mein Hoodie ins Gesicht geknallt.

„Zieh dich an, Hunter."

Also muss ich Honeys Hand loslassen.

Sophie versucht zu sehr, cool zu wirken, geht zur Couch, bückt sich und hebt Honeys Oberteil auf, um es ihr an den Kopf zu werfen. „Und du auch."

Honey lacht leise, zieht sich aber brav an. „Babe, kann ich dich kurz unter vier Augen sprechen?"

„Natürlich." Kurz bevor Sophie hinter Honey das Schlafzimmer betritt, wirft sie mir einen warnenden Blick zu. Ich soll immer noch abhauen.

Das kann sie mal schön von ihrer To-do-Liste für heute streichen, mir aus dem Weg zu gehen.

Kapitel 7

Sophie

„Babe, wer ist das?", fragt Honey mich ohne Umschweife. In ihrer Stimme klingt aufrichtige Neugier. Kein Vorwurf. Nur Interesse.

Ich reibe meinen Nacken. „Das ist Hunter, mein Mann. Wir haben uns drei Jahre nicht gesehen, bis er plötzlich gestern wieder auftauchte."

Sie schaut verwirrt drein. „Ihr habt euch drei Jahre nicht gesehen? Kein Wunder, dass da Nachholbedarf besteht", sagt sie mehr zu sich als zu mir.

„Honey, das von gerade eben … Ich weiß auch nicht …"

„Babe, alles in Ordnung. Er ist dein Mann. Ich meine, du hast ihn ja gesehen …" Sie grinst anzüglich. „Ich weiß gar nicht, wie du es drei Jahre ohne ihn aushalten hattest können."

Meine Wangen werden heiß. „Es lag ja auch nicht am Sex, dass ich ihn verließ. Oder doch, irgendwie schon." Mir steht nicht der Sinn danach, mich genauer zu erklären.

„Du musst mir bei Gelegenheit jedes Detail erzählen. Dieser Mann sieht aus wie der sexy wahrgewordene Traum eines Teufels. Oh, ja, ein bisschen Bad Boy, ein bisschen vom lieben Jungen von nebenan, ein bisschen teuflisch gutes Aussehen … Rrrrr." Sie schnurrt wie eine rollige Katze.

Ich seufze. Hunters Körper ist muskulöser denn je. Er hat sein Sportprogramm deutlich angezogen, seine Bauchmuskeln sind noch muskulöser. Ich schlucke. Da war diese verlockende feine Straße aus dunklen Härchen, die hinabführte in mein Verderben.

„Er sieht verdammt heiß aus", stimme ich ihr zu. Mein Blick wird träumerisch, mein Unterleib zieht sich vor Lust zusammen.

Honey legt ihre Hand auf meine Wange, blickt mir in die Augen. „Ich gehe jetzt nach Hause, lasse euch mal besser allein, okay? Aber ruf mich an, wenn du mich brauchst."

Ich nicke. „Sorry, dass der Morgen jetzt so verläuft – nach der Nacht …"

Sie grinst. „Das kann man wiederholen, Babe. Und wer weiß,
ob nicht dann ein gewisser Ehemann dabei ist."
Mein Gesicht blinkt auf wie eine Sirene. „Du bist unmöglich."
„Nur ehrlich, Babe." Sie küsst mich sanft, verabschiedet sich
anschließend von Hunter, der sich mittlerweile in meiner
Küche bedient hat und ein Sandwich isst, und dann ist sie weg.
„Ich hab dir auch eins gemacht", sagt Hunter zwischen den
Bissen.
„Hab keinen Hunger."
„Du wirst dieses verfluchte Sandwich essen, Sophie. In den
drei Jahren hast du mir zu viel abgenommen. Wenn es sein
muss, werde ich ab sofort jeden Tag kommen und dir Essen
machen, bis du wieder so kurvig bist wie früher."
So ein persönlicher Koch wäre schon was Schönes, überlege ich
spitzbübisch, verwerfe den Gedanken aber wieder, als ich
Hunters missmutigen Blick auf mir ruhen sehe. So ein
mürrischer Koch spuckt dir bloß in die Suppe. Also gehe ich in
die Küche, nehme den Teller mit dem Sandwich und setze
mich zu ihm auf die Couch.
Schweigend essen wir.
Während ich das Sandwich mit steigendem Appetit schließlich
doch verputze, macht Hunter sich währenddessen schon ein
neues. Ich schiele hin und wieder auf Hunters Arsch, während
er in der Küche hantiert.
„Du solltest wirklich mehr Essen zu Hause haben", höre ich
ihn sagen.
Da ich fast nie koche, sehe ich nicht ein, Lebensmittel
einzukaufen. Wozu gibt es Take-aways?
Ich erwidere darauf nichts. Oft genug werde ich von Chris
zum Essen ausgeführt. Das muss ich Hunter nicht unbedingt
auf die Nase binden. Es vergehen weitere Minuten des
Schweigens, bis Hunter aufgegessen hat und ich mich frage,
wann er mich nach Honey fragt. Es ist fast körperlich greifbar,
wie es ihm auf der Seele brennt, das in Erfahrung zu bringen.
Er stellt den Teller in aller Seelenruhe auf den Tisch, tupft sich
den Mund mit einer Serviette ab und lehnt sich auf der Couch
zurück.
„Was war in der Nacht hier los? Wer ist diese Honey?"

„Honey ist eine Freundin", sage ich leichthin, während mein
Puls zu rasen anfängt.
„Die bloß in Unterwäsche bekleidet dein Schlafzimmer
verlässt."
„Ja." Ich sitze am anderen Ende der Couch, aber Hunters Aura
und sein ganzes Dasein fühlen sich an, als würde er auf
meinem Schoß sitzen.
„Sophie", seufzt er. „Entweder erzählst du es mir auf deine Art
oder ich beschaffe mir Informationen auf meine Weise."
Ich erhasche einen Blick auf seinen Schritt. Seine Jogginghose
verbirgt nichts, und ich kann sehen, wie hart er ist. Er hat eine
genaue Vorstellung davon, was es mit Honey auf sich hat.
„Ich wüsste nicht, was dich das angeht ..."
Er beugt sich vor, nur ein bisschen. Sein leichtes Vorbeugen
erkenne ich schon als Warnung. Wie oft er sich schon so
hingesetzt hat, mich Rede und Antwort hat stehen lassen. Es
war eine Art Spiel, eine Art Rollenspiel wie bei einem Verhör.
Wenn meine Antworten für ihn befriedigend waren, gab es
eine Belohnung. Waren sie es nicht oder er spürte, dass ich log,
zog es ernste Konsequenzen nach sich.
„Honey und ich sind gute Freunde", füge ich hinzu. „Sie hat
bei mir übernachtet."
Hunters Blick wird schmal. „Du willst mir erzählen, dass ihr
eine kleine Übernachtungsparty gestartet habt, im
Kerzenschein mit Wein."
Meine Wangen erröten. „Ja."
Natürlich, Hunter ist nicht dumm. Kerzen stehen noch auf
dem Tisch und die Weingläser in der Spüle. Ganz zu
schweigen von der Weinflasche, die auf dem Couchtisch steht.
„Setz dich zu mir", fordert er mich auf. Als ich keine Anstalten
mache, seufzt Hunter entnervt, steht auf und setzt sich direkt
neben mich. Mir fällt auf, dass er seine Schuhe irgendwo
abgestreift hat, weil er sich einen Fuß unter seinen Hintern
klemmt. Der macht es sich eine Spur zu gemütlich hier, wie ich
finde. Er legt einen Arm oben auf die Rückenlehne, die andere
Hand legt er selbstsicher unter dem Mantel auf meinen
Oberschenkeln ab.
Ich hätte mir eine Hose anziehen sollen.

Seine Hand strahlt Wärme und Härte zugleich aus, in seinen
Fingern steckt Kraft.
„Du und Honey – ihr hattet Sex, nicht wahr?"
Ich hülle mich in Schweigen. Soll er denken was er will.
„Ich weiß, dass du auf Frauen stehst, Sophie. Du hattest
damals nicht nur Sex mit Frauen, weil es mir gefallen hat.
Nein, nein, du wolltest den Sex mit Frauen genauso wie ich."
Ich zucke zusammen. Er hat bewusst einen Nerv in mir
getroffen. Hunter wollte immer nach dem Sex mit fremden
Frauen mit mir sprechen, aber ich hüllte mich in Schweigen.
Als die Wogen der Lust abflauten und der Verstand wieder
einsetzte, war mir nie danach, darüber zu sprechen, was ich
dabei empfand, wie er eine andere vögelte.
Es war paradox: Ich hatte heiße, feuchte Träume, wie Hunter
eine Frau vor meinen Augen fickt, während sie mich leckt. Ich
war fast besessen davon, Sex mit Frauen zu haben, nur um
hinterher das mächtige Gefühl zu haben, dass die Fremde nach
Hause geschickt wird, während ich bleiben durfte, dass ich die
Einzige war, die neben ihm einschlief und morgens in seinen
Armen aufwachte. Doch darüber reden, es laut aussprechen,
war mir nie in den Sinn gekommen, und ich werde damit
sicherlich nicht anfangen.
„Du weißt, ich rede nicht über solche Dinge … Ah!"
Er kneift mit einer Hand in meine Wangen, drückt zu und
dreht mich zu sich.
„Früher ließ ich dich in Ruhe, weil es keinen Zweck hatte, mit
dir zu reden; darüber, was du empfunden hast, wie geil du
warst. Weil du dich danach ständig in einen Kokon
zurückgezogen hast. Ich hab Recht – das brauchst du gar nicht
abstreiten", sagt er, als ich versuche, etwas zu erwidern.
Hunter schüttelt den Kopf, sein Gesicht ist streng und hart.
„Nein, wir fangen ab jetzt an zu reden. Und das auf meine
Art."
Völlig ohne Vorwarnung presst er seine Lippen auf meine,
seine Hand verharrt auf meinen Schenkeln. Er drückt mich mit
seinem Körper nach hinten, dringt mit seiner Zunge tief in
meinen Mund. Er lässt meine Wangen los und zieht
ungeduldig am Gürtel, um leichter mit der Hand unter das

Shirt zu gelangen. Ich wehre mich, beiße ihm in die Lippe. In meinem Kopf hat sich ein Schalter umgedreht, ich brauche dringend Abstand, um zu Atem zu kommen.

„Sophie!", faucht er wütend.

Ich schaffe es tatsächlich, von der Couch zu fallen und wegzurobben. Ich stehe schnell auf, doch schon schlingt Hunter seine Arme um meine Mitte, zusammen fallen wir zurück auf die Couch.

„Hunter!", schreie ich schmerzgeplagt, als er ohne Vorwarnung seine Zähne in meinen Hals rammt, seine Arme sind wie Stahlseile um meinen Körper gebunden. Sein harter Schwanz ist wie eine Pfeilspitze, die sich in meinen Körper bohren will. Er saugt kräftig an meinem Hals, was ein heftiges Pulsieren in meinem Unterleib auslöst. Seine Zähne graben sich tief in mein Fleisch, ich ziehe scharf die Luft ein. Diese Art von Schmerz raubt mir den Atem, raubt mir den Verstand, nur noch reine, unverblümte Lust pulsiert durch meine Adern. Er merkt, dass ich mich nicht mehr wehren werde und lockert seinen Griff.

Beinahe automatisch lege ich meine Hand in seinen Nacken als könne sie nirgends anders hingehören. Hunter wird zärtlicher, knabbert sanft an meinem Hals.

Mir wird zu warm im Bademantel, ich reiße ihn mir runter und lege sofort wieder meine Hand in seinen Nacken. Ich seufze, als Hunters Hand unter meinem Shirt verschwindet und meine Brustwarze zwirbelt.

„Hat Honey das mit dir auch gemacht?", raunt Hunter.

„Ja, hat sie", keuche ich. Genau das meinte ich: Dein Verstand setzt beim Sex aus, du tust Dinge, sagst Dinge, die du im nüchternen Zustand nicht laut aussprechen würdest. Mir ist klar, dass dies hier Hunters Weise ist, um zu hören, was er hören will, deswegen sträubte ich mich ja auch dagegen.

Ich bin nass, einfach nur nass und will Hunters Schwanz in mir spüren.

„Hat Honey deine Muschi geleckt und gefickt?" Hunter schlägt mit der flachen Hand mein Geschlecht. „Sag es mir, Sophie."

„Ja, hat sie!", rufe ich aus, als seine Finger unter meinem Slip verschwinden und ich sie direkt auf meiner Pussy spüre. Hunters Finger sind deutlich rauer und größer als Honeys, was mir eine andere Art der Lust beschert. Intensiver und aggressiver.

„Hunter!", rufe ich erneut seinen Namen, als er verflucht tief seine Finger in mein nasses Geschlecht schiebt. Ich halte mich an seinem Arm fest, gleichzeitig drücke ich seine Hand noch tiefer in mich rein.

Mit der anderen Hand reibt er meinen Kitzler. Zuerst ist es nur ein sanfter Druck, ein sanftes Reiben, bis er merkt, dass ich es härter will.

Er drückt seine freie Hand erneut gegen meine Kehle, presst mich an seinen Körper. Sein Atem streift mein Ohr, was mir einen heißen Schauer über den Rücken jagt.

„Sie hat dich also getröstet. Holst dir ein Flittchen ins Bett, um dich von mir abzulenken, nicht wahr?"

Tränen fließen mir über die Wangen, meine Gefühle fahren Achterbahn, während seine Finger tief, verflucht tief, in mir stecken.

„Redest du nicht mehr mit mir, Schlampe? Soll ich die Finger wieder aus deiner nassen Muschi ziehen?"

Diese Demütigung, diese Beschimpfung bringt mich in einen Bereich meiner Unterwürfigkeit, der mich beinahe kommen lässt. Ich zittere, meine Beine zucken. Demütigungen gehörten schon am Anfang in unserer Beziehung dazu, bescherten mir Höhenflüge. Oh, ja, ich steh drauf, wenn er mich beleidigt, mich eine Schlampe nennt, eine Hure. Hunter bestand drauf, dass ich ihm sagte, dass ich eine Nutte bin. Er wusste genauso wie ich, dass mich das demütigte und zugleich extrem anmachte. Ich fühlte mich nur genug, wenn ich zu seinen Füßen sitzen durfte, er mich manchmal beim Sex nur wie ein Objekt benutzte, er mir das Gefühl gab, dass ich nur für einen Fick gut sei.

Immens wichtig war es hinterher, dass er mich anschließend in seine Arme zog, mich lobte, tröstete und mich fragte, ob es okay für mich war, was er getan hat.

Hätte er das nicht nach dem Sex getan, wenn ich tief in meiner devoten Zone war, hätte es einer Vergewaltigung geglichen, einer Schändung meiner Selbst.

„Sophie", knurrt er warnend, als ich wieder den Kopf schüttle. Er stoppt mit den Bewegungen seiner Finger, was mir ein Murren entlockt.

„Ich frage dich nochmal, dann erwarte ich eine Antwort: Hast du sie dir ins Bett geholt, um dich von mir abzulenken?"

„Ich war durcheinander und brauchte jemanden zum Reden", gestehe ich leise. „Wir landeten dann zusammen im Bett." Hunters Atmung wird schwerer.

„Was hat meine kleine Schlampe mit ihr gemacht?"

Ich seufze, als er kurz seine Finger in mir bewegt. Ein Zeichen, dass ich mehr bekomme, wenn ich erzähle.

„Ich hab mich nackt auf ihren Rücken gesetzt", beginne ich. Ich schließe die Augen, konzentriere mich auf das heftige Ziehen in meinem Unterleib. Hunters Hand übt Druck auf meine Kehle aus. Ich halte mich an seinem Arm fest. Halte mich nur fest, suche die Sicherheit und Stärke seiner muskulösen Arme. Falle in der Erinnerung zurück, beschwöre Bilder von Honeys nacktem, festen, sinnlich-betörenden Körper hervor.

„Öffnete ihren BH und griff unter ihren Körper. Ich musste ihre Brüste in meinen Händen spüren, sie kneten und streicheln."

Ich seufze laut und ungehemmt, als Hunter meinen inneren Punkt findet.

„Warst du auch so nass bei Honey wie bei mir?" Hunters Stimme gleicht einem sexy Knurren.

„Ich bin bei dir nasser", keuche ich. Ich stelle einen Fuß auf der Couch ab, öffne mich so weit wie möglich für meinen Mann.

„Ich hab Honey gefickt, Hunter. Ich hab mich zwischen ihre Beine gedrängt, sie kauerte sich auf ihre Knie, spreizte die Beine. Sie war so nass", erzähle ich atemlos. „Hunter, ich hab sie gebissen und dabei gefickt. Sie setzte sich fast auf meine Hand, um zu kommen, so geil war sie."

Hunter schnürt mir beinahe die Luft ab, als er seine Finger brutal in meine klatschnasse Pussy rammt.

Ich kralle mich wortwörtlich an seinen Armen fest,
schmerzgeplagt und geil zugleich werde ich kommen.
„HUNTER!", schreie ich empört auf, am Rande eines
Orgasmus stehend, weil er mittendrin stoppt.
Abrupt.
Er zieht seine Finger raus, an denen meine Lust glänzt, lässt
mich aber nicht los. Ganz im Gegenteil. Nervös rutsche ich auf
seinem Schoß hin und her. Mir blüht gleich was. Ich ahne es
schon.
„Hab ich dir erlaubt zu kommen?" Seine Stimme klingt viel zu
sanft, in meinem Nacken stellen sich die feinen Härchen auf.
Tränen verzerren den Raum vor meinen Augen, weil ich mich
ganz plötzlich in einer unserer Sessions sehe, in denen ich
sprichwörtlich gebrochen und am Schluss zusammengesetzt
wurde. Die Strafen waren hart, im Gegensatz zu seiner
Stimme, was mich innerlich zerriss, denn dieser Gegensatz von
Härte und Weichheit ließ mich taumeln, nicht sicheren Halt
finden, was Hunter genoss. Aber er war da, als ich ganz am
Boden war, ganz tief in meinem devoten Dasein. Ich zittere,
unkontrolliert.
„Nein, hast du nicht", antworte ich zaghaft.
„Hast du es verdient zu kommen?"
Ich schluchze, weil ich weiß und er es erst recht so sieht, dass
ich einen Fehler gemacht habe. „Nein, habe ich nicht."
„Ach, und wieso nicht?" Seine Stimme nimmt einen dunklen
Glanz an, sie wird schärfer im Ton.
„Weil ich dir nicht sofort von Honey und mir erzählt habe."
„Ganz genau. Das hast du nicht, Sophie. Du siehst ein, dass du
eine Strafe verdient hast?"
Ich zögere nur kurz. Hunter ist seit weniger als
vierundzwanzig Stunden wieder in mein Leben, und schon
bestimmt er wieder über mich.
Meine Gedärme winden sich, als wären sie ineinander
verknotete Schlangen, die versuchen, sich wieder zu lösen.
„Nein." Mir ist schlecht.
Schweigen.
Eine Sekunde.
Ich beginne zu schluchzen.

Zwei.
Ich beginne, mich zu winden.
Drei.
Ich versuche, mich aus seinem Griff am Hals zu befreien.
Vier.
Seine Hand ist wie ein Schraubstock um meine Kehle.
Fünf.
Meine Gedanken überschlagen sich, und ich sollte einfach sagen, dass ich doch Strafe verdient hätte.
Das Schweigen ist grausam und laut zugleich, als würde mich Hunter anschreien. In meinen Ohren dröhnt es.
„Du hast es dir gut überlegt, Sophie?" Seine Stimme klingt irgendwie neutral.
Nein, rede nicht so, flehe ich stumm. *Schrei mich an, sei wütend!*
Es gibt kein Zurück mehr. „Ja, hab ich, Hunter", antworte ich erstickt.
Ohne Vorwarnung lässt er mich los, schiebt mich viel zu sanft vom Schoß und steht von der Couch auf.
Ich blinzle. Ich würge fast, weil mir nur noch übel ist.
„Hunter?" Fragend blicke ich zu ihm auf, der mir einen warmen Blick zuwirft.
„Ich gehe jetzt, Sophie."
Er ist schon an der Tür, als ich aufspringe, mir den Bademantel kralle und hineinschlüpfe. Ich stolpere durchs Wohnzimmer, mir bleiben die Worte im Hals stecken. Will fragen, wohin er geht, wann er wiederkommt. Doch noch bevor ich etwas sagen kann, wirft er mir einen langen Blick zu, ehe er durch die Tür verschwindet.
Die Tür fällt leise ins Schloss, mein Herzschlag ist stürmisch, und da ist wieder diese dröhnende Stille.
Ich schluchze laut auf, taumle zurück und falle auf die Knie.

Erst viel später am Tag wird mir klar, dass Hunter das beabsichtigt hatte: Er wollte, dass ich leide, wenn er geht.
Wollte, dass ich mich ohne ihn verloren fühle, mich in meinem devoten Dasein winde.
Das ist seine Art von Strafe.

Dieses Arschloch hatte es geschafft, dass ich den Sonntag nur an ihn denke und mich schlecht fühle. Unruhig und rastlos. Selbst Netflix schaffte es nicht, mich von meinen Gedanken loszureißen.

Kapitel 8

Hunter

Ich stolpere wie ein Ertrinkender, der an Land gespült wird und mit aller Macht versucht, zu Atem zu kommen. Ja, so fühle ich mich. Ich bekomme Schnappatmungen. Sophie so zurückzulassen widerspricht meiner Natur, aber sie ist so stolz und stur. Anstatt sich der Lust zu widmen, die ich ihr beschert hätte, widersetzt sie sich mir und ihrer Natur.
Ich hätte ihr bloß den Arsch versohlt, aber so muss sie es sich mit sich selbst ausmachen, es mit ihrer devoten Seite ausfechten. Das ist im Nachhinein eine bessere Strafe als ihr bloß den Arsch zu versohlen. Sie soll sich nach mir sehnen, das Bedürfnis bekommen, sich bei mir zu entschuldigen.
Obwohl es mir mehr als schwerfällt, sie in diesem Zustand zurückzulassen.
Ich atme tief ein und aus, seufze laut.
„Wenn Sie nicht Platz machen, pinkelt Sie mein Hund gleich an", ertönt es hinter mir.
Eine alte, kauzig aussehende Frau steht hinter mir, mit großen, dicken Brillengläsern, die ihre Augen riesig aussehen lassen.
Ich schaue hinab auf ihren Hund, einen Mops. Die Augen der beiden Lebewesen sehen praktisch identisch aus. Ich brumme irgendwas Unverständliches, mache einen Schritt nach rechts und lasse sie durch. Von hinten betrachtet ähneln die beiden sich sogar noch mehr – der Gang ist derselbe.
Ich fahre mir mit der Hand durchs Gesicht. Der Drang zu ihr zu gehen, zu schauen, was sie macht, wie ihr Verstand und ihr Körper überreagieren, nachdem ich die Wohnung verließ … Ja, Sophie hat sich verändert, sie ist willensstärker geworden, sturer. Mein Puls steigt in die Höhe – wie bei einem Bergsteiger, der einen Berg erklimmt, während die Luft um ihn herum immer dünner wird.
Sophie wird die erste Frau sein, die mir nicht nur sprichwörtlich den Atem rauben wird. Wahrscheinlich wird sie der erste und letzte Nagel an meinem Grab sein. Das ist es mir wert, wenn ich sie nur wieder zurückhaben kann.

Ich schaue ein letztes Mal hoch, hoffend, dass Sophie mir nachsieht, ehe ich in den Wagen steige.

„Ich will nichts hören", knurre ich, als Lafayette mich von oben bis unten fixiert. Er mustert mich weiter von der Seite, seine Miene verrät nicht, was er denkt. Zwischendurch flimmern seine Augen zum Fernseher.
Ich fläze mich in den Sessel. Im Grunde bin ich dafür viel zu aufgebracht, ruhig sitzen zu bleiben, aber nochmal durch den Park zu rennen, lockt mich auch nicht. Mein Schwanz ist zwar mittlerweile weicher geworden, aber ich befürchte, sobald ich auch nur an Sophie … Ich fluche lautlos, als wie aufs Stichwort mein Schwanz zum Leben erwacht. Vielleicht sollte ich kalt duschen. Oder doch heiß duschen und die Fliesen mit Sperma vollspritzen? Ich starre gen Decke, bin im Zwiespalt, was ich tun soll, als mich eine Stimme aus dem Fernseher aus den Gedanken reißt.
„Was zum *Teufel* schaust du dir da an?"
„Eine Doku über Babys, wie sie sich im ersten Jahr entwickeln."
Ich blinzle. Blinzle nochmal. Er sagt es mit einer Selbstverständlichkeit, die mich ein kleines bisschen aus der Verfassung bringt.
„*Wieso?*"
„Weil mich das interessiert."
„Ein gewisses Interesse muss vorliegen, um sich sowas anzusehen, schon klar", sage ich angestrengt freundlich. „Aber ich frage dich nochmal: Aus welchen Gründen schaust du dir das an?" Ich stocke. „Etwa wegen deiner Schwester?"
„Ich finde schon, dass man als zukünftiger Onkel wissen sollte, was so alles auf einen zukommt."
„Ja, die *Eltern*, aber doch nicht der Onkel."
Lafayette zuckt mit den Schultern. „Ich bin gerne auf alles vorbereitet. Hast du gewusst, dass …"
Gnadenlos knallt er mir Fakten um die Ohren, die ich gerne wieder ungehört machen möchte. Fakten, so verstörend und

faszinierend sie auch sein mögen, aber damit will ich nichts zu
tun haben.
„Wenn ich Albträume wegen dir bekomme, komme ich zu dir
ins Schlafzimmer und hole dich prügelnd aus deinem Schlaf.
Damit das klar ist!"
Lafayette schüttelt missbilligend den Kopf. „Hattest wohl
keinen guten Start bei Sophie, was?"
Ich presse die Lippen zusammen. War der Start wirklich so
schlecht? Ich überlege zurück bis zum Zeitpunkt, an dem ich
an ihre Tür geklopft habe.
„Viel geredet haben wir nicht", muss ich zugeben.
Da ist wieder diese Missbilligung, die sich in seiner
hochgezogenen Augenbraue widerspiegelt.
„Was?"
„Nichts."
Ich kneife mir in die Nasenwurzel. „Spuck es aus oder lass es
sein."
Lafayette, der ausgestreckt auf der Couch liegt, richtet sich auf
und räuspert sich, als würde mir jetzt eine lange Ansprache
bevorstehen. „Mit Sophie ist es so wie mit den Babys …"
Fluchtartig verlasse ich das Wohnzimmer.

Später am Tag sitzen Lafayette und ich mit unserem Team
zusammen, besprechen die Lage und die weitere
Vorgehensweise bezüglich Chris Moffett und diesem Rivera.
Karl, unser deutscher Auswanderer mit militärischer
Ausbildung, sitzt mir gegenüber. Er ist kleiner als wir,
glatzköpfig ohne Bart mit von Akne vernarbtem Gesicht und
einer Narbe an der Oberlippe, die von der Korrektur einer
Fehlbildung herrührt.
„Du wirst morgen früh auf Moffetts Matte stehen und ihn den
ganzen Tag begleiten. Selbst wenn er nur aufs Klo geht, wirst
du ihn begleiten."
„Geht klar." Karl nickt, sein harter Akzent lässt alles irgendwie
militärisch klingen.

„Dexter, du kümmerst dich um Hintergrundinformationen bezüglich Moffett und Rivera. Und du, Kenny, fährst mit Dexter morgen früh zu Moffett und checkst seine Überwachungskamera, bringst alles auf den neuesten Stand." Dexter und Kenny sind die Jüngsten unter uns, haben weder eine Kampfausbildung noch sehen sie aus, als ob sie je eine Hantel hochgehoben hätten. Aber sie sind auf technischem Gebiet, online wie real, äußerst begabt. Da können Lafayette, Dexter und ich nicht mithalten.

Lafayette zückt eine dünne Mappe und legt sie in die Mitte des Tisches. „Das hier ist Chris Moffett, ein reicher, verwöhnter Junge. Liegt zwar nicht auf Papas Tasche, ist aber nicht abgeneigt, Geschenke anzunehmen. Und wir reden nicht von Büchern, Socken oder Unterwäsche."

Lafayette und ich haben uns im Internet mal umgeschaut, was es so allgemein über Moffett zu finden gibt. Auf Instagram ist er recht aktiv, sein protziges Dasein zu posten und es aller Welt zu zeigen. Ich bin mir ziemlich sicher, auf einem der Fotos Sophie in einer Spiegelung zu sehen, wie sie das Handy hält, um Fotos von ihm im Schlafzimmer zu machen. Lafayette meint, das könne jede Frau sein. Ich bin mir ziemlich sicher, dass es meine Frau ist, die den halbnackten Kerl da fotografiert.

Sollte ich sie je dabei erwischen, wie sie ihn noch einmal ablichtet, wird sie die Tracht Prügel ihres Lebens bekommen. Ich frage mich, was Sophie gerade so macht. Ob sie sich in ihrem schlechten Gewissen suhlt, mich verflucht und sich doch danach sehnt, dass ich endlich wieder zu ihr komme. Ich rutsche etwas auf dem Stuhl vor, weil mein Schwanz härter wird.

Muss ja nicht jeder sofort mitbekommen.

Ich konzentriere mich wieder auf die Fotos, auf das, was Lafayette zu berichten hat.

„Wieso will eigentlich dieser Kerl ausgerechnet in illegalen Geschäften mitmischen?", fragt Karl. „An Geld kann es nicht liegen."

„Wir haben da eine Vermutung", sage ich. „Ihm ist langweilig."

Karls buschige Augenbrauen fallen ihm ins Gesicht.
„Langweilig? Frag mich zwar, was an Geld so langweilig ist,
um als Neuling ausgerechnet in so ein Geschäft eintreten zu
wollen, aber gut, ist ja nicht mein Bier."
„Kannst ihm morgen auf den Zahn fühlen, so feinsinnig wie
du bist", mischt Kenny sich ein.
Karls schmale Augen huschen zu Kenny. „Weiß gar nicht, was
der Spott da in deiner Stimme zu suchen hat", sagt er trocken.
Karl kann trockener als eine Fuhre Sand sein, und ich muss
grinsen.
Den ganzen Nachmittag über hocken die Jungs und ich
zusammen, besprechen die Lage, bestellen uns Pizza. Viel
Privates von ihnen weiß ich nicht. Kenny und Dexter fragen
zwar Lafayette und mich um Rat bezüglich Frauen, wobei wir
da auch nicht unbedingt eine große Hilfe sind, aber die Jungs
schauen ein Stück weit zu uns auf, was mir insgeheim
schmeichelt. Lafayette auch, obwohl es keiner von uns je laut
aussprechen würde.
Später am Abend setzt mich Lafayette zu Hause ab. Wir haben
seit meinem Besuch bei Sophie nicht mehr über sie gesprochen,
dazu hatten wir tatsächlich kaum Zeit. Zwar schweiften meine
Gedanken immer wieder zu ihr, aber viel konnte ich nicht über
sie nachdenken oder über sie sprechen. Jetzt, am Abend, bildet
sich ein Knoten in meiner Magengegend. Vielleicht habe ich es
doch damit übertrieben, sie in diesem mentalen Zustand
zurückgelassen zu haben, und ich seufze lauter als
beabsichtigt.
„Ich sehe nach ihr", sagt Lafayette, als ich aus dem Wagen
steige. Ist sicherlich besser so, weil seine Art nun doch ruhiger
ist als meine und sich auch auf Sophie besser überträgt.
Ich gehe schnurstracks in die Küche, um mir ein Bier zu holen.
Ich nehme einen tiefen Schluck und einen zweiten, ja, das hab
ich gebraucht.
Kaum, dass ich die Flasche geleert habe, schellt mein Handy.
Lafayette.
„Was gibt's?"
„Sie ist nicht zu Hause."

Ruckartig schießt mein Puls in die Höhe. „Was soll das heißen: Sie ist nicht zu Hause? Woher willst du das wissen?"
„Erstens: Ich habe angeklopft, und es hat keiner aufgemacht. Zweitens: Ich bin in ihrer Wohnung. Sie ist nicht da."
„Wie zum Teufel bist du … Ach, vergiss es." Es ist Sonntagabend, sie ist nicht zu Hause. Zorn kocht in mir hoch, wenn ich mir vorstelle, wie sie sich mit Moffett im Bett wälzt. Zu gerne würde ich die Bierflasche gegen die Wand schleudern. Nur dann hab ich den mosernden Lafayette an der Backe, wenn er die neue Delle in der Wand entdeckt. Den Ärger ist es mir nicht wert.
„Was hast du jetzt vor?", frage ich ihn.
„Warten."
„Da warte ich doch mit", knurre ich.

Kapitel 9

Sophie

Ich brauchte Luft, Luft zum Atmen, Luft zum Denken. In den
eigenen vier Wänden fühlte ich mich, als kämen diese auf mich
zu, näher und näher, bis sie mich zerquetschten.
Im Nachhinein frage ich mich, ob es nicht eher ein Anflug einer
Panikattacke war. Ich zog mich um, schnappte Tasche,
Schlüssel und Handy und verließ fluchtartig meine Wohnung,
obwohl mir gleichzeitig danach war, mit einer Decke über dem
Kopf in einer Ecke zu kauern, bis die Enge in der Brust
verfliegt. Aber ich sagte mir, dass das verrückt sei. Nur, weil
Hunter mich bestrafen wollte, weil ich nicht sofort mit der
Sprache über Honey rausgerückt war, weil ich der Meinung
war, einen Orgasmus zu verdienen. Früher wäre ich um
Hunter herumgeschlichen, hätte ihn mit meiner Körpersprache
angefleht, mich nicht zu ignorieren, weil ich seine
Aufmerksamkeit brauchte wie ein Fisch das Wasser.
Hunter war mein Lebenselixier, mein Lebensinhalt.
Entschloss stand ich auf, mit wackligen Beinen und geröteten
Augen, aber ich stand vom Boden auf und beschloss,
auszugehen.

„Wie schön, dass du dich noch gemeldet hast", sagt Chris. Aus
seiner Stimme kann ich unmissverständlich die Missbilligung
hören.
Ich unterdrücke den Drang, mit den Augen zu rollen. „Ja,
sorry, war einfach nur müde."
„Du hättest dich trotzdem melden können."
Ich lege betont ruhig die Speisekarte auf den Tisch und sehe
ihn direkt an. Chris ist so anders als Hunter und Lafayette.
Vom Äußerlichen, vom Charakter. Seine Nägel glänzen ganz
leicht. Mit aller Wahrscheinlichkeit hat er sie sich professionell
reinigen lassen, was ich an sich nicht verkehrt finde, auch an
Männern finde ich schöne Nägel attraktiv.

Sie müssen zwar nicht unbedingt noch mit einem durchsichtigen Lack überzogen werden, nein, das sicherlich nicht, aber gepflegte Nägel sind schon gern gesehen. Chris trägt wie immer Anzug, was für ihn so selbstverständlich ist wie jeden Tag frische Unterwäsche anzuziehen, aber manchmal geht mir das auf den Keks. Gut, wir sind kein Paar im klassischen Sinne, aber selbst sonntags, als wir mal ein Eis essen waren, zog er einen Anzug an.

Ich muss an Hunter denken, an die gestrige Nacht, als wir vor Chris' Villa standen. Hunter ist nicht der Typ, der gerne Anzüge anzieht, aber er nörgelt auch nicht, wenn es der Anlass gebietet, einen zu tragen. Er sah einfach nur heiß aus. So verboten heiß und gebieterisch, dass ich tatsächlich nicht mit in die Villa kam und nach Hause fuhr.

Verfluchter Hunter!

„Ich hab mich doch jetzt gemeldet. Ist gut jetzt?"

Er murrt ein Ja.

„Was war gestern Abend los, dass du nicht mit reinkamst?" Ich nehme die Speisekarte wieder in die Hand, studiere ganz aufmerksam den Wein. „Was soll gewesen sein?"

„Na, ich bin davon ausgegangen, dass du meinem Angebot nicht widerstehen konntest. Hattest du keine Lust auf mich?"

„Kann ich Ihnen schon mal etwas zu trinken bringen?" Ein Kellner taucht an unserem Tisch auf.

„Unbedingt", sage ich. Da ich mich mit Wein nicht sonderlich gut auskenne, kann ich den Kellner nicht lange in ein Gespräch verwickeln und bestelle einen halbtrockenen Weißwein, Chris einen roten.

„Also?"

„Also was?"

Chris zieht missmutig die Augenbrauen zusammen. „Wieso bist du nicht reingekommen?"

„Ich war bloß müde, wollte es aber vor den Männern nicht sagen."

„Hättest mir wenigstens eine Nachricht schreiben können."

„Hab ich vergessen", sage ich bissig. Ich merke, dass es ein Fehler war, mich mit Chris zu verabreden. Immer noch innerlich aufgewühlt werde ich kaum Geduld dafür übrig

haben, um seinem kindischen Gebären ein Ende zu machen.
„Können wir das nicht einfach auf sich beruhen lassen?"
Er zuckt mit den Schultern.
„Wer waren eigentlich die Kerle, die dich begleitet haben?" Ich
tue so, als hätte ich keine Ahnung.
„Bodyguards."
„Du hast also Bodyguards. Warum?"
„Nichts, worüber du dir den Kopf zerbrechen musst, Sophie."
Chris, so kindlich wie er manchmal erscheint, so arrogant ist
er, mir Dinge vorzuenthalten, weil ich eine Frau bin. Den Zahn
zieh ich ihm. Mit einer rostigen Zange. Ohne Betäubung.
„Pass mal auf, Chris. Letztens kamst du mir mit dem
Vorschlag um die Ecke, bei dir einzuziehen, obwohl wir kein
Paar sind. Wir sind hier nicht in ‚Die Nanny'', wo ich als
Angestellte bei meinem Chef wohne, okay? ... Danke", sage
ich an den Kellner gewandt, als er uns den Wein serviert,
nehme das Glas und proste Chris zu, ehe ich einen Schluck
nehme. „Und wenn ich dich frage, was es mit den Bodyguards
auf sich hat, erwarte ich eine vernünftige Antwort, weil ich
dich schließlich überall hin chauffiere. Wenn dir was zustößt,
sollte ich wissen, was ich der Polizei sagen soll. Auch sollte ich
um meiner Selbst wissen, ob ich mich in Gefahr begebe, wenn
ich mich in der Nähe aufhalte."
Mein Ton wird zum Ende aggressiv. Hunter würde mich das
büßen lassen, so mit ihm gesprochen zu haben, aber Chris ist
nicht Hunter. Chris – ich muss insgeheim deswegen lächeln –
schießt das Blut in den Kopf, was mir eine kleine Befriedigung
gibt.
„Ich brauche die Bodyguards, weil ich in bestimmte Geschäfte
einsteigen will, in denen ich nicht überall mit offenen Armen
empfangen werde, okay?"
„Was sind das für Geschäfte?"
Chris seufzt ungehalten. „Sophie, es ist besser, wenn du nicht
alles weißt."
Ich werfe ihm einen langen Blick zu, dabei trinke ich den Wein
und bestelle nach.
„Hunter, einer der Bodyguards, hat eine Liste von meinen
ganzen Angestellten bekommen – Namen und Adressen."

Das erklärt, woher er wusste, wo ich wohne.

„Sie werden euch wohl überprüfen, obwohl ich ihnen gesagt habe, dass sie dich nicht zu überprüfen brauchen."

Ich verschlucke mich am Wein. „Überprüfen?"

Chris sieht mich überrascht an. „Ja, scheint wohl eine Routinemaßnahme zu sein. Und sie checken jeden einmal durch. Wie gesagt, ich habe ihnen gesagt, dass sie dich auslassen können."

Ein Knoten bildet sich in meinem Magen. „Sind sie da nicht erst recht misstrauisch geworden?"

Er zuckt mit den Schultern. „Kann schon sein, obwohl ich sagte, dass du bei mir einziehen wirst."

Mein Herz rutscht zum Knoten im Magen. „Du hast ihnen gesagt, dass ich bei dir einziehen werde?"

„Du wirkst sauer."

„Ich habe dir gesagt, dass ich Bedenkzeit brauche, und du stellst dich dahin, erzählst den Kerlen, dass ich bei dir einziehe. Wie selbstherrlich du doch bist", fauche ich.

„Ist es denn so falsch davon auszugehen, bei mir wohnen zu wollen? Du kommst aus deiner kleinen schäbigen Wohnung raus, wohnst in einer Villa, ohne große Verpflichtungen ..."

„Außer dich zu ficken, wenn es dem Herrn passt", beende ich den Satz zornig. „Ich hab keinen Hunger mehr." Ich gebe dem Kellner einen Wink.

„Was wird das?"

„Ich geh nach Hause, in meine schäbige Wohnung."

„Sophie", seufzt er, als hätte er es mit einem nörgelnden Kind zu tun. „Lass uns zu mir fahren und das in aller Ruhe ..."

„Nein, keine Lust. Wir sehen uns morgen um acht Uhr, *Boss*." Ich stehe auf, zücke das Portemonnaie. „Was bekommen Sie für den Wein?"

„Soll ich Ihnen die Rechnung bringen?" Der Kellner schaut verwirrt drein.

„Sagen Sie mir nur einfach, was der Wein ..."

„Ich bezahl schon", mischt Chris sich ein, der betont gelassen auf dem Stuhl sitzen bleibt. „Ich werde noch was essen. Ich bin schließlich hierhin, weil ich Hunger habe."

Ich klatsche zwanzig Dollar auf den Tisch, reiße meinen cremefarbenen Trenchcoat von der Stuhllehne und rausche davon.

Rauschen ist vielleicht etwas zu melodramatisch, denn der teure Teppichläufer vorne im Empfangsbereich schluckt das Trippeln meiner Pumps.

Ich atme tief die kühle Herbstbrise ein. Es hat leicht geregnet. Die bereits goldrot verfärbten Blätter liegen welk auf dem Gehweg, feine Regentropfen haben sich zu winzigen Pfützen im Laub versammelt. Ich muss aufpassen, dass ich mit meinen Pumps nicht ausrutsche und winke am Straßenrand ein Taxi ran. Chris kam mich abholen, sodass mein Wagen leider vor meiner Haustür steht. Ich nenne dem Fahrer meine Adresse, und ich freue mich schon auf zu Hause. Kuschlige Sachen anziehen, warmen Kakao trinken, dabei Netflix schauen. Bloß nicht an Hunter denken. Bloß nicht über Chris ärgern. Obwohl dieses überhebliche Arschloch mich schon zur Rage bringt. Bisher habe ich seine Überheblichkeit damit abgetan, dass er ein verwöhnter Bengel ist und wir nur Sex miteinander haben. Guten Sex, ja, hin und wieder Quickies hinten in der Limousine. Kleid hoch, Reißverschluss auf, Höschen nur eben zur Seite geschoben, Schwanz rein. Chris ist gut gebaut, ich mag seinen Schwanz. Und wenn ich mal unpässlich war, habe ich ihm einen geblasen. Chris kommt oral verdammt schnell, sodass ich mich dabei kaum anstrengen musste. Mein Make-up hatte nicht mal Zeit zu verschmieren. Aber seit er den Spleen hat, ich soll bei ihm einziehen, weil er die fixe Idee hat, immer eine Frau daheim zu haben, die für ihn die Beine breit macht, wenn ihm der Sinn danach steht, ist nichts mehr gelaufen. Anfänglich wog ich es noch ab, sah eine Chance darin, eine Menge Geld zu sparen, aber seit Hunter wieder da ist … Ich seufze. Plötzlich sehe ich Chris mit anderen Augen, mit komplizierten, anstrengenden Augen.

Verfluchter Hunter!

Kapitel 10

Hunter

„Wie schön, dass du auch mal wieder zurückkommst", knurre ich.

Erschrocken bleibt Sophie auf der Stelle stehen. Sie hat sich den Kragen vom Trenchcoat hochgezogen und den Kopf eingezogen. Es hat zu nieseln begonnen. Als ich Sophie aus dem Taxi steigen sah, stieg ich auch aus. Lafayette wartet weiterhin oben in ihrer Wohnung. Sie hat mich gar nicht wahrgenommen. Wie oft hatte ich ihr eingebläut, ihre Umgebung stärker wahrzunehmen. Sophie neigt dazu, tief in Gedanken zu sein, also musste ich sie noch öfter auf etwas hinweisen. Sie hat mich deswegen in den Wahnsinn getrieben, weil ich bloß wollte, dass sie Acht auf sich gibt. Mein Beruf bringt Unannehmlichkeiten wie Drohung, Erpressung und Entführung mit sich.

Ich bleibe wenige Meter vor ihr stehen und sehe, wie sie sich merklich aufrichtet und das Kinn reckt, bevor sie sich zu mir dreht.

„Was machst du hier?" Sie faucht mich an.

Missbilligend ziehe ich eine Braue hoch. „Ich will bei meiner Frau sein und wissen, wo du dich rumtreibst."

„Ach, jetzt willst du bei mir sein?"

Ich runzle die Stirn angesichts ihres Tons und ihrer angespannten Körperhaltung.

„Geh nach Hause, Hunter."

Ihre Augen funkeln, weil ich mich ihr nähere, und sie hält die Tasche fast wie ein Schutzschild vor sich.

„Ohne dich gehe ich nirgends hin", sage ich bestimmt, packe ihren Oberarm und bugsiere sie ins Haus.

Sie lässt es geschehen. Die Absätze ihrer Pumps klackern auf dem Boden. Erst als wir im Fahrstuhl sind bemerke ich ihr Erscheinungsbild.

„Sag mal, was hast du da an?!"

Sie entreißt mir den Arm und zieht den Trenchcoat zurecht.
„Ein Kleid."
„Ein ziemlich kurzes, wenn man es unter deinem Mantel nicht
sehen kann."
„Der ist eben nur länger." Wieder zupft sie am Mantel und
wischt sich grob die feuchten Haarsträhnen aus dem Gesicht.
Ihre Haare liegen offen über ihre Schultern. Sie sind länger als
ich sie in Erinnerung habe und deutlich dunkler. Eigentlich
Schwarz. Ihre Haut erscheint deutlich heller, aber nicht blass.
Sophie ist nie im Sommer braun geworden, weil es die Natur
bei ihr nicht vorgesehen hat. Umso dunkler erschien ich neben
ihr, wenn ich mich auf einer Liege in der Sonne geräkelt hatte.
Wir sahen im Sommer aus wie ein halber Oreo-Keks.
Ich hebe die Hand, streiche eine weitere Strähne hinters Ohr
und streichle ihre Wange. Ihre Augen werden groß, ihre
Wangen erröten sanft. Ich kann es in ihren Augen sehen, dass
unser Zusammentreffen an ihr nagt, dass sie trotz ihrer nach
außen getragene Stärke Halt sucht. Ich packe für sie völlig
unerwartet grob in ihr Haar, balle an ihrem Hinterkopf meine
Hand zur Faust und ziehe ihren Kopf in den Nacken, mein
Mund schwebt über ihrem.
„Wo warst du?" Ich ziehe am Gürtel des Trenchcoats, öffne ihn
und schaue mir genau an, was sie da trägt. „Du hast *dieses*
Kleid getragen?!" Fassungslos starre ich es an.
„Hunter", sagt sie stockend, mein Blick lässt sie verstummen.
„Welche Art von Frau trägt so ein Kleid?", frage ich sie
wütend. Ich bin nicht wütend, weil sie sich ein körperbetontes
Kleid angezogen hat, sondern darüber, dass sie ausgerechnet
das Kleid gewählt hat. Sie hat es oft für mich angezogen, um
mich zu provozieren, mich heiß zu machen, wenn wir abends
ausgegangen waren. Sie trug es selbst auf Feiern, zu denen wir
eingeladen waren, damit ich sie leichter auf der Toilette vögeln
konnte.
„Welche Art von Frau. Sag es, Sophie", wiederhole ich meine
Frage.
„Schlampen tragen solche Kleider." Ihr Atem kommt
stoßweise.

„Ich sollte deine Brüste aus dem Ausschnitt baumeln lassen,
damit jeder sehen kann, was für eine Schlampe du in
Wirklichkeit bist."
Sie braucht es gar nicht zu sagen, ich sehe es ihr an. Sie ist geil.
Schon früher hat sie auf solche Aussagen reagiert, auf
Demütigungen, auf Angst, die ich in ihr durch meine Worte
hervorrief.
„Nein? War das ein Nein? Glaubst du, dass mich deine
Meinung dazu interessiert?"
Sie schüttelt erneut den Kopf.
„Wenn ich jetzt deine Pussy berühre, was würde ich
bemerken?"
„Dass ich nass bin, Hunter", keucht sie. Ohne Aufforderung
stellt sie ihre Beine breit.
Ich lache dreckig. „Willig wie eben eine Schlampe sein kann."
Ihr Gesicht färbt sich rot, und sie senkt den Blick. In diesem
Moment gleiten die Fahrstuhltüren auf. Da es Sonntagabend
ist, begegnen wir niemandem auf dem Hausflur. Leise
Geräusche aus den Fernsehern hinter den einzelnen
Wohnungstüren dringen zu uns durch, kurz hören wir einen
Hund bellen, als wir zu ihrer Wohnung laufen. Sie kramt
unbeholfen in ihrer Handtasche nach ihrem
Wohnungsschlüssel, doch bevor sie den Schlüssel ins Schloss
stecken kann, öffnet Lafayette die Tür.
Kurz zuckt Sophie erschrocken zusammen, atmet erleichtert
aus, weil sie sieht, dass es Lafayette ist, und als sie erkennt,
dass es eben genau dieser Mann ist, zittert sie.
„Lafayette", haucht sie.
„Wie schön, dass du endlich nach Hause kommst", sagt er
galant, tritt zur Seite und öffnet uns weit die Tür. „Worauf
wartest du, Sophie?"
Sophie sucht meinen Blick, unterschiedliche Emotionen
spiegeln sich in ihrem Gesicht wider.
„Wird's bald oder willst du, dass deine Nachbarn alles
mitbekommen?"
Sophie geht vor, ich hinterher. Lafayette hat nur das kabellose
Licht auf dem Couchtisch an und das Licht in der Küche,
sodass das Wohnzimmer in schummriges Licht getaucht wird.

Ich gebe Sophie noch die Gelegenheit, sich den Mantel auszuziehen und die Tasche abzustellen.

„Runter mit dir", befehle ich scharf. „Brauchst du eine Einladung?"

„Hunter, ich …"

„Sei still."

Zitternd geht sie runter auf die Knie. Die Pumps zieht sie sich von den Füßen und lässt sie achtlos dort liegen.

Mein Schwanz ist prall und hart. Schon seit ich Sophie heute Mittag zurückgelassen habe, kann ich an nichts anderes denken, außer daran, mich in ihr zu ergießen, mein Sperma soll auf und in ihr sein.

„Entblöße deine Brüste, das Kleid bleibt an."

„Hunter, bitte, lass mich …" Sie schreit auf, weil ich hinter ihr in die Knie gehe, in den Ausschnitt greife und ihre Brüste hervorhole. „Hunter!"

Ich ersticke ihren Protest im Keim – mit einem tiefen, versauten Kuss. Zuerst versucht sie, mich wegzudrücken, doch das dauert nicht lange an. Sie schiebt die Knie auseinander, als ich zwischen ihre Beine greife. Sie drückt den Rücken durch, schiebt ihren Hintern hervor. Sie wird anschmiegsamer, genießt meine Berührungen, die grob und sanft sind. Ich schiebe den Rock hoch, schiebe meinen Finger samt Slip zwischen ihre Schamlippen.

Sie ist feucht.

Sie küsst mich leidenschaftlich, drängt ihre Zunge in meinen Mund, und sie stöhnt ungeniert, als mein Finger vor ihrer Öffnung verharrt. Den Slip habe ich bewusst nicht zur Seite geschoben. Ich reibe ihren sensiblen Kitzler, übe Druck aus und reibe ihn weiter mit der Fingerkuppe. Nicht allzu wild, was sie meist schneller und heftiger kommen lässt und ihren Slip mit ihrer Lust wortwörtlich tränkt. Ihre Brustwarzen stehen steil ab, betteln um Aufmerksamkeit.

Ein Schatten legt sich über uns, als Lafayette sich zu uns gesellt. Auch er geht in die Hocke, direkt vor Sophie, sodass sie jetzt auf Augenhöhe sind. Ich sehe ihm an, dass er angespannt ist, seine Kiefermuskeln treten hervor. So ähnlich geht es mir auch. Trotz der Lust, die zwischen uns schwelt, bin auch ich angespannt. Der Wunsch, sie weinend und erniedrigt zu sehen, ist groß, weil ich weiß, dass sie danach empfänglich für alles andere ist. Sie ist hypersensibel, entschuldigt sich für Fehler und Missachtung unserer Regeln, und Sophie ist dann zahm wie ein niedliches Kätzchen.

Gott weiß, dass das nicht immer so ist, wenn sie eine ihrer Phasen hat, in denen sie aufmüpfig, pampig und schlecht gelaunt ist.

Je aufmüpfiger sie war, desto weniger ließen Lafayette und ich zu, dass sie allein war. Wollte sie joggen gehen, ging von uns immer einer mit. Wollte sie shoppen gehen, war immer einer dabei. Das mit dem Shoppen hassten Lafayette und ich – und Sophie zog ihre Shoppingtour gnadenlos in die Länge, ohne auch nur ein Wort mit uns zu wechseln. Wir ließen es geschehen, weil wir wussten, dass es Sophies Art war zu zeigen, dass es ihr zu viel wurde. Eine 24/7-Sub wollte sie nie sein, und ich hatte es akzeptiert, weil ich keine Frau wollte, die 24/7 unterwürfig war. *Also, wieso hast du mich verlassen?*

Grober als beabsichtigt drehe ich Sophies Gesicht zu Lafayette – sie muss ihn anschauen. Ihr Gesicht ist heiß, und ihre Pussy nass. Sie beginnt, sich in ihrer devoten Stellung zurechtzufinden, sie kommt langsam an. Ich sehe es an ihrer Haltung.

„Sophie", knurrt Lafayette den Namen, dabei knöpft er die Ärmel des Hemds auf und krempelt diese hoch. „Wir müssen von vorne beginnen und dir zeigen, wo genau dein Platz ist." Er sagt es, als würde er am Anfang einer langen Predigt sein. Sophie schweigt, rutscht näher zu mir.

Wieder zuckt ein Schmerz durch mich hindurch. Sie sucht meine Nähe, Schutz und Halt, also wieso ist sie abgehauen? *Wieso nur warst du weg?* Stumm knalle ich ihr die Frage an den Hinterkopf.

„Wo warst du?", fragt Lafayette scheinbar ganz beiläufig, obwohl er soeben beginnt, seinen Gürtel zu öffnen.

Ich nehme meine Hand von ihrer Pussy, und sie gibt ein unwirsches Geräusch von sich. Ich lache leise, rau und schmutzig und beuge mich vor. „Was ist? Glaubtest du etwa, ich schaffe dir die nötige Erlösung?"

Sophie schweigt, obwohl sie Lafayette sie mit hochgezogenen Augenbrauen ansieht.

„Hast du deine Zunge verschluckt, Schlampe?" Ich drücke fester zu, bohre meine Finger unangenehm in ihr Kinn. Sie zuckt zusammen – aufgrund des Schmerzes und der Demütigung, die ihr blüht, wenn sie antwortet. Dinge laut auszusprechen, ist ein hoher Demütigungsfaktor für Sophie.

„Ich bin nass, Hunter", sagt sie mit zitternder Stimme, in diesem Moment kneife ich in ihre Brustwarze, Lafayette kneift in die andere.

Sophie schreit auf.

„Beantworte die Frage deines Mannes", knurrt Lafayette.

„Ich bin nass, aber ich habe keinen Orgasmus verdient." Sie windet sich. In ihren Worten, in ihrer Demütigung, in der Demut, die sie uns gegenüber empfindet. „Nur euch steht es zu, zu entscheiden, wann ich einen Orgasmus verdient habe." Sie seufzt beinahe das letzte Wort, weil es Sophie in die hohen Sphären der Erregung katapultiert, wenn wir so mit ihren Brustwarzen spielen.

„Vergiss das nie", zischt Lafayette, beugt sich vor und beißt in den harten Nippel. Sophie legt eine Hand auf Lafayettes Kopf, drückt ihn näher zu sich, während sie den Oberkörper nach hinten lehnt. Sie legt den Kopf auf meine Schulter, dreht ihn, keucht an meinem Hals. Ihr warmer Atem streift meine Haut. Ich kann nicht anders, drehe ihr Gesicht, weil ich sie küssen muss. Ich zwänge meine Zunge grob in ihre Mundhöhle, zwirble ihren einen Nippel, während Lafayette am anderen saugt und ihn mit seiner Zunge reizt. Sophie bewegt die Hüften, in der Hoffnung und Erwartung, man möge ihrer Pussy auch Aufmerksamkeit widmen. Mein Schwanz ist steinhart, und wenn ich in die Hose greifen und meinen Schwanz in die richtige Position bringen würde, könnte meine pralle Eichel aus dem Bund der Hose lugen.

Als würde Sophie meine Gedanken erraten, greift sie nach hinten zwischen unsere Körper, legt die Hand gezielt auf meinen Schritt.

Sofort, als würde sich ein Schalter in mir umlegen, lasse ich von ihrer Brust los, um ihr Handgelenk zu packen.

„Hunter", ruft Sophie gequält meinen Namen, als ich mit ihrem Arm auf ihrem Rücken verdreht harsch nach vorne presse.

Lafayette schaltet sofort, rückt von uns ab und steht auf.

„Glaubst du ernsthaft, ich lasse jede Nutte an meinen Schwanz?", belle ich. Ich weiß instinktiv, wie ich sie jetzt zu behandeln habe. Schließlich ist sie meine Frau, und ich muss ihr Grenzen aufzeigen. Ich lasse sie los, Sophie kauert auf dem Boden, und sie bleibt dort. Auf allen Vieren kauert sie da, das Gesicht auf den Boden gepresst, sie weint stumm. Wie sehr mich ihre Tränen anturnen.

„Du hast dir heute einiges geleistet", sage ich kalt, obwohl ich erregt bin und mich danach sehne, mich in meine Frau zu versenken. „Widerspenstig, aufmüpfig, patzig und schon fast übergriffig. Du weißt, dass wir das nicht dulden." Ich erwarte darauf keine Antwort. „Schieb den Rock hoch, den Slip runter. Und zwar auf der Stelle."

Ohne das Gesicht zu heben, schiebt sie den Rock hoch. Lafayette und ich können sehen, dass ihr Slip von ihrer Lust durchtränkt ist. Sie genießt unsere Blicke, reckt den Hintern in die Höhe, wartet ein paar Sekunden ab, ehe sie den Slip hinabzieht, der in ihren Kniekehlen hängen bleibt.

Ich umrunde sie, genieße den Anblick meiner devoten Frau. Sophie schiebt ihre schwarzen, gewellten Haare über die linke Schulter, legt das Gesicht auf die linke Wange, mit der Absicht, dass wir ihr Gesicht sehen, während sie bestraft wird. Ich knie mich erneut neben sie, greife in die Hose und hole meinen Schwanz hervor.

„Du wolltest das hier, nicht wahr?"

Ihr Gesicht wird heiß, wieder treten Tränen in ihre Augen.

„Ja, wollte ich", antwortet sie und leckt sich die Lippen.

„Wenigstens streitest du das nicht ab", sage ich spöttisch. Ich werfe Lafayette, der den Gürtel aus den Schlaufen gezogen hat, und ihn in seiner Hand bereithält, einen Blick zu und nicke.

„Bist du bereit für dein Verhör?" Lafayettes Stimme ist dunkel und voller Verheißung auf das, was ihr blühen wird. Sophie sucht mit ihren großen Augen meinen Blick, findet das, was sie braucht, um sich innerlich für das Bevorstehende und Unvermeidliche zu wappnen.

„Ich bin bereit."

Der erste Schlag hallt durch die Wohnung.

Kapitel 11

Ich bin in meiner Zone angekommen. Es hat nicht lange
gedauert, um von der ersten Begegnung mit meinem Mann bis
hierhin zu kommen. Dieser Mann hat eine Aura, die mich
einlullt, die in jede Faser meines Körpers eindringt und sich
dort einnistet, bis auch mein Verstand von ihr in Besitz
genommen wurde. Mein Herz hatte er die ganze Zeit, da
brauche ich mir nichts vorzumachen.
Spätestens nach dem ersten Schlag mit dem Gürtel bin ich
verloren.
Nein, anders: Ich war drei Jahre verloren, bis zu diesem
Augenblick. Der Schmerz jagt über meinen Hintern, kraucht
den Rücken rauf und verursacht einen heißen Schauer über
den gesamten Körper. Ich spüre, dass ich Halt finde, dass ich
wieder ich bin und nicht mehr krampfhaft nach außen tragen
muss, dass ich eine Frau bin, die keinen Mann braucht, um
glücklich zu sein. Ich höre schon, wie Feministinnen sich die
Hand gegen die Stirn klatschen. Ich bin eine unabhängige und
stolze Frau, ja, absolut, aber dieser devote Teil in mir, ein
Bestandteil meiner Selbst, der rastlos in mir wütete, bricht mit
einem Mal an die Oberfläche, und ich fühle mich endlich
wieder vollständig.
Ich sehe unverblümt auf Hunters Schwanz, den er
schonungslos vor meinen Augen mit der Hand bearbeitet;
Hunters Augen sind dunkel vor Verlangen, und seine Eichel ist
dunkelrot und geschwollen und glänzend von seiner Lust, die
aus ihm heraustropft. Ich lecke mir über die Lippen und bilde
mir ein, den Geschmack seines Spermas auf meiner Zunge zu
haben.
Lafayettes Schläge werden fester, es ist auszuhalten, obwohl
ich die vom Schmerz ausgelöste Hitze fühle, wie sie sich
ausbreitet. Als der erste Schlag auch auf meinen
Oberschenkeln landet, stöhne ich gequält auf. So empfindlich
wie der Hintern auch sein mag, ist es kein Vergleich zum
Schmerz auf meinen empfindlichen Oberschenkeln, und doch

würde ich in diesem Moment nirgends anders sein wollen.
Erneut setzt es einen Schlag auf meine Schenkel.
„Bleib, wo du bist", knurrt Lafayette. „Wir sind noch nicht am
Ende."
Im Augenwinkel sehe ich, wie er in die Hocke geht, meine
Pobacke streichelt. Dieser Mann hat schon immer eine
Faszination in mir ausgelöst. Er ist nicht nur groß, muskulös
und gutaussehend, nein, dieser Mann hat Feingefühl, was ich
bei Hunter außerhalb unserer Sessions vergebens gesucht
habe. Lafayette ist anders, feinfühliger, taktvoller, gar ein
Touch feminin, würde ich sogar behaupten. Ich weiß, dass er
seine Mutter vergötterte, dass er sie auf Händen trug, wenn es
hätte sein müssen. Der Tod seiner Mutter riss ein tiefes Loch in
sein Leben. Kein Fremder würde je auf die Idee kommen, dass
sein wortkarges Verhalten daher rührt, dass er vor Kummer,
Trauer und Schmerz beinahe aufgehört hätte zu sprechen.
Lafayette war schon immer ein ruhiger Geselle, ein Mann
weniger Worte, ja das war er, aber er hörte zu, interpretierte
und beobachtete sein Gegenüber. Seit dem Tod seiner Mutter
ist es still um ihn herum geworden, obwohl er eine Schwester
hat, die zu ihm aufschaut, weil Lafayette nicht nur großer
Bruder war, sondern für sie eine Art Vaterersatz. In dieser
schweren Zeit wurde sie erwachsen und kapselte sich von ihm
ab, und Lafayette wurde noch stiller. Viel zu still.
Seine Augen, die etwas Altes und Wissendes in sich haben,
studieren mich. „Wo warst du?" Seine Frage ist kurz, seine
Stimme ruhig. Sein ruhender Blick jagt mir einen Schauer über
den Rücken, weil ich weiß, dass es die Ruhe vor dem Sturm ist,
seine Körpersprache ist scheinbar gelassen.
Auch Hunter beobachtet mich genau, ich schlucke, Tränen
sammeln sich in meinen Augen.
„Ich war im Restaurant essen."
Beide Männer brummen, unzufrieden über meine Antwort,
Lafayette steht wieder auf. „Mit wem warst du essen?"
„Mit … mit Chris", gebe ich kleinlaut zu.
Auf Hunters Wangen bilden sich heiße Flecken, und dann
geschehen zwei Dinge auf einmal: Lafayette knallt mir erneut

den Gürtel über die Haut, fester, mit mehr Wucht, während Hunter direkt vor mein Gesicht rutscht.

„Was gab's denn zum Essen?", zischt Hunter.

Bevor ich die Möglichkeit zum Antworten habe, drückt Hunter seine Finger in meine Wangen und dreht meinen Kopf. Ungezügelte, hemmungslose Lust erobert mich, als ich seinen Schwanz in den Mund geschoben bekomme. Er holt sich nicht die Erlaubnis, nein, er nimmt, was ihm zusteht, und holt sich, was er braucht.

„Lass ja den Mund offen", knurrt er. Er verharrt einfach in meinem Mund, ohne sich zu bewegen, während Lafayette mich schlägt.

Mein Herz schlägt wild in meiner Brust, meine Pussy ist nass. Ich werde wahninnig vom Mix aus Schmerz und unbefriedigter Lust. Ich versuche, seinen Schwanz mit meiner Zunge zu verwöhnen, Speichel tropft aus meinem Mundwinkel. Ich zucke zusammen, weil Hunter mir einen Schlag auf die Wange gibt. Keine harte Ohrfeige, der Klaps ist als Warnung gedacht.

„Hattest du seinen Schwanz als Nachtisch?"

Ich schüttle mit Schwanz im Mund den Kopf.

„Ich kann dich nicht hören."

Ich nuschle ein Nein, was ein hoher Demütigungsfaktor ist, wenn man nicht richtig sprechen kann und einem Speichel aus dem Mund tropft.

Hunter lacht schmutzig auf. „Also hattest du heute noch keinen Schwanz im Mund. Für eine Nutte ist das ganz schön erbärmlich."

Ich winde mich vor Lust.

„Lass den Mund offen, du gibst keinen Mucks von dir. Ich werde dir zeigen, wie man den Mund einer Nutte richtig benutzt."

Meine Tränen mischen sich mit meinem Speichel auf dem Boden. Lafayettes Schläge bringen mich mittlerweile an meine Grenze. Ich winde mich und rutsche auf dem Boden, versuche krampfhaft, keinen Ton von mir zu geben.

Hunter pumpt seinen Schwanz in meine Mundhöhle – bis hinein in den Rachen. Plötzlich spüre ich eine Hand auf meiner

Pussy. Ich seufze laut und dankbar. Ich würde in diesem
Moment alles tun, um zum Höhepunkt zu kommen.
„Noch nicht mal still kannst du bleiben", sagt Hunter
verächtlich, ich zucke zusammen. „Bringst mich nicht mal zum
Abspritzen." Er reißt seinen Schwanz aus meinem Mund.
Ich beginne zu schluchzen. Ich bin ganz tief in meiner devoten
Zone, und ich weiß, dass Hunter das auch weiß und spürt.
Mittlerweile muss mein Make-up schwarze, verschmierte
Bahnen auf meinen Wangen hinterlassen haben, und es ist mir
egal.
„Versuch du es mal", wendet er sich an Lafayette, und sofort
ist meine Pussy wieder ohne Hand.
Ich richte mich etwas auf, schlucke den Kloß runter und öffne
mit zitternden Fingern Lafayettes Reißverschluss, weil er das
so von mir verlangt. Ich höre, wie Hunter, der sich hinter mich
gestellt hat, den Atem anhält, weil er meinen nackten,
geschundenen Hintern sieht. Erneut huschen Seufzer der
Wonne über meine Lippen, als ich Lafayettes schönen,
prächtigen schwarzen Schwanz in der Hand halte. Ich beuge
mich hinab, lecke die ersten Lusttropfen von seiner Eichel.
Seine Hände legen sich sanft, fast ehrfürchtig auf meinen
Hinterkopf. Meine Brüste hängen aus dem Ausschnitt, wippen
im Rhythmus meiner Bewegung. Ich nehme seinen Schwanz
tief in meinen Mund, sauge an ihm, und beinahe beginne ich
wieder zu schluchzen. Ich will ihm dienen, Lust verschaffen,
aber Lafayette hat sich so sehr im Griff, dass er keinen Mucks
von sich gibt. Ich würge, weil sein Schwanz so tief in meiner
Kehle steckt, dass meine Nasenspitze fast seinen Bauch
berührt.
Seine Finger krallen sich fester in mein Haar, ein erstes
Zeichen, dass ihm gefällt, was ich mache.
„Du bist klitschnass", stöhnt Hunter, ich stimme mit ein.
Irgendwas Raues berührt meine Pussy, und ich brauche einen
Moment bis mir klar wird, dass Hunter den Gürtel genommen
hat, um ihn zwischen meine geschwollenen Schamlippen zu
schieben. Hunters Fetisch gewinnt die Oberhand, und er reibt
das Leder an meinem Geschlecht. Hunters stockender Atem
und raues Stöhnen ist wie Musik in meinen Ohren. Ich bewege

meine Hüften, reibe mich am Gürtel, versuche so, meinen
Kitzler zu stimulieren.
„Fuck", ruft Hunter aus. „Oh fuck!" Er spritzt meinen Hintern
an, schmiert ihn mit seinem Sperma voll. Er schlingt den
Gürtel um meine Taille, zieht ihn durch die Schnalle, sodass er
einen Gurt zum Festhalten hat, als er seinen vom Sperma
nassen Schwanz in meine Pussy rammt.
Ich schreie auf, auch bei Lafayette ist ein Knoten geplatzt.
„Hände weg", befiehlt Lafayette. „Streck die Zunge raus."
Lafayette will nur meinen Mund.
Die Düfte unserer Erregung vermengen sich, Hunters und
mein Schweiß vermischen miteinander, und ich kann nur noch
fühlen. Sein Schwanz steckt in mir drin, füllt mich aus, und ich
kann nur noch schluchzen und stöhnen vor Glück und vom
Erfülltsein, so als wäre ich in den drei Jahren unvollständig
gewesen. Ich will benutzt werden, und die Männer wissen, wie
sie mich zum Höhepunkt bringen oder mich stundenlang auf
dieser Schwelle zur Erlösung schweben lassen können. Aber in
diesem Augenblick wollen wir alle nur eins: Erlösung.
Hunter pumpt gnadenlos seinen Schwanz in meinen Körper,
meine Pussy tropft, der Gürtel schneidet unangenehm in
meine Haut. Aber selbst mir gibt das Leder um meine Taille
einen zusätzlichen Kick; ich stelle mir vor, wie es gerade
aussehen muss, wie Hunter mich reitet.
Lafayette packt meinen Hinterkopf, gräbt seine Finger in meine
Haare und hält mich fest, während er meinen Mund fickt –
gnadenlos fickt.
Ich stütze mich auf dem Boden ab, damit ich nicht von Hunter
quer durchs Wohnzimmer gefickt werde oder aus Versehen bei
einer unbedachten Vorwärtsbewegung an Lafayettes
schwarzem Schwanz ersticke.
„Verflucht, Sophie", ruft Lafayette meinen Namen, seine
Bewegungen werden gröber, schneller, Speichel fließt aus
meinem Mund. Mein Geschlecht zieht sich zusammen, zuckt
um Hunters Schwanz, und meine Seufzer werden lauter,
ungeduldiger. Ich dränge mich Hunter entgegen, bettle um
den Höhepunkt, der mir den ganzen Tag schon verwehrt
wurde.

Hunter steht kurz davor, sein Griff um meine Hüften wird grob und hart, und er beginnt zu fluchen. „Deine Fotze … *fuck!*" Hunter kann nicht mehr an sich halten. Wie ein verdammter Berserker donnert er seinen Schwanz in meinen Körper, krallte seine kurzen Fingernägel in meine Hüften, die mit Sicherheit breite Spuren hinterlassen.

Spitze Schreie der Lust entfliehen meinen Lippen, in dem Moment spritzt Lafayette ab, dessen Sperma meine Schreie schluckt – wortwörtlich. Hunter entreißt mich Lafayette, kaum dass ich sein Sperma geschluckt habe, schlingt seine Arme um meinen Körper, legt seine starke Hand um meine Kehle und hält mich so fest, als er seinen Orgasmus erreicht. Er beißt sich in meinen Nacken fest, saugt und leckt die empfindliche Stelle direkt unterhalb des Haaransatzes. Heiß pumpt sein Schwanz das Sperma in meine Pussy, und ich beginne zu weinen. Emotionen kochen unaufhaltsam in mir hoch, lassen sich nicht länger verbergen, und ich kralle mich an Hunters Armen fest. Da Hunter und ich immer noch unsere Sachen anhaben und nur notdürftig bestimmte Körperteile freigelegt haben, kann ich Hunters warme, verschwitzte Haut nicht auf meiner spüren. Es beruhigt mich meist, aber gerade bekomme ich keine Luft.

Hunter spürt meine Veränderung, ich kann sie nicht einordnen und versuche, mich aus dem Griff zu befreien. „Sophie, beruhig dich. Ich bin da", sagt Hunter bestimmt. „Ich bin ja da."

„Lass mich … lass mich los."

„Nein." Er bewegt seine Hüften, drückt sich nach hinten, damit er sich aus mir herausziehen kann. Sobald sein Schwanz aus meine Pussy flutscht, fließt ein Gemisch aus seiner und meiner Lust an meinem Innenschenkel hinab.

Lafayette hat bereits sein Hemd und seine Hose geordnet, hockt sich vor mich hin ohne auch nur ein Wort zu sagen und zieht mein Kleid hoch, sodass meine Brüste wieder hineinrutschen. Er fasst mich bewusst nicht an und sagt bewusst nichts, lässt mich seine bestimmte, ruhige Art spüren. Beinahe taumle ich nach vorne, weil Hunter mich plötzlich loslässt und sich hinstellt. Er richtet seine Hose, stopft seinen Schwanz hinein.

„Komm her", sagt er sanft, packt meine Oberarme und zieht mich auf die Beine.

Lafayette, der immer noch hockt, hilft mir, den Slip auszuziehen. Er benutzt ihn, um Hunters Sperma vom Schenkel zu wischen. Ich schniefe und schluchze, lasse es zu, dass mein Mann mich in seine Arme zieht. Lafayette durchquert den Raum, begibt sich nach hinten, wo er vermutlich das Badezimmer aufsucht. Kurz darauf höre ich Wasser rauschen.

Hunter presst seine Lippen auf meinen Scheitel, auf meine Stirn, auf meine Augenlider. Ich beginne, mich zu beruhigen, schlinge meine Arme um seinen Hals und vergrabe mein Gesicht in seiner Halsbeuge. Ich atme seinen eigenen Duft und das moschusartige Parfum ein, genieße den Augenblick der Zweisamkeit und die Umarmung eines starken Mannes. Lafayette kehrt zurück, das Wasser rauscht immer noch.

„Lafayette, du hast das Wasser ..."

„Wir gehen duschen", unterbricht Hunter mich und hebt mich hoch, sodass ich mich gezwungen sehe, meine Beine um seine Mitte zu schlingen.

Gemeinsam verschwinden ins kleine Badezimmer.

Kapitel 12

Hunter

Ich hab so ein Verhalten schon geahnt. Dass Sophie anfängt zu weinen und zu zittern, ist ein sicheres Zeichen dafür, dass in ihrem Inneren ein Sturm toben muss. Vielleicht hätte ich doch Lafayette wegschicken sollen, aber zu dem Zeitpunkt fühlte es sich richtig an, dass er blieb.

Ich merke selbst, dass nicht nur Sophies Weinen mich aufwühlt, sondern ich es selbst auch bin: emotional, besitzergreifend und – was ich nicht laut zugeben würde – verunsichert.

Ich bin froh, dass Lafayette so vorausschauend ist, dass meine Frau und ich Zeit für uns brauchen. So eine gemeinsame heiße Dusche bewirkt doch Wunder.

Mit Sophie auf dem Arm betrete ich das Bad, das kleiner als eine verfluchte Abstellkammer ist. Ich seufze ein bisschen entnervt, weil ich mich kaum wenden und drehen kann und mich gezwungen sehe, Sophie auf den Boden zu stellen. Das heiße Wasser hat die „Badkammer" bereits in eine Sauna verwandelt. Ich ahne, dass Lafayette das Wasser extra heiß eingestellt hat – Wohlfühltemperatur für die Frau, Verbrennungen zweiten Grades für den Mann.

Sophie setzt sich auf den Toilettendeckel, mit hängenden Schultern. Sie sieht zu mir auf, als warte sie auf etwas. Sie sieht bleich unter dem verschmierten Mascara aus, und sie ist müde. Alle Energie ist mit dem Orgasmus aus ihr herausgeschwemmt worden.

Ich drehe mich zum Waschbecken. Auf der Ablagefläche oberhalb des Beckens steht ein Zahnputzbecher. Ich nehme ihn, lege die Zahnbürste sowie -pasta zur Seite, halte den Becher unter den Wasserhahn und drehe das Wasser auf.

„Trink", fordere ich sie sanft auf.

Ich warte, bis sie getrunken hat, dann ziehe ich sie auf die Beine und beginne damit, sie auszuziehen. Sie hebt die Arme hoch, damit ich das Kleid über ihren Kopf ziehen kann. Anschließend öffne ich den BH, ohne dabei hart zu werden, weil es jetzt darum geht, sie zu behüten und beschützen und nicht erneut über sie herzufallen wie ein Tier. *Anderer Gedanke, Hunter,* mahnt meine innere Stimme, weil mein Schwanz gegen meinen Willen zuckt. Trotz der drückenden Luft im Raum bedeckt eine Gänsehaut Sophies Haut. Bevor ich sie unter die Dusche schicke, nehme ich ihr Gesicht in die Hand und gebe ihr einen sanften Kuss, den sie genauso zärtlich erwidert.

„Ab mit dir", sage ich und tätschle ihren Hintern, anschließend ziehe ich mich auch aus, die Sachen reiße ich regelrecht von mir, und steige zu ihr in die Dusche, die kleiner als eine verdammte Sardinenbüchse ist. Sophie lacht, weil ich irgendwie versuche, mich zu drehen, ohne mit den Schultern die Kabine zu sprengen. Ich bin normalerweise kein Fan von Duschvorhängen, weil sie ständig an einem kleben, aber in diesem Moment wünsche ich mir sehnlichst ein herbei, da er mir wenigstens mehr Raum geben würde als so eine verfluchte Glasscheibe und die Wand.

Sophie hat das verschmierte Make-up unter dem heißen Wasser fast gänzlich entfernen können. Ich muss die Zähne zusammenbeißen, weil das Wasser meine Haut kocht, während Sophie vergnüglich den Kopf drunter hält. Ich entdecke das Shampoo, nehme es und beginne, ihre Haare einzuseifen. Stumm genießen wir die gewonnene Intimität. Sophie hat mir den Rücken zugewandt und den Kopf in den Nacken gelegt. Minuten des Schweigens verstreichen, nur das Rauschen des Wassers ist zu hören. Es ist eine einfache Geste, ihre Haare zu waschen, ihre Kopfhaut zu massieren, etwas, das ich vermisst habe. Das wird mir schmerzlich bewusst.

„Wie geht es dir?" Ich räuspere mich, um mich in den Griff zu bekommen.

„Jetzt besser. Keine Ahnung, was da vorhin los war."
Wir wissen beide, dass das nicht stimmt. Sie hatte eine Panikattacke.

„Sophie", sage ich mahnend. „Es hat schon früher nicht geklappt und heute auch nicht: Ich weiß, dass du lügst."
„Hunter, ich …" Sie schweigt.
Ich sehe förmlich die Rädchen in ihrem Kopf arbeiten.
„Ich mag eigentlich nicht drüber reden."

Ich nehme den Duschkopf von der Halterung und wasche ihr
den Schaum aus den Haaren, dabei beuge ich mich vor. Der
freie Blick auf ihre Brüste macht mich geil, gleichzeitig will ich
ihren bereits geröteten Hintern schlagen, aber ich will, dass
meine Körperhaltung sie ermahnt, mit wem sie hier spricht.
„Ich frage dich ein letztes Mal, Sophie: Was ging in dir vor?"
Mein Ton ist hart, meine Berührungen sanft, was sie eher aus
der Bahn werfen wird, als wenn ich sie hart anpacken würde,
und es zeigt Wirkung. Sie zögert, neigt den Kopf vor, weil ich
den Duschkopf wieder eingehängt habe und ihre Schultern
massiere. Meine Güte, verspannt ist kein Ausdruck. Ich hatte
extra für Sophie einen Massagekurs belegt, um sie ein bisschen
zu verwöhnen. Zumal ich in die Gelegenheit kam, nackte Haut
zu berühren, was meist zum Sex führte – also eine Win-win-
Situation.
„Ich bin verwirrt und überfordert", sagt sie.
Ich muss mich anstrengen, sie zu verstehen, das Rauschen des
Wassers verschluckt fast ihre Worte.
„Ich brauche einfach Zeit, okay? Ich muss die Situation
verdauen, dass du wieder da bist." Sie dreht den Kopf, wirft
mir einen langen Blick zu, mustert mein Gesicht, als wüsste sie
nichts mit mir anzufangen, was mein Ego verletzt und mich
wütend macht.
Ich packe ohne Vorwarnung ihre Brüste und kneife in ihre
Brustwarzen.
Sie schreit auf, schlägt nach mir und versucht, sich zu befreien.
„Nimm die Hände weg!", ruft sie unwirsch.
Nichts stachelt mich mehr an, als wenn sie so drauf ist. Sie tritt
nach hinten und trifft mein Schienbein. Ich verziehe das
Gesicht, aber viel Schwung war nicht drin. Sie windet sich wie
eine Schlange, flucht und schimpft. Ihre nassen Haare wirbeln
herum, kleben an ihrem und meinem Körper.
„Ich bestimme hier, was ich mit meinen Händen mache", fahre
ich sie an. Ich presse sie gegen die Fliesen und schiebe eine
Hand zwischen ihre Beine, die sie zusammenpresst. Wütend
muss ich die andere Brust loslassen. Ich hole aus und schlage
ihr mit Kraft auf den Hintern. Ich tue es wieder, reflexartig
kneift sie die Pobacken zusammen, was dazu führt, dass sie die

Muskulatur ihrer Beine lockert und ich so meine Hand zwischen ihre Beine schieben kann. Sie ist schnell genug, beginnt wieder zu fluchen. Mein Schwanz ist wieder hart, es turnt mich an, wenn sie angriffslustig ist. Sie stützt sich mit den Händen an der Wand ab. Ob Sophie bewusst ist, dass sie die Beine auseinanderschiebt, während sie mir wüste Beschimpfungen an den Kopf wirft?

Ich verkneife mir ein triumphierendes Grinsen, als ich ihren Kitzler streichle. Mit der Fingerkuppe über ich Druck aus, die andere Hand lege ich besitzergreifend in ihren Nacken. Ich dränge mich an ihren Körper, reibe mich lasziv an ihrem Hintern, während sie mir Wörter an den Kopf knallt, die sich anhören wie *Schwein, Arschloch, perverses Schwein* und von gelegentlichen Seufzern unterbrochen werden. Mit der Hand im Nacken gebe ich ihr Halt, gleichzeitig spürt sie damit meine Macht und Dominanz, nach der sie sich sehnt.

Obwohl das heiße Wasser auf meinen Rücken prasselt und Sophie praktisch im Trockenen steht, beschwert sie sich nicht – ganz im Gegenteil. Ihr sinnlicher Körper strahlt Hitze aus, ihre Brustwarzen sind aufgerichtet, bis in die Spitzen ist Sophie erregt.

Ich drehe meine Hand etwas, sodass mein Handballen auf ihren Kitzler drückt und ich mit den Fingern zwischen ihre bereits von ihrer Lust feuchten Schamlippen gleiten kann, was mir fast den Rest gibt, als mein Finger sich in ihre Öffnung presst.

„Du willst doch nicht etwa ohne Erlaubnis kommen?", knurre ich an ihrem Ohr.

„Bitte … nicht", stöhnt sie.

Höre ich da Aufmüpfigkeit?

„Gut, ich lasse dich kommen, aber auf meine Art." Ich presse ihr Gesicht gegen die Fliesen, was Sophie mit einem Murren quittiert, und dann quiekt sie auf. Gezielte Schläge auf die Innenseite der Schenkel sichern mir ihre absolute Aufmerksamkeit.

„Beine auseinander – dass ich das noch sagen muss", zische ich, die Geduld verlierend. „Und jetzt wirst du brav meinen Schwanz nass machen. Gib dir Mühe, Sophie." Kurz nehme ich meine Hand von ihrer Pussy, um meinen Schwanz an ihrem Geschlecht zu positionieren, anschließend schiebe ich ihr grob Daumen und Zeigefinger in ihr Loch, die ich spreize, leicht krümme und Sophie so ficke. Das ist ein Garant dafür, dass sie kommt. Und zwar genau so, wie ich das will.

Sophie ist laut, ungehemmt, presst ihr Becken gegen meine Hand, zeitgleich will sie dem beinahe schmerzhaften Druck entschwinden. Sie stöhnt laut, lauter als das Wasser rauscht, als die Lust strahlenartig aus ihr herausspritzt.

„Und jetzt nochmal!"

Sie schüttelt den Kopf. „Nein, ich kann ... ahhh!"

„Komm schon, Sophie", feuere ich sie an. Mein Schwanz schmerzt, aber das ist es mir allemal wert, sie so zu sehen, befreit vom Alltag und allen Gedanken.

„Ich will dich nochmal anspritzen", stöhnt sie, reitet meine Hand, als wäre sie beim Rodeo. Da ist die Grenze, die sie überschreitet und alle Hemmungen fallen lässt, und die wahre, lustvolle Sophie kommt zum Vorschein.

„Dann komm für mich, Sophie, noch einmal", feuere ich sie scharf an, mein Griff in ihrem Nacken muss wehtun, ihr rechte Wange liegt eng an die Fliesen gepresst, und doch stöhnt sie aus vollem Halse. Ihre Beine zittern, ihre Pussy zieht sich wieder zusammen. Erbarmungslos presse ich meine Finger in ihre Pussy, obwohl es in meiner Hand bereits vor Anstrengung zieht. Das ist es mir wert. Sie ruft meinen Namen, als sie wieder kommt, als sie wieder ihre Lust versprüht und ich meinen Schwanz unter ihre körpereigene Dusche halte. Ich ziehe meine Hand aus ihrem Körper, packe meinen Schwanz, und ohne Vorwarnung balle ich meine Hand in ihre nassen Haare und drehe Sophie, sodass sie mich anschauen muss.

„Runter mit dir", knurre ich.

Mit wackligen Beinen geht sie in die Knie. Ich brauche sie nur anzusehen, und sie öffnet ohne zu zögern den Mund, zuvor leckt sie sich über die Lippen.

Kaum, dass mein Schwanz ihre Zunge berührt, spritze ich ab. Auch ich kann nicht an mich halten und schreie meine Lust heraus. Ich muss mich an der Wand abstützen, weil mir plötzlich schwindelig wird. Kein Wunder, wenn mein Blut seit

dem Betreten der Wohnung im unteren Bereich meines
Körpers zirkuliert. Völlige Blutleere im Kopf beschreibt meinen
Zustand am besten.

Ich strecke meine Hand nach Sophie aus und ziehe sie
vorsichtig auf die Beine. Sie lehnt sich an meine Schulter, küsst
die Stelle, wo ihre Lippen meine Haut berühren, und so
bleiben wir eine Weile stehen.

Eigentlich müssten wir die Dusche verlassen – bald sollte das
heiße Wasser aufgebraucht sein.

Ich merke, dass ich träge und müde werde, ich gähne herzhaft
und Sophie stimmt mit ein.

„Komm, wir gehen raus", schlägt Sophie gähnend vor. „Ich
will auf die Couch."

„Couch hört sich gut an."

„Das könnt ihr knicken", werden wir schlagartig unterbrochen.
Lafayette steht plötzlich im Badezimmer. Erschrocken knallt
Sophie mit dem Arm gegen die Duschwand, als sie
herumwirbelt. Sie flucht und reibt sich den Ellbogen.

„Lafayette", sagt sie den Namen wie einen Fluch.

„Was ist los?" Mit der Hand wische ich über die beschlagene
Seite, sodass ich ihm wenigstens verschwommen in die Augen
schauen kann.

„Sophie wird das nicht hören wollen ..." Kunstpause. „Deine
Mutter kommt aus dem Knast."

Kapitel 13

Im Jogginganzug sitze ich auf der Couch, mit einem Bier in der
Hand, während Lafayette und Hunter wie Statuen dastehen.
Das Bier schmeckt mir irgendwie nicht, und ich stelle es auf
dem Tisch ab. Meine nassen Haare kühlen zu dieser Jahreszeit
meine Kopfhaut aus, und ich fröstle, also stehe ich auf.
„Wo willst du hin?", fragt Hunter scharf.
„Mir die Haare föhnen", sage ich bissig.
Hunters Augen werden schmal, aber er hält den Mund.
Ich muss die Nachricht mit meiner Mom erst einmal verdauen.
Mom ist die Intrigantin in Perfektion, saß im Knast wegen
Steuerhinterziehung, aber wird weiter in Luxus schwelgen,
wie vor ihrer Zeit im Gefängnis. Sie ist die Königin der
Spinnen: Sobald man in ihr Netz gerät, bleibt man für immer
darin – oder man befreit sich von ihr … mit allen
Konsequenzen, so wie ich es tat.
Aber leider ist Mom keine Frau, die das einfach so hinnimmt.
Schließlich bin ich ihre einzige Tochter. Die Tochter, die sie in
den letzten fünf Jahren nicht einmal besuchen kam.
Das werde ich bitter bereuen. Ein dicker Knoten formt sich in
meinem Magen. Ich nehme den Föhn aus der Halterung neben
dem Spiegel, schalte ihn an. Die heiße Luft jagt mir eine
Gänsehaut über den Körper, gleichzeitig wird mir kalt, und es
schaudert mich.
Mom ist wieder da. Ich seufze.
Ich betrete wieder das Wohnzimmer. Sofort verstummen die
Männer, als sie mich sehen.
„Was ist?"
Lafayette und Hunter wechseln Blicke, dann nickt der
Schwarze, als bräuchte Hunter die Genehmigung. „Wenn
deine Mutter herausfindet, dass du sie ins Gefängnis gebracht
hast, wird sie alles daransetzen, dich zu finden. Und wir
wissen, dass deine Mutter nicht lange zögert."

Ich seufze erneut und fahre mit der Hand durchs Haar. „Wir wissen doch gar nicht, ob sie's weiß und ob sie es je herausfinden wird."

„Wir reden hier von Irene Goldberg – sie wird's herausfinden", sagt Lafayette im eindringlichen Ton.

„Nun gut, und was schlagt ihr vor?" Ich stemme die Hände in die Hüften.

„Du kommst mit uns."

Ich starre Hunter an, als hätte er einen Witz gerissen. „Was?"

„Du kommst mit", wiederholt Hunter scharf.

„Auf keinen Fall komme ich mit."

Lafayette seufzt.

„Nein, da brauchst du auch nicht die Augen rollen, Hunter", fauche ich. „Ich bleibe hier und warte ab. Sie wird ja kaum hier an meiner Tür anklopfen …" Mein Herz klopft mir bis zum Hals, als erwarte ich wirklich jeden Moment Irene vor meiner Haustür. *Cool bleiben, Sophie,* ermahne ich mich. „Sie wird ja kaum an meiner Tür klopfen", nehme ich den Faden wieder auf. „Und wann genau kommt sie aus dem Gefängnis frei?"

„Am Dienstag darf sie gehen", antwortet Lafayette.

„Dein Kontakt ist sich sicher?"

„Absolut."

„Also gut", mischt Hunter sich ein. „Eine Woche, Sophie. Ich gebe dir eine Woche, dann komme ich dich holen – mit oder ohne deine Erlaubnis."

Ich kneife die Lippen zusammen.

„Für heute Nacht bleibe ich hier."

„Nein, du gehst." Wieder verspüre ich die Enge in meiner Brust. Stille. Zwei zu Schlitzen verengte Augenpaare starren mich an, ich verschränke die Arme vor der Brust. „Ich meine, dass ich den Abend gerne für mich hätte."

Langsam senkt Hunter seine Arme, seine Hände zu Fäusten geballt, und er macht einen Schritt auf mich zu. „Gerne für dich? Erwartest du noch Besuch?!"

Seine Eifersucht ist gerade zu lächerlich. „Natürlich, Hunter, ich erwarte noch einen weiteren Mann, der mich ficken wird", erwidere ich sarkastisch.

Heiße Flecken bilden sich auf seinen Wangen, was ein sicheres
Zeichen dafür ist, dass in seinem Inneren schlagartig ein
Vulkan ausgebrochen war.
„Sophie, ich warne dich …", presst er hervor.
Hunter steht da im schwarzen Hoodie und schwarzer
Jogginghose, sein Bart und seine wilden Haare im selben
dunklen Glanz, kleine Fältchen um Augen und Mundwinkel,
wenn er lacht. Aber jetzt zieht er seine Stirn kraus, die Falten
werden tiefer, seine Lippen schmal.
Wieder steigt mein Puls, weil mir bewusst wird, dass ich mich
auf sehr dünnem Eis bewege. Ich schiele zu Lafayette, aber sein
Gesicht spricht Bände: Er missbilligt mein Verhalten, ohne dass
er auch nur eine Miene verzieht.
Mir kommen unfreiwillig die Tränen – vor Wut.
„Mach doch mal das, worum ich dich bitte."
Erinnerungen an den Tag, als ich ihn erwischte, wie er eine
fremde Frau küsste, kommen in mir hoch. Wie hatte er mich so
verraten können?!
Obwohl ich Hunter direkt in die Augen schaue und sehe, dass
ihn meine Zurückweisung verletzt, was mir wiederum einen
Stich versetzt, will ich trotzdem allein sein. Hunter schafft es,
dass ich keinen klaren Gedanken fassen kann.
„Also gut. Wir machen, worum du uns bittest", erhebt
Lafayette das Wort. Seine Miene ist hart wie Marmor. „Wir
gehen", sagt er bestimmt, als Hunter sich nicht rührt.
Hunter wirft mir einen langen, warnenden Blick zu, und dann
wendet er sich ab.
Ich beiße mir auf die Zunge, zu heftig kochen die Gefühle in
mir hoch, als die Tür hinter ihnen ins Schloss fällt.
Erst viel später schaffe ich es, meine Tränen zu trocknen, um
mir einen Plan zurechtzulegen, wie ich Irene am besten aus
dem Weg gehen kann.
Und dafür brauche ich einen klaren Verstand. Irene ist keine
Mutter, der man einfach sagt, dass man keine Zeit hat. Ein
Nein akzeptiert sie so sehr wie eine Löwin, die ihre erlegte
Beute wieder hergeben soll.

„Guten Morgen, Sophie", sagt Chris, als er zum Mercedes
kommt. Unmittelbar neben ihm läuft ein etwas kleinerer,
grimmig dreinsehender Mann mit Glatze, den ich nicht kenne.
„Du hättest reinkommen und Kaffee trinken können."
Ich zucke mit den Schultern. „Ich hatte schon Kaffee."
Ich öffne Chris die Tür, der meinen Blick sucht, ehe er einsteigt.
„Du schaust aus, als hättest du bisher zu *wenig* Kaffee."
Damit hat er nicht ganz Unrecht. Die Nacht war furchtbar, weil
meine Gedanken unablässig kreisten. Aufstehen fiel mir
schwer, und noch schwerer fiel es mir, mich für die Arbeit
fertig zu machen. Ich bin überhaupt nicht zum Reden
aufgelegt, reiße mich aber zusammen.
„Wie sehen deine Pläne für heute aus?" Ein Gähnen kann ich
nicht unterdrücken, Glatzkopf wirft mir einen grimmigen Blick
zu. *Etwa eine Art Missbilligung, dass ich nicht ausgeschlafen bin
und müde zur Arbeit erscheine?!* Der Kerl steigt ein, Chris macht
keine Anstalten, ihn mir vorzustellen, außer mir zu sagen, dass
das für heute seine Begleitung ist.
„Ich will zuerst zum Buchhalter."
„Ärger im Buchhalter-Paradies?", frage ich trocken, worüber
Chris nicht lachen kann. Stattdessen kneift er die Lippen
zusammen.
Ich rolle mit den Augen, laufe über den Kies, der unter meinen
Schuhen knirscht, ums Auto herum, ziehe meinen Trenchcoat
aus, den ich achtlos auf den Beifahrersitz werfe, und steige ein.
Der Motor läuft im Leerlauf, damit es der Boss und seine
Chauffeurin warm haben. Ich verlasse den Hof, als soeben ein
anderes Fahrzeug in die Einfahrt fährt.
„Wer will Sie denn zu der frühen Stunde besuchen?"
„Techniker", sagt Chris knapp. Sein Tonfall sagt mir, dass
keine weiteren Fragen erwünscht sind. Nun gut, mir recht –
bin eh nicht zum Sprechen aufgelegt.
Der New Yorker Stadtverkehr raubt mir den letzten Nerv. Ich
fluche, insbesondere wenn wieder so ein Idiot meint, mir vors
Auto zu rennen. Aber so ein anständiger Berufsverkehr am
Morgen schießt den Puls in die Höhe, und schlagartig ist man
wach.

Es dauert ewig, bis ich in Manhattan ankomme. Chris fragte ich schon ein paarmal, wie es ein einfacher Buchmacher schafft, hier in Manhattan ein Büro zu haben. Aber was das betrifft, schweigt Chris beharrlich.

Da ich keinen Parkplatz bekomme, halte ich am Straßenrand.

„Rufst du mich an, wenn ich dich abholen kann?"

„Du wartest hier. Dauert nicht lang."

Ich seufze, steige aus, damit ich Chris die Wagentür aufmachen kann. „Sag mir trotzdem Bescheid, okay? Keine Ahnung, wo ich hier parken soll."

Chris sieht blendend aus in seinem Anzug und dem hellbraunen Kaschmirmantel, sein blondes Haar ist stylisch nach hinten gekämmt. Er baut sich direkt vor mir auf, nicht bedrohlich.

„Ich schicke dir eine Nachricht."

Trotz der Abgase kann ich sein teures Parfum riechen, und fast hätte ich meine Nase in seine Halsbeuge gesteckt. Die Verlockung ist echt groß, den Kopf irgendwo abzulegen und einzuschlafen. Er überquert die Straße und wird dabei genauso angehupt wie die Leute zuvor, die mir vor den Wagen liefen, dabei knöpft er den Mantel zu.

„Hey, Lady, Sie dürfen hier nicht stehen."

Ich drücke die Wagentür zu und drehe mich zu der Frauenstimme – mit einer Entschuldigung auf den Lippen.

„Honey!", rufe ich freudig aus. „Was machst du denn hier?"

Wir umarmen uns, Honey küsst meine Wange.

„Hab den Alten hier abgesetzt; will seine Tochter besuchen."

Ich schüttle mich, als plötzlich ein heftiger Wind weht.

„Kalt geworden – der Herbst kehrt ein. Komm, lass uns einen Kaffee trinken."

Honey umrundet den Mercedes und steigt auf der Beifahrerseite ein.

„Während ich Ausschau nach einem Parkplatz halte, erzählst du mir ganz ausführlich, wie dein Sonntag noch war."

„Ganz ausführlich?"

„Jedes einzelne versaute Detail, Babe."

Mich beschleicht das Gefühl, dass Honey so eine Ahnung hat, was Hunter und ich getrieben haben. Ich rutsche nervös auf dem Sitz hin und her, mein Hintern schmerzt von den Schlägen mit dem Gürtel. Ich kann es kaum erwarten, mit ihr Kaffee zu trinken.

Kapitel 14

Hunter

„Würdest du endlich mal eine eigene Beschäftigung suchen?",
fragt Dexter sichtlich genervt, als mein Gesicht das x-te Mal
neben seinem auftaucht und den Bildschirm des Laptops
studiert, der an das Sicherheitssystem von Moffetts Haus
gekoppelt ist.
„Okay, okay", sage ich und hebe beschwichtigend die Hände.
„Hast du Lafayette gesehen?"
„Ja, hab ich, warte." Dexter vergrößert ein minimiertes Bild.
„Er müsste in der ersten Etage sein. Gästezimmer?", vermutet
er.
„Wie viele Überwachungskameras hängen hier im Haus?"
„Hmm … Auf jeder Etage ist eine, in manchen Zimmern und
es gibt Außenkameras. Ich bin noch lange nicht durch mit der
Sichtung der Kameras. Ich schätze, zwischen zehn und
zwanzig dürften es sicherlich sein. Kenny schaut sich
Überwachungsvideos der letzten Tage an."
Eine ältere Latina klopft an die Tür des Salons und tritt
schüchtern nach Aufforderung ein. „Es ist halb zehn", sagt sie
mit Akzent. „Ich wollte fragen, ob Sie Sandwiches essen
wollen? Brauchen Sie noch Kaffee?"
„Immer her mit den Sandwiches", sagt Dexter, und ich nicke.
Ihre Wangen leuchten auf, und sie huscht davon. Sandwiches
sind eine gute Idee, mein Magen rumort wie aufs Stichwort,
doch er gibt nicht nur deswegen Töne von sich, weil er auf
leerem Posten kämpft. Ich lag die Nacht wach und konnte
kaum meine Gedanken abstellen. *Irene kommt aus dem Knast.*
„Was ist?" Dexter wirft mir einen fragenden Blick zu.
Ich muss zu laut geseufzt haben. „Nichts", sage ich schnell und
wende mich von ihm ab.
Von Sophie weiß ich, dass Irene eine vermögende, Intrigen
schmiedende Frau ist. Sophie lernte ich kennen, als sie in mein
Büro gestakst kam, mir ein Foto ihrer Mutter auf den Tisch
knallte und mir sagte, dass sie sie loswerden wolle. Für einen
kurzen Moment glaubte ich, sie wolle, dass ich ihre Mutter

umbringen sollte. Noch heute bin ich mir nicht sicher, ob ich mir die Mordlust in ihren Augen nur eingebildet hatte oder ob sie wirklich ihre Mutter tot sehen wollte. Ich nahm das Bild in die Hand, betrachtete es. Das Gesicht war aristokratisch, geradlinig, die Augen waren wach und direkt in die Kamera fokussiert. Sie war schön, nicht im Sinne von sexy, sondern einfach nur schön. Nur kleine Fältchen zeichneten sich in ihrem Gesicht ab, obwohl sie Anfang sechzig war. Sie war für ihr Alter nicht alt aussehend, nein, nicht Irene Goldberg. Je älter sie wurde, desto schöner wurde sie. Sie war der Typ Frau, der dem Alter ein Schnippchen schlug.

„Sie kommt mir bekannt vor", war das Erste, was ich zu Sophie sagte. Ich betrachtete Sophies Gesicht und erkannte die junge Version von der Frau auf dem Foto.

„Lesen Sie die New York Times?"

„Ja."

„Daher kennen Sie sie. Sie beherrschte eine Zeitlang die Schlagzeilen, weil sie Firmen aufkaufte …"

„… und dann ruinierte", beendete ich den Satz, als der Groschen fiel. „Irene Goldberg!"

Sophie rollte mit den Augen. „Das sagte ich bereits."

Ich beachtete nicht weiter ihren aggressiven Tonfall. „Und Sie sind Sophie Goldberg, nicht wahr? Die einzige Tochter in der Goldberg-Dynastie, die das alles erben wird."

Ich lehnte mich im Stuhl zurück, verschränkte die Arme hinter dem Kopf und musterte sie erneut. Sophie ist nicht sonderlich groß, ihr dunkelbraunes Haar lag offen über ihrer Schulter, der Mantel kaschierte ihre Figur, unter der Jeans formten sich kräftige Schenkel ab. Ihr Blick war streng, und bei genauerer Betrachtung konnte ich kein Make-up sehen. Sie spitzte die Lippen und schmälerte die Augen, weil ich sie immer noch musterte wie eine Attraktion im Zirkus. Da stand eine waschechte Goldberg in meinem Büro. Laut der New York Times schätzte man Goldbergs Vermögen auf knapp eine Milliarde Dollar. *Eine Milliarde Dollar*, und die einzige Erbin tauchte ausgerechnet in meinem nicht namenhaften Büro auf. Meine Neugier war definitiv geweckt, ob ich den Auftrag annahm, ließ ich vorerst im Raum stehen.

Dass ich ausgerechnet Sophie später zur Frau nahm, konnte ich zu diesem Zeitpunkt nicht einmal erahnen.

Ein Klappern reißt mich aus meinen Gedanken. Ein silberner Servierwagen, den man aus Hotels kennt, wird von einer jungen Latina hineingeschoben. Ihr langes schwarzes Haar ist zu einem strengen Zopf gebunden, der mit der schwarzen Arbeitskleidung verschmilzt. Es fehlt nur noch die weiße Schürze, und Moffetts Angestellte erfüllten das volle Klischee. Ob Moffett die Arbeitskleidung im Erotikshop bestellt? Der Ausschnitt der Kleider ist schon sehr weit, wenn man bedenkt, dass sie darin putzen und kochen. Zwar sieht man kein Dekolleté, aber sobald die Frauen sich bücken, kann man hineinschauen. Allein aus diesem Grund sollte ich Moffett die Fresse polieren.
Das Dienstmädchen nimmt einen Teller in die Hand.
„Nein, nein, das ist nicht nötig", sage ich schnell. „Wir nehmen uns selbst die Sandwiches. Dankeschön."
Verunsichert huschen ihre Augen zu Dexter, der in ihren Augen kein Wässerchen trüben kann, und er nickt aufmunternd. Ich ziehe eine Augenbraue hoch und werfe Dexter einen Blick zu, der breit grinsend vom Stuhl aufsteht und zum Servierwagen geht.
„Du solltest zum Friseur gehen, um dein Image aufzubessern."
„Ich besser dir gleich was Anderes auf", brumme ich, obwohl ich ihm insgeheim Recht gebe. Mein Bart braucht eine anständige Rasur, meine Haare einen ordentlichen Schnitt. In den letzten Jahren legte ich nicht viel Wert darauf, vielleicht sollte ich meinem Erscheinungsbild wieder mehr Beachtung schenken. Aber zuerst bekommen die Sandwiches meine Beachtung.
„Pastrami-Sandwich", schwärmt Dexter.
„Ich geh Lafayette suchen", sage ich, nachdem ich zwei Teller beladen habe. Ich laufe die mit einem Läufer bezogene Treppe hoch, die in einem Erker endet, ehe ich die nächsten Stufen nehmen kann. Es ist eine Art riesige Wendeltreppe.
„Lafayette?", rufe ich.

„Hier drüben."
Meine Schritte werden erneut von einem Teppichläufer
verschluckt. Dämliche Teppiche, die das schöne Parkett
bedecken. Ich schüttle missbilligend den Kopf.
„Alles gut?" Lafayette steckt den Kopf aus der Tür.
„Reiche Leute sind Idioten", knurre ich. „Hier." Ich reiche ihm
den Teller.
„Komm, schau dir das an", sagt Lafayette, macht auf dem
Absatz kehrt, und ich folge ihm.
„Ins Badezimmer?", rufe ich ihm nach, als er durch das
Schlafzimmer hinein ins angrenzende Bad läuft, dabei wie
selbstverständlich einen Teller voller Sandwiches in der Hand.
„Ist da was Besonderes?"
„Sei still und schau es dir an", sagt Lafayette.
Ich runzle die Stirn und werfe ihm einen Blick zu, während er
nur den Kopf nickt, weil ich endlich gucken soll.
Ich nehme ein Sandwich, beiße hinein und schaue mich um,
dann zucke ich mit den Schultern. „Es ist ein Badezimmer. –
Was?", frage ich, als er mich mit diesem missbilligenden Blick
ansieht, den er gerne nutzt, weil ich in seinen Augen ein zu
schlichtes Gemüt an den Tag lege.
„Dieses Badezimmer ist größer als mein Schlafzimmer. Das
hier ist nicht einfach ein Whirlpool." Er zeigt auf besagtes
Einrichtungsstück. „Es ist ein Jacuzzi." Er streichelt die
Oberfläche, als wäre es ein Frauenkörper. „Der Ferrari unter
den Jacuzzis."
Ich verdrehe die Augen gen Decke und kann nicht glauben,
was ich da sehe. „Was zum Teufel ist denn das?!"
Er folgt meinem Blick. „Die Hände aus dem Deckenfresko
Michelangelos."
„Ich weiß, was das ist", fauche ich. „Aber wieso in
Herrgottsnamen sollte ich mir das privat an die
Badezimmerdecke malen lassen?"
„Hunter, hat dir jemals einer gesagt, dass du ein verdammter
Banause bist? Nein? Ich kläre dich darüber auf, wieso …"
Lafayette beginnt einen Vortrag über Kunst zu halten,
während ich mich auf den Wannenrand setze und mein letztes
Sandwich esse. Irgendwann setzt er sich neben mich, nimmt

seinen Teller wieder in Hand, und es sieht so aus, als ob der Vortrag endlich zum Ende kommt.

Heute trägt Lafayette kein Hemd, was eher eine Ausnahme ist. Er sieht fast leger mit seinem Poloshirt und seiner Strickjacke aus. Ich entschied mich für ein schwarzes T-Shirt und eine schwarzen Strickjacke, meine bevorzugte Farbe, während Lafayette es gerne mit Farben versucht – schlichten Farben, aber Farben.

„Dir ist schon klar, dass wir uns keinen Jacuzzi leisten können", werfe ich ein, als es mir zu still zwischen uns wird.

„Wir können uns *den* Jacuzzi nicht leisten, aber es wäre schon schön, einen Whirlpool zu haben."

Ich schüttle den Kopf. „Was hast du gegen die Dusche?"

Wieder zieht er die eine Braue hoch. „Nichts, aber es wäre schön, ein bisschen Komfort in unser Leben und Haus zu bringen. Wir werden nicht jünger …"

Ich verschlucke mich am letzten Bissen, und Lafayette poltert mir mit der flachen Hand auf den Rücken, als wolle er meine Lunge rausschlagen.

„Schon gut, schon gut", keuche ich. „Jetzt sag mir bitte nur eins: Für wie alt hältst du uns?!"

Sehr alt, tönt es hämisch lachend von der Badezimmertür.

„Kenny!", fluche ich.

„Ihr gebt echt ein schönes Bild ab für Menschen in eurem Alter."

„Ich erschieß den Scheißer", knurre ich Lafayette zu.

„Ich kann dich hören, weil ich ein gutes und junges Gehör … Nicht!" Kenny springt taumelnd zurück, als ich einen Satz mache und einen Schlag antäusche.

„Denk dran, Junge, ich kann dir immer noch den Arsch aufreißen."

Kenny lacht gackernd. „Okay, okay, den Respekt habe ich noch nicht verloren."

„Wolltest du etwas Bestimmtes von uns?" Lafayette kommt ins Schlafzimmer, knöpft geschäftig die Strickjacke zu und räuspert sich, als wäre das eben nicht passiert.

Ich ziehe fragend eine Braue hoch, verschränke die Arme vor der Brust und schaue Kenny an. „Also? Was wolltest du?"

„Ich schaue mir die Überwachungsvideos von den letzten
Tagen an – und bin auf etwas Interessantes gestoßen."
Lafayette und ich sehen den Jungen erwartungsvoll an, aber
der macht eine Geste, dass wir ihm folgen und es mit eigenen
Augen sehen sollten. Ein mulmiges Gefühl tritt in meiner
Magengegend ein, und ich frage mich, ob ich es wirklich sehen
will.

Kapitel 15

Obwohl Chris sagte, es würde nicht lange dauern, sitze ich seit über einer Stunde mit Honey im Café, und ich wünsche, dass Chris sich noch länger Zeit lässt.

„Ich komm immer noch nicht drauf klar, dass du mit diesem Prachtexemplar von Mann verheiratet bist", sagt Honey, ihr Blick ist eher träumerisch, und ich grinse breit.

Optisch betrachtet ist Hunter eine Sahneschnitte. Ich wiederhole hier nur Honeys Worte.

„Ist er denn gut *bestückt?*"

„Honey!" Ich sehe mich verstohlen um, ob uns jemand gehört hat.

„Was? Ich will doch nur wissen, ob er dich befriedigen kann."

„Pst, nicht so laut." Ich unterdrücke ein Lachen. „Ja, okay, Hunter ist gut bestückt. Zufrieden?"

„Ich bin nicht unzufrieden." Sie zieht die Brauen hoch und schnalzt mit der Zunge. „Also, du, ihr, seid verheiratet. Seit fünf Jahren. Richtig?"

„Richtig."

„Und du bist eine scheiß Goldberg mit beschissen viel Geld." Ich ziehe eine Braue hoch. „Richtig. Willst du mich jetzt erpressen?"

Honey zuckt mit den Schultern. „Vielleicht." Spitzbübisch verzieht sie die Lippen. „Darauf kommen wir später zu sprechen. Du hattest also Hunter geheiratet, nachdem du deine Mutter ins Gefängnis gebracht hast."

Das war eine Tatsache.

„Bist irgendwie untergetaucht, um nicht als Goldberg erkannt zu werden, und nun sitzt du als Chauffeurin hier mit mir an einem Tisch." Pause. „Ich begreif das immer noch nicht."

Ich rolle mit den Augen. „Was begreifst du nicht, Babe?"

„Wieso zum Teufel arbeitet eine reiche, verheiratete Göre als Fahrerin?!"

Das ist immer der Punkt – und auch schon immer gewesen –, den die Wenigsten verstanden haben: Wieso ich eigentlich so

einen einfachen Job mache, wenn ich doch zu den oberen
Zehntausend gehöre. Ich traf auf Verständnislosigkeit, Neid
und insbesondere Wut, weil ich etwas hatte, was die anderen
nie erreichen würden, egal, wie hart sie arbeiteten: Geld.
Es war schon immer so, und es wird auch immer so bleiben,
und ich seufze entnervt. Gleich darf ich mir von Honey
anhören, dass ich mein Leben wegschmeiße – und für was?
Für meine Freiheit.
Als der Richter das Urteil sprach, Mom komme ins Gefängnis,
bin ich vor Erleichterung fast ohnmächtig geworden, weil ich
frei und ohne Last atmen konnte.
„Weil es eben so ist, wie es ist", sage ich zorniger als
beabsichtigt.
Honeys Augenbrauen knallen hoch bis zum blonden
Haaransatz, sie schaut aber nicht beleidigt drein, eher
interessiert.
„Nun gut, Babe, da ich jetzt ein Verhältnis mit einer reichen
Erbin habe … Stopp, lass mich ausreden", sagt Honey sofort
und hebt den Zeigefinger. „Dann kann das Frühstück ja auf
dich gehen." Spöttisch wirft sie mir einen Luftkuss zu. „Danke
für das Frühstück."
„Gern geschehen", sage ich grinsend und bin froh, dass Honey
vorerst nicht weiter auf dem Thema rumhackt. Ich werfe einen
Blick aufs Handy, das auf dem Tisch liegt, aber es sind weder
Nachrichten noch Anrufe von Chris eingegangen. Sollte ich ein
mulmiges Gefühl bekommen? Er ist ja mit einem Kampfhund
von Bodyguard unterwegs.
„Wie läuft's mit Chris?", reißt Honey mich aus meinen
Gedanken, während sie mit den Augen das Café nach einer
Serviererin absucht. Honey sieht umwerfend aus in ihrem
Kostüm, ganz schlicht in Schwarz mit Bluse und Weste, ihr
Blazer liegt auf der Bank, meinen habe ich noch an, in
Bordeaux, und meine Bluse und Chinohose sind wie Honeys
Sachen in Schwarz.
Sie hat ihre Nägel rot lackiert, ich meine auberginefarben, und
ich weiß, dass Honey und ich die Blicke auf uns ziehen – von
Frauen wie von Männern. Ich würde lieber mit ihr gemeinsam
unter einer Decke liegen, abgeschottet von der Außenwelt, und

ihre Hände auf meiner Haut spüren. Sofort wird es warm
zwischen meinen Beinen. Um nicht nervös an der Nagelhaut
meines Daumens zu kratzen, nehme ich die Kaffeetasse in die
Hand. „Mit Chris läuft seit Hunter nichts mehr."
„Aha, ich hab's geahnt. Dein Mann und du habt viel
nachzuholen. Wie war es? Du hattest doch schon Sex mit ihm,
oder? Oh, ja, den hattest du", sagt sie wissend, ohne dass ich
auch nur genickt habe. Meine roten Wangen reichen ihr als
Antwort. „Die genauen Details bist du mir schuldig. –
Schenken Sie uns bitte noch ein, ja?", fordert Honey die
Serviererin auf, als sie an unseren Tisch kommt. „Aber die
müssen wir nicht hier besprechen." Sie zwinkert mir zu.
„Erzählst du mir, wieso du und Hunter euch getrennt habt?"
Ich nehme erneut das Handy in die Hand, immer noch keine
Nachricht. Vielleicht sollte ich doch mal bei dem Buchmacher
vorbeischauen.
Honey neigt den Kopf, sucht meinen Blick. „Erwartest du
einen Anruf?"
„Chris meinte, es würde nicht lange dauern." Ich runzle die
Stirn. „Normalerweise meint er das auch so."
„Ach, mach dir keinen Kopf. Der meldet sich, wenn er
abgeholt werden will. Also, zurück zu dir und Hunter …"
Ich spitze die Lippen und sehe vom Handy auf. „Du wirst
keine Ruhe geben, oder?"
Sie schüttelt den Kopf. „Nein."
Ich brauche einen Moment, um mich zu sammeln. „Er hat eine
andere Frau geküsst, und ich hab's gesehen."
Honeys Kinnlade klappt hinunter. „Nein, das hat er nicht!"
Ich atme tief durch. „Doch, hat er. Ich war zu diesem Zeitpunkt
in einer schwierigen Verfassung, das hieß für die Männer: kein
Sex."
„Für *die* Männer?" Sie wartet, dass ich ihr widerspreche, und
ich könnte mir auf die Zunge beißen.
„Ich hatte eine Art Beziehung zu Lafayette, der rechten Hand
von Hunter."
Sie wischt sich mit der Hand durchs Gesicht. „Du bist mit
einem Mann wie Hunter verheiratet und hast doch noch eine
Affäre?"

„Ich wünschte, ich könnte es als Affäre bezeichnen, aber so war es nicht. Ich bin mit Hunter verheiratet, aber die Dynamik zwischen meinem Mann und Lafayette ist Außenstehenden schwer zu erklären, weil die Bindung zwischen den beiden über eine enge Männerfreundschaft hinausgeht."
„Okay, warte, das musst du mir genauer erklären."
„Aber nicht jetzt", seufze ich, weil in diesem Augenblick Chris anruft. Ich nehme das Gespräch entgegen und stehe auf. Ich krame nach meinem Portemonnaie und lege das Geld auf den Tisch.
Honey ist auch aufgestanden. „Babe, wir reden auf jeden Fall ein anderes Mal drüber, okay?" Sie umarmt mich zum Abschied. „Tut mir leid, dass dein Mann nicht viel von Treue hält."
Ich zucke innerlich zusammen, weil es mir direkt einen Stich ins Herz setzt. „Wir sehen uns", sage ich, und bevor Honey mich loslässt, drückt sie sanft ihre Lippen auf meine.
Der Kuss ist keusch, nicht anzüglich, aber sicherlich heizt unser Anblick die Fantasie der Männer an, und das weiß Honey ganz genau.
Mir wird warm, so in Honeys Armen, und urplötzlich ist mir zum Weinen zumute. Blöde Gefühlsduselei. Sie zieht mich enger an sich, spürt, dass ich einen Moment brauche, um mich zu sammeln.
„Ich bin für dich da", murmelt sie, dann lässt sie mich los und schiebt ihren Hintern zurück auf die Bank.
Ich verlasse das Café, wobei mir augenblicklich kalt wird, obwohl ich den Trenchcoat noch übergeworfen habe. Bis zum Wagen sind es zum Glück nur wenige Meter. Ich sehne mich zurück in mein warmes Bett, wo ich mir die Bettdecke über den Kopf ziehen kann, so wie früher als Kind, um mich von der Außenwelt abzuschotten. Es ist wie immer voll auf den Straßen von New York sowie auf den Gehwegen. Auf der anderen Straßenseite kann ich eine junge Frau mit … Moment … zehn Hunden an der Leine sehen, die geradewegs zum Central Park läuft. So gerne ich Tiere auch mag, aber zum Hundesitter muss man geboren sein.

Ich hole den Autoschlüssel hervor, drücke auf den Knopf, und
die Lichter blinken auf. *Schnell ins Auto und die Sitzheizung
anmachen.* Meine Handtasche lege ich auf den Boden im
Beifahrerraum, ordne mich im Verkehr ein und halte kurz
darauf am Straßenrand, um Chris und Glatzkopf in den Wagen
einsteigen zu lassen, was den anderen Verkehrsteilnehmern
gar nicht behagt, deswegen steige ich gar nicht erst aus, um
Chris die Tür aufzuhalten.
Ich werfe einen Blick in den Rückspiegel. Chris'
Gesichtsausdruck spricht Bände – das Treffen mit dem
Buchhalter lief nicht in seinem Sinne, deswegen wage ich es
gar nicht erst, danach zu fragen. Stattdessen frage ich bloß,
wohin es gehen darf.
„Zu mir", brummt Chris.

Ich lenke den Mercedes in die Einfahrt, halte eine Chipkarte
vor das Pad, damit das Tor aufgeht, und fahre langsam den
Kiesweg hoch zur Villa. Ich wundere mich über die drei Autos,
die vor der Villa parken, aber Chris macht keinerlei Anstalten,
es zu kommentieren, selbst als ich ihm die Tür öffne und
meine, dass für einen Montag ganz schön viel los sei.
Glatzkopf steigt auf seiner Seite aus, sieht sich verstohlen um
und tippt eine Nachricht auf seinem Handy. Ich klaube meine
Sachen aus dem Wagen zusammen und stakse den Männern
hinterher, die es nicht für nötig halten, auf mich zu warten.
Die Eingangstür steht einen Spalt offen, und ich schlüpfe
hinein. Direkt links steht ein großer Garderobenständer, an
dem ich meinen Trenchcoat und meine Handtasche aufhänge,
aus der ich nur mein Handy heraushole, das ich in der Tasche
meines Blazers verschwinden lasse. Ich höre verschiedene
Stimmen, die meisten männlich. Nur wenn ich ganz genau
hinhöre, kann ich die weiblichen Stimmen vom Hauspersonal
hören, die im Gegensatz zu den Männern beinahe flüstern.
Bevor ich den Salon betrete, wo sich Chris und die Techniker
aufhalten, gehe ich in die Küche, dafür muss ich an der offenen
Salontür vorbei. Ich will nur einen Blick hineinwerfen, beim

Vorbeigehen schauen, wer sich da alles aufhält. Also laufe ich
über den dicken Teppichläufer, ganz geschäftig, will
demjenigen zunicken, falls jemand aufsieht, und weitergehen.
Es sieht keiner auf, nein, das nicht, sie stehen versammelt vor
einem Tisch, auf dem, falls ich richtig sehe, ein Notebook steht.
Aber es ist nicht das Notebook, das meine Aufmerksamkeit
erregt. Es ist der breite Rücken unter der schwarzen Strickjacke
und die schwarzen Haare, die bis zum Kinn reichen. *Hunter.*
Wir alle kennen dieses Gefühl, wenn man beobachtet oder
einfach zu lange angestarrt wird – und ich starre eine Sekunde
zu lang diesen sexy Rücken an. Noch bevor ich von der Tür
weg bin, zuckt sein Kopf hoch, ortet, woher dieses Gefühl
kommt. In dem Moment, in dem er den Kopf dreht, husche ich
davon in die geräumige Küche mit den kleinen weißen
Kacheln an den Wänden. Manche von ihnen sind mit blauen
Zeichnungen bedruckt, mal mit einem Blumenstrauß, mal mit
einer alten Küchenwaage. So altbacken wie der Fliesenspiegel
auch scheinen mag, so heimelig ist es hier auch – ich mochte
die Küche von Anfang an. Die Schränke und die Küchengeräte
sind hochmodern, aber hier hat Chris Geschmack bewiesen.
„Guten Morgen, Miss", begrüßt mich Mercedes, die junge
Latina.
„Hey, Mercy", sage ich, mich umschauend. Weil ich ihren
Namen ständig falsch aussprach, einigten wir uns irgendwann
auf den Spitznamen.
Mercy steht an der Spülmaschine und räumt sie ein, während
Laetitia, die Älteste unter den Frauen, bereits mit den
Vorkehrungen für das Mittagessen beschäftigt ist.
„Hallo, Laetitia." Ich hebe die Hand zum Gruß.
„Miss Sophie, wollen Sie etwas essen und trinken? Ich mache
Ihnen ein Sandwich …"
„Nein, nein, ich habe gerade gefrühstückt. Danke. Aber gegen
eine heiße Schokolade hätte ich nichts einzuwenden."
Sie dreht sich zu Mercy und gibt ihr auf Spanisch zu verstehen,
mir den Kakao zu machen.
*„Wolltest du etwa an mir vorbeischleichen, ohne mir einen guten
Morgen zu wünschen?"*

Mein Herzschlag klopft mir bis in den Hals. „Natürlich nicht.
Aber ihr wart so beschäftigt, da wollte ich nicht stören." Ich
drehe mich zu ihm, der Rücken gerade, das Kinn vorgestreckt.
Die beiden Frauen werfen uns verstohlene Blicke zu, während
sie plötzlich sehr geschäftig tun.
Hunter zieht vielsagend seine Braue hoch. „Ich hätte jetzt Zeit,
und es wäre nett, wenn ich dich unter vier Augen sprechen
könnte."
Ich schlucke. Hunter so zu sehen, mit seinen verschränkten
Armen vor der Brust, der scheinbar lockeren Haltung und
seinem direkten warmen Blick, der mein Gesicht studiert, der
meine Wangen zum Glühen bringt, macht mich schwach und
gefügig.
„Was ist denn so Wichtiges, dass du unter vier Augen mit mir
sprechen musst?", frage ich und mache es ihm mit der
Augenbraue und den Armen nach.
Hunter kratzt sich am Bart. „Meine Jungs und ich sind hier, um
Moffetts Überwachungssystem auf den neuesten Stand zu
bringen. Karl hast du bereits kennengelernt", sagt Hunter.
„Der mit der Glatze." Ich nicke, ahnend, dass er auf irgendwas
hinauswill und es mir nicht gefallen wird.
„Er ist ein sehr guter Beobachter, wie alle meine Mitarbeiter.
Kenny und Dexter, so jung sie erscheinen mögen, so
aufgeweckt sind sie, was die heutige Technik betrifft. Wusstest
du, dass es Programme gibt, die Aufnahmen von veralteten
Kameras aufpeppen und man plötzlich alles gestochen scharf
sehen kann?"
Ich glaube, mein Herz hört auf zu schlagen. „Ich …" Mir stockt
der Atem. „Ja, davon habe ich durchaus gehört." Ich räuspere
mich und wische imaginäre Krümel vom Tresen.
Hunter nickt, zupft sich dabei am Bart.
„Wieso erzählst du mir das?", frage ich betont beiläufig.
„Mir ist es wichtig, dass du meine Mitarbeiter kennenlernst.
Du wirst sie mögen."
Hunter antwortet bewusst falsch auf meine Frage, und ich
muss mir auf die Zunge beißen, um ihm nicht zu sagen, dass er
endlich mit der Sprache herausrücken soll.
„Ganz bestimmt."

Es herrscht Stille. Mercy huscht durch den anderen Ausgang der Küche, der direkt in den Salon führt, obwohl eigentlich sie den Kakao machen sollte. Es gibt auch noch einen dritten Ein- und Ausgang, schräg hinter mir, der direkt zu einer Treppe führt, den ich gerne nutze, um dem Personal aus dem Weg zu gehen. Sie müssen nicht mitbekommen, wie ich durchs Haus schleiche. Nun steht Laetitia am Herd, rührt mit einem Holzlöffel im Topf, damit die Milch nicht anbrennt. Die Verpackung vom Kakao steht neben dem Herd, die sie gleich nehmen wird, sobald die Milch gekocht hat. Sie steht da, auf die Milch konzentriert, aber ich bin sicher, dass ihre Ohren um das Doppelte gewachsen sind.

„Ma'am, wie lange wird es mit dem Kakao noch dauern?", fragt Hunter freundlich.

Laetitia zuckt zusammen und errötet, als wäre sie bei etwas Verbotenem ertappt worden. „Der ist jeden Moment fertig."

Ihr Akzent kommt stärker zur Geltung, und Hunter fängt an, sich mit ihr übers Wetter zu unterhalten, während ich nervöser werde, mit den Fingern auf den Tresen trommle. Hunter werfe ich einen trockenen Blick zu, weil er mir auf die Finger schaut. Ich ziehe die Hand weg und hole mein Handy hervor. Ich lächle leicht als ich sehe, dass Honey mir geschrieben hat, und als ich lese, was in ihrer Nachricht steht, werde ich rot. Sofort stopfe ich das Handy zurück in die Tasche des Blazers. Obwohl Hunter tut, als hätte er es nicht bemerkt, weiß ich genau, dass es ihm nicht entgangen ist.

Als Laetitia den Kakao einrührt und anschließend den Topf hebt, um den Kakao vorsichtig in die Tasse zu schütten, hätte ich fast erleichtert aufgeatmet, weil merkwürdigerweise die vorherrschende Spannung zwischen uns für einen kurzen Moment verpufft.

„Möchten Sie auch einen Kakao? Es ist genug da", sagt die Haushälterin an Hunter gewandt.

Er schenkt ihr ein breites Grinsen und nickt, dass er gerne eine Tasse nehmen würde.

„Hier, bitte." Laetitia wischt sich die Hände am Geschirrtuch ab und reicht uns die Tassen, anschließend wendet sie sich dem Essen zu. Das ist ihre Art zu sagen, dass sie jetzt allein sein will, so wie sie die Möhren klein hackt.

„Komm mit", sagt Hunter bestimmt, geht an mir vorbei – dabei kann ich sein Parfum riechen – zur versteckten Treppe, die man von der Tür aus, an der er stand, nicht sehen kann. Laetitia sieht mir nach, dann verschwinde ich um die Ecke und betrete nach Hunter die Treppe. Ich habe einen freien Blick auf seinen Hintern. Honeys Nachricht, die ich vorhin bekam, kommt mir in Erinnerung, und ich muss daran denken, wie ich sie geleckt habe … und dann denke ich daran, wie ich Hunter *geleckt* habe. Oft vergrub ich mein Gesicht zwischen seinen Arschbacken, leckte ihn anal, während Lafayette mich fickte. Jetzt lecke ich mir über die Lippen. Honey schrieb mir, dass sie die Nacht genossen habe und sie es nun erst recht darauf anlege, die reiche Bitch – ja, das hat sie geschrieben – erneut ins Bett zu bekommen. Ich verstecke schnell mein Grinsen, indem ich die Tasse an den Mund führe. Keine Ahnung, woher Honey das wissen kann, aber ich stehe total auf Dirty Talk. Auf schmutzigen, versauten Talk, der mir, wenn die Ernüchterung nach dem Sex eintritt, jedes Mal aufs Neue die Schamesröte ins Gesicht treibt. Ich hebe den Blick auf den in Jeans verpackten Knackarsch, als würde der Anblick mich magisch anziehen. *Ich verfluche dich, Levis, für die verführerischen Schnittformen deiner Herrenjeans.* Ich seufze leise in meinen Kakao und genieße die Verlockung heißer Schokolade.

„Ich weiß genau, was du dir da anguckst", brummt Hunter, ohne einen Blick über die Schulter zu werfen.

Zuerst spitze ich die Lippen und kneife leicht die Augen zusammen, dann hebe ich die Braue. „Dein Hintern ist eben nicht zu verachten." Leugnen ist zwecklos.

Unvermittelt bleibt er stehen. Fast laufe ich in ihn rein und schaffe es gerade noch, nicht den Kakao zu verschütten.

„Hunter, was soll das denn?"

„Dasselbe kann ich dich fragen." Seine Augen glühen, die Stirn legt er in Falten. Aber anstatt auszuspucken, was er eigentlich sagen will, dreht er sich um und läuft weiter. Dieses Mal unterdrücke ich ein Seufzen.

Bis zur ersten Etage schweigen wir, und ich laufe ihm hinterher. Ich ahne, was er mir zeigen will, hoffe nur, dass ich falsch liege. Ich lasse mir nichts anmerken, als wir Chris' Schlafzimmer betreten, das ich nur allzu gut kenne. Das weiß Hunter genauso gut wie ich, nur dass er es nicht laut ausspricht, seine Blicke sagen schon genug.
„Was sollen wir hier?" Ich trinke meinen Kakao und sehe zu, Abstand zwischen uns zu gewinnen. „Chris wird sich sicherlich fragen, wo wir sind."
Sein Blick verfinstert sich. „Er kann sich fragen, was er will", zischt er und knallt die Tasse auf den Nachttisch.
Vorsichtshalber stelle ich meine Tasse auch ab.
„Nur wundert es mich, dass er sich noch nicht gefragt hat, was du so in seiner Abwesenheit in seinem Haus treibst."
Mein Pulsschlag beschleunigt sich, auch weil Hunter sich wie ein Raubtier anschleicht. „Ich darf mich in seinem Haus aufhalten. Das ist das, was er sich auch wünscht."
Seine Augen werden noch schmaler. „Wünscht er sich auch, dass du in seinen Sachen schnüffelst?"
„Wovon redest du?" Ich runzle gekonnt empört die Stirn.
„Wirklich, Sophie? Du willst so tun, als ob du nichts wüsstest? Du weißt nichts von den Kameras?"
Meine Brust hebt und senkt sich viel zu schnell.
„Doch, natürlich weiß ich von den Kameras. Von denen am Tor und von der an der Haustür. Im Eingangsbereich, hinten im Garten …"
„Nein, nein, nein." Hunter schüttelt den Kopf, wie es ein Lehrer bei seinem Schüler täte. „Ich rede von den verstecken Kameras, in dem einen oder anderen Zimmer, von denen du genauso weißt wie ich."
Er kommt noch näher, ich stoße mit dem Rücken an die Kommode.
„Ich frage dich jetzt: Wonach hast du in Moffetts Arbeitszimmer gesucht?"
Sein strenger Blick und dazu seine dunkle Aura verwirren meinen Verstand.
„Ich weiß nicht …" Ich verstumme, als er unwirsch den Kopf schüttelt.

„Du kannst dich noch an Kenny und Dexter erinnern?"
„Die … die hast du erwähnt, ja."
Hunter krempelt sich langsam die Ärmel der Strickjacke hoch.
„Dann weißt du auch, dass die Jungs sich super mit Software
und Technik auskennen?" Die Ärmel sind oben. Starke,
sehnige Unterarme kommen zum Vorschein, die mich schwach
machen. So. Schwach.
„H-hast du auch erwähnt", stottere ich. Ich folge seinem linken
Arm, den er rechts von mir an der Kommode abstützt. Als ich
den Kopf wieder drehe, zucke ich leicht zurück, weil seine
Nase beinahe die meine berührt, soweit hat er sich vorbeugt.
Seine Augen funkeln vor Wut, eine Ader pocht direkt auf
seiner Stirn.
„Dann sage ich dir, was Kenny den ganzen Morgen getan hat:
Er hat die Videos von den letzten Tagen gesichtet, geschaut, ob
er etwas Ungewöhnliches entdecken kann. Und in der Tat, das
hat er." Hunter legt eine Kunstpause ein, mein Herzschlag
pocht bereits schwer in meiner Kehle. „Wenn man schon
Videos löscht, dann sollte man sich vorher informieren, ob
derjenige, dem die Videoüberwachung gehört und von dem du
die Videos gelöscht hast, nicht eine Cloud eingerichtet hat, in
der die Videoaufnahmen gespeichert werden."
Ich reiße die Augen auf, mich hat's kalt erwischt. „Eine
Cloud!"
„Ja, eine Cloud. Du weißt, was …"
„Natürlich, weiß ich, was eine Cloud ist", fauche ich.
Hunters Augenbrauen schießen in die Höhe.
„Wieso zum Teufel durchsuchst du Moffetts Sachen?" Hunter
packt mein Kinn und dreht mein Gesicht zu sich. Seine Finger
verursachen ein heißes Feuer auf meiner Haut.
„Küss mich, Hunter!", rutscht es mir heraus. Was sollte ich
denn jetzt auch tun? Wenn herausreden nichts mehr nützt,
muss eine Frau tun, was sie tun muss, und einen verflucht
heißen Kerl küssen. Meine Opferbereitschaft sollte an diesem
Punkt nochmals betont werden.
Irritiert über meine unpassende Aussage blinzelt er kurz
hintereinander. „Sophie", sagt er meinen Namen wie einen
Fluch und Segen zugleich, zögert trotzdem.

„Komm schon, Hunter. Zu gehemmt mich zu küssen, weil wir
in Moffetts Schlafzimmer sind, wo er und ich …"
Er knallt mich regelrecht gegen die Kommode, erzürnt durch
meine Worte, tobt es schlagartig in ihm. Schmerzhaft bohren
sich seine Finger ins Kinn. Der Schmerz ist genau das, was ich
brauche, um mich beim Sex zu entspannen, meinen Stress und
meine Sorgen für einen Moment zu vergessen.
„Du wagst es, in meiner Gegenwart Moffett zu erwähnen",
zischt er. „Wagst es, deinem Mann zu sagen, dass du von
einem anderen Mann gefickt wurdest." Seine Finger bohren
sich schmerzhaft in mein Kinn, gepeinigt wimmere ich und
versuche, meinen Kopf aus dem Griff zu befreien. Ich zucke bei
seiner Wortwahl zusammen. „Wem hast du noch alles deine
Beine breit gemacht, um zu bekommen, was du willst …"
Ich hole aus und ohrfeige Hunter. Noch nie in meinem Leben
habe ich einen Mann geohrfeigt oder kam auf die Idee. Doch
Hunters Worte sorgten für einen Moment, dass mir die
Sicherungen durchbrannten. Ich starre meine Handfläche an,
die vom Schlag leicht prickelt, Entsetzen und Genugtuung
zugleich vermischen zu einem Knäuel, der sich von meiner
aufkeimenden Wut nährt und zu einem Feuerball wird.
„Lieber ein Flittchen als ein scheiß Heuchler, wie du einer
bist", speie ich ihm ins Gesicht.
Hunters Augen verdunkeln sich, seine Kiefermuskeln mahlen
und stechen hervor. Mein Mann tobt, in seinem Gesicht
spiegeln sich die unterschiedlichsten Empfindungen wider.
Wahrscheinlich ist er auch noch nie von einer Frau geschlagen
worden, seine Augen werden schmal.
„Du hast ja Nerven, mich zu schlagen", beginnt Hunter, seine
Stimme ist eisig. Unter seinem Bart ist die Haut gerötet. Angst
spüre ich nicht, obwohl Hunter wie ein leibhaftiger Todesengel
vor mir steht.
Im nächsten Augenblick hole ich erneut aus, doch dieses Mal
sieht Hunter es kommen. Ich beginne wie von Sinnen, mich zu
wehren. Wie eine Wahnsinnige stemme ich mich mit meinem
Körpergewicht gegen ihn, versuche wie eine Furie, sein
Gesicht zu zerkratzen.

„Sophie", ruft er meinen Namen. Genauso gut könnte er mich aus kilometerweiter Entfernung rufen, so taub, blind und wütend wie ich mich in diesem Moment fühle, kann ich mich nur darauf konzentrieren, ihn zu verletzen.

Hunter hat Schwierigkeiten, mich festzuhalten. „SOPHIE", donnert er meinen Namen, er atmet schwer und flucht, als meine Nägel sich quer über seine Augenbraue bohren und tiefe Kratzer mit sich ziehen. Er flucht und zieht zischend die Luft ein. Bloß für eine Sekunde starren wir uns an, mit wutverzerrten Gesichtern und heißen Wangen, glühend vor Anstrengung und Zorn.

Im nächsten Moment hechtet Hunter auf mich zu. Obwohl ich einen Satz zur Tür mache und die Klinke erreiche, ist es zu spät. Er schlingt seine Arme um meine Taille, hält meinen Körper gefangen wie in einem Schraubstock und reißt mich hoch.

„Verdammt, Hunter", fauche ich. „Lass mich run…" Der Rest geht in einem kurzen Schrei unter, als er mich aufs Bett schleudert und sich auf mich stürzt. Machtlos muss ich mir eingestehen, dass ich so eingekeilt unter seinem Körper nichts gegen ihn ausrichten kann, erst recht nicht, als er meine Handgelenke packt und sie über meinem Kopf festhält.

„Was ist bloß in dich gefahren?", fährt Hunter mich scharf an. Er atmet schwer, nicht weil er außer Atem ist, nein, weil es ihn genauso mitnimmt wie mich. Und irgendwie gibt es mir ein Gefühl der Genugtuung, dass es ihn nicht kalt lässt. Ich hebe den Kopf und presse aus dem Nichts heraus meine Lippen auf seine. Keine Ahnung, woher dieses Bedürfnis kommt, aber jetzt will ich nur noch, dass er mich hier und jetzt nimmt.

Doch Hunter hat da ganz andere Pläne. Sein Kopf zuckt wie von der Tarantel gestochen. „Was soll das, Sophie?!"

Sein Blick verfinstert sich, seine Augenbrauen fallen tief ins Gesicht.

Bei so einer Abfuhr schießt mir schlagartig das Blut in die Wangen. „Keine Ahnung. Irgendwie hatte ich das Bedürfnis, dich zu küssen …"

„Nachdem du mich vermöbelt hast, ist dir plötzlich nach Versöhnungssex, oder was?"

Mein Kopf muss blinken wie eine Sirene. „Dass du immer direkt an Sex denken musst", brumme ich, womit er in diesem Fall nicht ganz Unrecht hat. „Und ich glaube kaum, dass man das, was ich da gerade angestellt habe, als Vermöbeln bezeichnen kann."

„Nein, du hast gekratzt wie ein wildgewordenes Biest, worauf ich in meiner Kampfausbildung nicht geschult worden bin. Es kommt selten in meinem Beruf vor, meine Auftraggeber vor wildgewordenen Frauen zu beschützen."

„Deinen Spott kannst du dir sonst wohin stecken. Die Kratzer in deinem Gesicht sagen mir, dass ich im Kampf nicht allzu schlecht dastehe." Ich kneife leicht die Augen zu und studiere Hunters Gesicht. Über seiner linken Augenbraue prangern drei tiefrote Kratzer, seine Wangen sind erhitzt, seine Augen glühen.

Es wird nicht nur warm zwischen uns, sondern hitzig. Mir wird bewusst, dass Hunter zwischen meinen Beinen liegt, sein Unterleib gegen meinen gepresst, und ich meine sogar, dass er sein Becken bewusst so gedreht hat, dass sein Schwanz genau mittig liegt. Täusche ich mich oder ist sein Schwanz hart? Er hält immer noch meine Hände fest, und sobald ich auch nur mit dem Finger zucke, verstärkt er den Griff um meine Handgelenke. Sein schwarzes T-Shirt ist etwas hochgerutscht, sodass ich, wenn ich nach unten schiele, den feinen dunklen Streifen sehe, der in seinen Jeans verschwindet. Fast automatisch befeuchte ich meine Lippen mit der Zunge. Hunter beugt den Kopf, bewegt sich leicht auf mir, reibt sich zart an meiner Mitte. Mein Pulsschlag erhöht sich, als Hunter hauchzart seine vollen Lippen auf meine legt. Federleicht deutet er die Küsse nur an. So sanft, wie er mich küsst, so sanft flüstert er auch meinen Namen. Mein Herz pocht stark in meiner Brust, weil diese plötzlich aufkeimende Zärtlichkeit mich erregt und zugleich verwirrt. Ich hauche seinen Namen, als er sich am Kinn hinabküsst, zärtlich an meinem Hals knabbert und genau an der Stelle unterhalb des Ohrs hängen bleibt, die besonders empfänglich für seine Lippen ist.

„Erkläre mir bitte nur eins", flüstert Hunter mir ins Ohr.

In diesem Moment würde ich ihm alles erklären, nur damit er weitermacht. Er lässt meine Handgelenke los, und nur flüchtig nehme ich zur Kenntnis, wie fest er eigentlich meine Hände gehalten hat, ehe er seine Finger mit meinen verschränkt. Ich bäume mich leicht auf, winde mich unter ihm, als er wieder diese Stelle küsst und mich dort beißt. Ich seufze leise, reibe mein rechtes Bein an seiner Hüfte, weil ich wieder dieses Feuer in mir spüre, das nur Hunter bekämpfen kann. „
Hunter, bitte, ich brauche dich … in mir", versuche ich, ihn zu reizen und zu locken.
Ein heiseres, raues Lachen. „Meinen Schwanz bekommst du noch früh genug. Aber zuerst beantwortest du eine Frage …"
Ich seufze ungehalten. „Die da wäre?"
„Wieso nanntest du mich gerade einen Heuchler?"

Kapitel 16

Hunter

Ihr gerade noch verklärter, flirtender Blick weicht einem
zornigen Blick – einem zornigen Blick, der am liebsten
Giftpfeile auf mich abfeuern will.
„Geh runter von mir!" Im Gegensatz zu ihren Augen ist ihre
Stimme eiskalt.
„Beantworte meine Frage …"
Sie bäumt sich auf, versucht ihre Hände zu befreien und tritt
mit den Knien nach mir, was ich zwar mit einem Knurren
quittiere, aber mich nicht dazu bringt, sie loszulassen. Und
schon gar nicht, wenn sie so drauf ist, weil sonst
wahrscheinlich meine zweite Augenbraue auch dran glauben
muss. Obwohl mein Ego einen kleinen Dämpfer verpasst
bekommen hat, muss ich sagen, dass die wütende Sophie mich
rasend vor Lust macht. Spätestens nachdem sie mich verletzt
hat, hätte ich sie gleich an Ort und Stelle ficken können. Das
hätte zwar meine Wut nicht gemildert, aber zumindest meine
Erregung, damit ich wieder einen klaren Gedanken fassen
kann.
Mich traf es unerwartet hart, als sie mich einen Heuchler
nannte, nicht das Wort an sich, aber wie sie es sagte. Es war
voller Schmerz, Tränen und Leid. Ich zuckte innerlich
zusammen, als hätte sie mich körperlich getroffen.
„Wieso hast du mich einen Heuchler genannt? Es ist eine
einfache Frage", wiederhole ich mich, und so langsam verliere
ich die Geduld.
„Dass ich dir das noch erklären muss, ist das letzte", donnert
sie los. „Wirfst mir vor, eine Schlampe zu sein …" Sie ringt
nach Fassung, ja beinahe schon nach Luft. „GEH RUNTER!"
Sophie klingt panisch, was mich schließlich dazu veranlasst,
sie wirklich loszulassen. Ich richte mich auf. Noch ehe meine
Wirbelsäule in aufrechter Position ist, schubst sie mich mit
aller Kraft von sich und springt auf – bloß weit weg von mir.
Auch ich springe vom Bett und spurte zur Tür. „So einfach
kommst du mir nicht davon."

Sie tigert wie ein wildgewordenes Tier in Gefangenschaft vor
mir auf und ab und fährt sich grob durchs Haar.
„Ich werde das nicht hier und jetzt mit dir ausdiskutieren …
Lass mich raus."
Ihr ruhiger Ton ist bloß vorgetäuscht; ich muss kein
Psychoanalytiker sein, um das zu sehen. Harsch wischt sie sich
die Tränen aus dem Gesicht. Stumm sehe ich sie auffordernd
an. Obwohl ich sie am liebsten in die Arme gezogen hätte, um
ihr den erdrückenden Kummer zu nehmen, der ihr ganzes
Wesen eingenommen hat, weiß ich, dass sie mir an die Kehle
springen wird, würde ich es wagen, mich ihr auch nur einen
Meter zu nähern. Ich schweige, warte ab, weil sie es hasst,
wenn ich so verharre und die Worte zwischen uns hängen
bleiben.
„Du stehst da, so selbstgefällig und selbstherrlich", beginnt sie.
„Da ist auch wieder dieser arrogante Blick, den du an den Tag
legst, wenn ich mich nicht erwachsen genug verhalte und nicht
über alles mit dir rede." Sie macht eine abwertende
Handbewegung. „Der große, vernünftige Hunter macht ja
keine Fehler, nur die kleine dumme Sophie."
Ich runzle die Stirn, presse aber brav die Lippen zusammen.
Denn wenn ich jetzt auch nur einen Mucks von mir gebe,
verstummt sie.
„Du hast keine Vorstellung davon, wie es in mir aussieht, und
es hat dich nie interessiert …"
„Das ist nicht wahr …" Sofort beiße ich mir auf die Lippe, atme
tief ein, während meine Nasenflügel sich aufblähen.
„Ich fühlte mich wie ein Vogel im goldenen Käfig. Ich hatte
keine Freundin, mit der ich sprechen konnte, mit der ich
ausgehen konnte, mit der ich etwas unternehmen konnte.
Komm mir nicht mit den Weibern, die Lafayette nach Hause
brachte oder mit denen ich Sex hatte", sagt sie verachtend.
„Die Mädels, von denen ich dachte, dass es Freundinnen seien,
wandten sich von mir ab. Keine wollte mit einer befreundet
sein, die ihre Mom ins Gefängnis brachte. Ich dachte, ich hätte
nicht nur einen Mann, sondern auch einen Freund in dir
gefunden …" Ihre Unterlippe bebt. „Eine Familie hatte ich
nicht mehr."

Mir wird schlecht. Ich will sie doch nur in die Arme nehmen, sie trösten, aber ihre Körperhaltung spricht Bände.

„Ich wollte doch einfach nur einen Freund haben – und nicht einen, der mich als Sexobjekt ansah."

Mein Herz pocht schwer in meiner Brust, weil ihre Worte mich verletzten. „Sophie, so habe ich dich nie …"

„Ach nein? Du hattest zum Schluss fast immer eine Gegenleistung von mir erwartet, wenn ich mit dir ins Kino oder essen gehen wollte. Selbst im Winter beim Schlittschuhlaufen hattest du Andeutungen gemacht, gar abends vorm Fernseher konntest du deine Finger nicht von mir lassen."

Ich muss tief durchatmen, weil sie einen Nerv getroffen hat. Ich weiß genau, welche Momente sie da aufzählt. Es waren die, kurz bevor sie abhaute, aber auch die, in denen ich mir selbst etwas beweisen wollte.

„Es steckt mehr dahinter, nur dass ist nicht der richtige Moment …" Ich schlucke, weil meine Stimme bricht, was mir in ihrem Beisein noch nie passiert ist. Ich bin derjenige, der der starke Part in der Ehe ist, und doch kämpfe ich in diesem Moment mit den Tränen.

„Was … was meinst du?" Ängstlich sieht sie mich an, sie kann die Tränen nicht mehr länger zurückhalten. „Bist du krank? Oh, mein Gott … hast du Krebs?"

„Scheiße, wie kommst du denn jetzt darauf?!"

„Na, weil du sagtest, dass mehr dahinter steckt … Also kein Krebs?"

„Nein, Sophie, *kein* Krebs."

„Nicht unheilbar krank?"

„Willst du, dass ich dir sage, dass ich Krebs im Endstadium habe?!" Empört sehe ich sie an.

Ihre Wange werden heiß, und ihre Tränen verstummen. „Na, wenn das so ist und der Herr nicht krank ist, kann ich es ihm ja eiskalt servieren", zischt sie. „Obwohl du mich ununterbrochen befummelt und bestiegen hast und unsere Ehe praktisch auf Sex aufgebaut war, konntest du trotzdem nicht anders …"

„Worauf zum Teufel willst du hinaus?", knurre ich, der
aufkeimende Schmerz ist verscheucht von der Wut.
„Kannst du dich an den Abend erinnern, als du nach Hause
kamst und du mich zu Hause blass und weinerlich
vorgefunden hast?"
Wie sollte ich jemals diesen Abend vergessen. Der letzte
Abend, bevor sie mich am nächsten Tag verließ. „Ja", knurre
ich. „Du sagtest, du hättest Unterleibschmerzen …"
„Ich war an dem Tag unterwegs, um dir ein Geschenk zu
besorgen, weil bald unser Hochzeitstag war …" Sie
verschränkt die Arme vor der Brust, mit der einen Hand
wischt sie sich noch die Tränen weg. „Ich wollte Zeit mit dir
verbringen, dir sagen, wie eingeengt und manchmal einsam
ich mich fühle. Dafür war ich im Reisebüro, buchte für uns ein
Wochenende in einem Wellnesshotel und anschließend wollte
ich in unserem Lieblingsrestaurant einen Tisch für zwei
reservieren. Hätte es an dem Tag geregnet, wäre ich mit dem
Taxi gefahren, aber so nutzte ich das Wetter für einen
Spaziergang, und da …" Sophie macht eine Pause. „… hab ich
dich gesehen."
Auf einen Schlag bleibt mein Herz stehen, und die Welt besteht
nur noch aus dem einen Moment der Schwäche.
Im unpassendsten Moment klopft es an der Tür, zeitgleich
versucht jemand, diese zu öffnen. „Seid ihr da drin? Hunter?
Sophie?"
Sophie und ich zucken zusammen. Keiner von uns hat
Lafayette auf dem Flur gehört. Sophie wischt sich schnell übers
Gesicht, seufzt entnervt und verschwindet wortlos nebenan ins
Badezimmer. Doch bevor sie die Tür zuzieht, bleibt sie stehen
und wirft mir einen langen, qualvollen Blick zu, der mir durch
Mark und Bein geht. Wie gerne will ich zu ihr, mich ihr
erklären, ihre Tränen auffangen. Ich wünschte, ich hätte die
andere nie geküsst, nur um mein Ego zu bestätigen. Wie
konnte ich nur so dumm sein und glauben, dass sie eh nie
dahinterkäme. Ich muss mir über die Augen wischen, die doch
sehr feucht sind, ehe ich Lafayette die Tür öffne.
„Was ist hier los?", fragt Lafayette ruhig und betritt das
Zimmer. Er studiert den Raum, entdeckt die Tassen mit dem

inzwischen erkalteten Kakao, sieht das Bett und findet die Deko-Kissen vom Bett auf dem Boden liegend vor. Schweigend geht er an mir vorbei und hebt die Kissen auf. Er runzelt leicht die Stirn, beugt sich vor und hebt ein Handy hoch.
„Gehört das Sophie?"
Bevor ich antworten kann, gibt Lafayette ein anerkennendes Pfeifen von sich. „Wer ist denn bitteschön diese Honey, die unser Mädchen gerne wieder nackt sehen will?"
„Was? Zeig mal her." Anscheinend kann man auf Sophies Handy die Nachrichten lesen, wenn man nur auf den Homebutton drückt. Oft genug habe ich ihr gesagt, dass sie die Funktion ausstellen soll, falls es in die falschen Hände gelangt. Gut, dass es in *unsere* Hände gelangt ist. Für einen winzigen Augenblick tritt der Schmerz in den Hintergrund, und die Neugier gewinnt. Ich kann nicht anders und pfeife wie Lafayette zuvor durch die Zähne. *Hab ich gegrunzt?* Schon möglich, während ich Honeys Nachricht lese. Die halbe Nachricht, wenn man's genau nimmt, weil der untere Teil der Nachricht nicht sichtbar ist.
„Was macht ihr da mit meinem Handy?" Empört stakst Sophie zu uns und reißt es mir harsch aus den Händen. „Lafayette, was sollte das?"
Lafayette runzelt die Stirn und hebt beschwichtigend die Hände. „Ich hab nicht allein die Nachricht gelesen …"
„Von Hunter erwarte ich solche Dinge, aber nicht von dir", giftet sie.
Ich will etwas sagen, aber ihr Blick bringt mich zum Schweigen. Im Grunde hat sie recht, deswegen macht es keinen Sinn, mich zu rechtfertigen. Sophie hat im Badezimmer den verschmierten Mascara abgewaschen und sich die Haare gekämmt. Es täuscht nicht darüber hinweg, dass sie geweint hat und immer noch innerlich aufgebracht ist.
Schweigend studiert er ihr Gesicht, sie fühlt sich sichtlich unbehaglich, und sie will aus dem Zimmer raus.
„Was ist hier los?", fragt Lafayette sie direkt. Seine sanfte Stimme und die dabei nach außen getragene einfühlsame Art berühren Sophie, was Tränen in ihren großen Augen aufsteigen lässt. Aber sie fasst sich, wirft einen schnellen Blick

auf ihr Handy, als sei sie plötzlich geschäftiger denn je, und murmelt was davon, dass Moffett sich sicherlich schon fragt, wo wir bleiben. Ohne sich umzudrehen, verlässt sie den Raum – die Tür fällt nicht zurück ins Schloss, so als sei Sophie selbst dafür zu schwach und ausgelaugt, diese zuzuknallen.

„Was hast du angestellt?", knurrt Lafayette.

„Eine ganze Menge", antworte ich geknickt.

„Kannst du das in Ordnung bringen?" Trotz des neutralen Tonfalls kann Lafayette es nicht ganz in seinem Blick verbergen, dass er wütend auf mich ist.

Mir schwillt der Kamm, weil ich selbst wütend auf mich bin und es im unpassendsten Moment zur Sprache kam, was ich damals angestellt habe.

„Keine Ahnung", sage ich aggressiver als beabsichtigt. „Geh zu den anderen und gib mir einen Moment."

Im Gegensatz zu Sophie dreht sich mein großer schwarzer Freund im Türrahmen zu mir um, betrachtet mich und bevor er endgültig auf den Flur verschwindet, sagt er: „Vergiss nicht, die Tassen in die Küche zu bringen. Wir sind schließlich niemand, dem man hinterherräumen muss, oder doch?"

Zu gerne würde ich ihm die Tassen in die Fresse schlagen. Angestrengt balle ich meine Hände zu Fäusten, um der Verlockung zu widerstehen.

Lafayette verschwindet, und ich lasse mich schwer aufs Bett fallen. Ohne es je laut zuzugeben, bin ich den Tränen nahe, und ich brauche einige Minuten mehr, um mich zu sammeln, bis ich hinunter gehe, um Sophie gegenübertreten zu können.

Kapitel 17

Sophie

„Machen wir's kurz – es ist verdammt kalt", sage ich und sehe mich verstohlen um, im Glauben, dass Hunter jeden Moment aus einer Hecke hervorspringt, mit ausgestrecktem Zeigefinger auf mich zeigt und so etwas sagt wie: „Ich hab's gewusst!"
Die Detectives King und Louis – kein Witz –, zwei Männer Anfang fünfzig, übergewichtig und mit Schnauzer, stehen vor mir, wie eben nur Polizisten vor einem stehen, wenn sie etwas von einem wollen. Obwohl wir im Central Park sind, zu einer abendlichen Uhrzeit, in der die New Yorker unterwegs sind, um ihre Hunde noch schnell Gassi zu führen und wir nicht auffallen, fühle ich mich unbehaglicher denn je.
„Hier – das sah irgendwie relevant für Sie aus." Ich ziehe eine dünne braune Pappmappe aus meiner Handtasche hervor und gebe sie King. „Es ist nicht viel, aber immerhin." Ich zucke mit den Schultern.
King klappt die Mappe auf, blättert die drei Seiten durch und nickt. „Das ist schon mal ein Anfang …"
„Ein Anfang?" Ich runzle die Stirn, King und Louis wechseln einen Blick.
„Nun, Miss Goldberg …" Bei der Erwähnung des Wortes *Miss* zucke ich zusammen. „… wir haben eine Vereinbarung, und das hier …" – er wedelt mit der Mappe – „… ist noch zu wenig, um Moffett dingfest zu machen."
„Ihnen ist klar, dass ich mich auf dünnem Eis bewege?"
„Die Tatsache ist uns bewusst, aber wir denken, dass Moffett Ihnen nichts tun wird."
„Und zu der Annahme kommen Sie, weil…?" Ich verschränke die Arme vor der Brust.
Wieder diese Blicke. „Nun", Louis räuspert sich. „Es ist ein wenig delikat, das zu sagen, aber wir haben Sie und Moffett beschattet. Sie beide waren sich … äh … recht nahe …"
„Sie meinen, Sie haben mir und Chris dabei zugesehen, wie wir Sex hatten?", frage ich scharf.

Die Detectives entschuldigen sich, hätten natürlich nicht
zugesehen, aber Dienst nach Vorschrift bedeute auch, zu
beobachten und Beweise zu sammeln.
„Das heißt im Klartext?"
„Wir haben Fotos", sagt King geradeheraus.
Ich kneife mir in die Nasenwurzel. Das darf alles nicht wahr
sein, und innerlich ohrfeige ich mich, dass ich daran nicht
gedacht hatte. Scham und Wut kochen in mir hoch, aber mir ist
auch klar, dass ich mich zusammenreißen muss, ansonsten
wandere ich wegen Steuerhinterziehung ins Gefängnis,
während Mom nach Absitzen ihrer Strafe aus demselben
Grund wieder frei ist. Tja, was soll ich sagen,
Steuerhinterziehung liegt in der Familie – wovon Hunter
keinen blassen Schimmer hat.
Vor einiger Zeit traten King und Louis auf mich zu, weil ihnen
gesteckt wurde, die damaligen Steuerhinterziehungen meiner
Mom zu überprüfen, was sie auch taten. Weil sie davon keine
Ahnung hatten, zogen sie die Steuerfahndung heran, die aber
zu viel um die Ohren hatte, um sich mit einem Hinweis
herumzuschlagen, der von einem anonymen Anrufer kam. So
vergingen Monate, bis in der Sache was passierte, bis die
Detectives dann plötzlich auf meiner Matte standen.
Für sie war es beinahe eine göttliche Fügung, dass ich für Chris
Moffett arbeitete, weil das NYPD seit Jahren an seinen Fersen
war, aber ihm nie etwas nachweisen konnte, um ihn zu
verhaften.
„Was wollen Sie?"
„Am Samstagabend sprach Moffett mit einem gewissen …"
King zückt seinen Notizblock aus der Jackentasche und blättert
darin. „… Domenico Rivera."
Schweigend sehe ich King an und warte, bis er weiterspricht.
King ist etwas irritiert über mein Schweigen und räuspert sich.
„Was wissen Sie darüber?"
Ich zucke mit den Schultern, löse meine verschränkten Arme
und stecke meine Hände in die Taschen meines Mantels.
„Nichts."
„Er hat nichts in Ihrer Gegenwart erwähnt? Nicht mal den
Namen?"

„Nur weil ich mit ihm schlafe, heißt das nicht, dass ich viel mit ihm spreche."
Obwohl bereits die Laternen im Park angesprungen sind und die Sonne untergegangen war, kann ich genau beobachten, wie die Köpfe der Detectives zu leuchten beginnen. Fast sirenenartig.
„Sie wollen vermutlich, dass ich mehr mit ihm spreche? Ist es das?"
„Wir wollen, dass Sie die Gespräche aufzeichnen."
Mir dreht sich der Magen. „Das war nicht unsere Abmachung."
„Sie müssen sich auch nicht verkabeln, wie Sie es in Filmen sehen. Sie bekommen eine Brosche, einen Knopf oder ähnliches, in dem ein Mikro steckt. Völlig unauffällig."
Ich seufze. „Hab ich eine Wahl?"
„Nein."
„Wir melden uns bei Ihnen, geben Ihnen das Mikro", sagt Detective Louis. Beide nicken sie mir zum Abschied zu und gehen weiter. Ich sehe ihnen nach, ehe ich mich auf den Weg nach Hause mache.

„Honey!" Ich sitze auf ihrem Schoß, mit dem Rücken zu ihr, nackt und erhitzt.
„Was ist? Soll ich aufhören?", flüstert sie mit rauer Stimme, ein leises schmutziges Lachen schiebt sie hinterher.
„Nein, nicht aufhören!" Ich lehne meinen Kopf auf ihre Schulter, spreize meine Beine, öffne mich für sie, während sie ihre Finger in meine nasse Pussy stößt.
Honey ist sexy und verrucht, süß und niedlich, lustig und ernst. Und jetzt gerade diejenige, die mich zum Höhepunkt treibt. Zu einem Höhepunkt, der mich den heutigen Tag vergessen und nicht an morgen denken lässt. Diese Frau weiß, was sie mit ihren Fingern machen muss, um mich abheben zu lassen. Ich rutsche auf ihren Oberschenkeln vor, greife nach hinten und stütze mich auf ihnen ab, um ihren Fingern noch näher zu sein. Honey drückt ihre Finger tief in meine Pussy,

berührt die empfindliche Stelle, die mich, wenn ich am Rande eines Orgasmus stehe, fast zum Weinen bringt, so heftig überkommen mich Lust und Gefühle, die mich taumeln lassen.

„Komm für mich, Babe", knurrt sie an meinem Ohr, und das tue ich. Oh, Gott, Punkte flimmern vor meinen Augen, und wahrscheinlich bohre ich meine Nägel in ihre Oberschenkel, aber sie scheint es zu genießen, wie ich mich aufbäume und meine Lust herausschreie.

„Honey …", sage ich atemlos, danach hauche ich ihren Namen, beinahe ehrfürchtig, dann lachen wir, weil ihr Name sich aus meinem Mund wie ein Gebet anhört. Etwas unbeholfen richte ich mich auf, drehe mich zu ihr und setze mich mit dem Gesicht zu ihr gewandt rittlings auf den Schoß. Ich streichle ihre Wangen, die wie meine erhitzt sind, sehe in ihre warmen Augen, die wie meine glänzen, und dann küsse ich sie. Sanft lege ich meine Lippen auf ihre, knabbere zart an ihrer Unterlippe. „Danke, dass du hier bist."

„Aber immer doch. Ist denn heute was passiert?" Honey sieht mich fragend an, sucht in meinem Blick die Antwort. Ihre Hände streicheln meinen Rücken, was mir einen warmen Schauer über die Wirbelsäule jagt, während ich weiter ihre Wangen mit meinen Daumen streichle.

„Ich merke doch, dass du angespannt bist, obwohl ich dich gerade zum Orgasmus gebracht habe. Und ja, ohne falsche Bescheidenheit kann ich durchaus von mir behaupten, dass er echt gut war."

Wieder lache ich auf. „Dein Ego ist genauso groß wie das von meinem Mann. Ihr könntet euch die Hand reichen", sage ich im trockenen Ton.

„Ich würde ihm gerne mehr als nur die Hand reichen", schwärmt sie.

Ich ziehe eine Braue hoch. „Spinnerin."

„Eifersüchtig?" Sie sieht mich spitzbübisch an.

„Er kann tun und lassen, was er will", sage ich trotziger als mir lieb ist. Ich rutsche von ihrem Schoß, weil mir plötzlich kalt wird und ich meinen Bademantel holen will.

„Hey", sagt Honey ganz sanft und hält mich am Handgelenk fest. Sie hat den Kopf geneigt, wirft mir einen warmen Blick zu

und streichelt die Stelle mit dem Daumen, unter der mein Herzschlag pulsiert. „Das war nur so dahergesagt, okay?"
„Schon okay", sage ich, lächle sie an und entziehe ihr meine Hand, weil mir immer noch kalt ist. Nach dem Adrenalin und der Hormonausschüttung eines Orgasmus hat mein Körper keine Energie mehr, um Wärme zu produzieren. Ich husche ins Bad, werfe mir den Bademantel über und setze mich aufs Klo. Als ich fertig bin, stehe ich auf und betätige die Taste zum Spülen. Über die Spülung hinweg meine ich, ein Klopfen zu hören.
„Honey?", rufe ich. „Hat es geklopft? Honey?"
Ich wasche mir schnell die Hände, trockne sie ab und gehe dann ins Wohnzimmer, wo mir schon Stimmen entgegenschwirren.
Als erstes sehe ich die Detectives King und Louis, die vor einer Honey stehen, die nur einen Slip und einen Pulli trägt, der gerade über ihren Po reicht. Zwar sind die Männer Gentlemen genug, nicht auf ihre Beine zu starren, aber sie haben Schwierigkeiten, es nicht zu tun. Ich atme tief ein, unterdrücke meine Wut, weil sie unangekündigt hier auftauchen, und marschiere ins Wohnzimmer.
„Ist das Ihr Ernst?", frage ich bissig, dabei halte ich bewusst meine Hand am Kragen.
Honey dreht sich zu mir, sieht mich mit hochgezogenen Brauen an. Ohne Scham kommt sie zu mir, sich sehr wohl bewusst, dass die Kerle einen freien Blick auf ihren Hintern haben. Hach, beide haben sie einen Blick riskiert. Ich muss fair bleiben: Ihr Hintern ist echt sexy, knackig und rund, dazu ihre straffen Schenkel. *Oh, ja, Jungs, im Gegensatz zu euch hatte ich schon meinen Kopf zwischen ihren saftigen Schenkeln.*
„Haben Sie draußen wieder observiert?" Mein Sarkasmus trieft aus jeder Silbe.
Louis ist derjenige, der wenigstens ein bisschen Anstand zeigt, indem seine Wangen rot werden.
King dagegen ignoriert meinen Sarkasmus. „Wir wollten Ihnen etwas geben …"
„Babe, was ist hier los?", flüstert Honey; natürlich können die Detectives Honey hören.

Ich sehe sie verzeihend an und schüttle den Kopf. *Jetzt nicht.*
Ich bin nicht sicher, ob sie mein Kopfschütteln richtig interpretiert hat, aber zumindest zieht sie sich in mein Schlafzimmer zurück.

„Also …", sage ich, als Honey die Tür schließt. Ich ziehe beide Augenbrauen hoch, sehe die Detectives abwechselnd an und warte darauf, was sie zu sagen haben. Insgeheim gestehe ich mir ein, dass Hunters Art, die mich zur Weißglut brachte, weil er lieber schwieg als mit mir zu streiten, mir umgekehrt das ein oder andere Mal half, an Informationen zu kommen.

„Als Frau haben Sie immer eine Handtasche bei sich, oder?"
Ich schweige, King räuspert sich auf mein Schweigen hin.
„Nun, wir haben hier einen Anhänger, von dem ich Sie bitten würde, ihn an Ihrer Tasche zu befestigen."
„Zeigen Sie mir den Anhänger." Ich strecke die Hand aus.
King greift in die Innentasche seiner Jacke und reicht ihn mir. Es ist ein schwarzer Lederanhänger mit Nieten. Ich sehe ihn mir genau an, taste die Nieten ab.
„In einem dieser Dinger steckt das Mikro?"
King nickt. „Ja, genau."
„Ist zwar nicht mein Geschmack, aber okay, eine Wahl habe ich eh nicht, oder?"
King schüttelt den Kopf, ich seufze.
„Sonst noch was?"
„Nein, vorerst nicht."
Louis erklärt mir noch ein paar technische Details, anschließend verschwinden sie. Ich schließe die Wohnungstür hinter ihnen, dann lehne ich mich schwer mit dem Rücken an die Tür.
„Alles in Ordnung?" Honey ist aus dem Schlafzimmer gekommen und steht im Wohnzimmer, leicht verunsichert.
Ich hebe den Kopf und schaue sie an. Sie steht mit verschränkten Armen da, den Kopf geneigt, mit Locken, die wild vom Kopf abstehen.
„Was wollten die Detectives?"
„Eigentlich möchte ich nicht darüber sprechen …"
„In was wurdest du da hineingezogen?"
„Honey", sage ich seufzend.

„Wen sollst du belauschen? Die Detectives bringen dir nicht
dieses Teil, damit deine Handtasche hübscher aussieht." Sie
starrt mich herausfordernd an, ihr Blick wird ernst, die
Unsicherheit ist verschwunden. „Also gut, du willst es mir
nicht erzählen. Ich kann auch raten."
Ich runzle die Stirn und verschränke ebenfalls die Arme.
„Honey, sorry, aber ich habe dir gesagt, dass ich nicht darüber
reden will …"
„Geht es um deinen Mann?", unterbricht sie mich.
„Was?"
„Na, ob es um deinen Mann geht."
„Nein, es geht nicht um ihn", sage ich schnippisch.
Honey stemmt die Hände in die Hüften, schiebt das Kinn vor.
„Wer also dann." Das klang für mich nicht nach einer Frage.
„Hmmm …"
In diesem Moment hämmert jemand gegen die Tür.
Erschrocken mache ich einen Satz von der Tür weg, auch in
der Erwartung, dass eine Faust durch die Tür geschossen
kommt. Ich ahne, wer das ist. Nur ein Mensch in meinem
Leben klopft auf diese wütende Art und Weise. Erneut seufze
ich, als ich mir die Bestätigung durch den Spion hole. *Hunter.*
„Wenn man vom Teufel spricht", murmle ich und balle die
Hände zu Fäusten. „Honey, verschwinde ins Schlafzimmer."
„Wieso?"
„Tu es einfach." Ich weiß, mein Ton ist harsch, was sie verletzt,
aber sie verschwindet ins Schlafzimmer. Schnell klaube ich die
Sachen zusammen.
„MACH DIE VERDAMMTE TÜR AUF", donnert Hunter.
„JA, SOFORT!" Ich schleudere die Sachen achtlos ins Zimmer,
rufe eine Entschuldigung hinterher, als ich Honey aus
Versehen beschmeiße, und dann schlittere ich mehr als dass
ich laufe ins Wohnzimmer zurück zur Wohnungstür. Ich
räuspere mich, ziehe den Bademantel enger und öffne einem
stinkwütenden Hunter die Tür.

Kapitel 18

Da steht sie vor mir – mit zerzausten Haaren, in einem Bademantel, dessen Kragen sie so eisern festhält wie eine eiserne Jungfer ihren Slip.

„Warum hat das solange gedauert, mir die Tür zu öffnen? Mit wem oder was warst du beschäftigt?!" Ich fixiere Sophie von oben bis unten.

Sie spitzt die Lippen und sieht mich überheblich an. „Ich wollte gerade duschen."

„Ja, wollten *wir* das?!" Zornig sehe ich sie an, rasend vor Eifersucht. Ich kann gar nicht genau erklären, woher die Eifersucht kommt, aber sie ist da, und instinktiv weiß ich, dass sie noch vor wenigen Minuten Sex hatte. Ich weiß zwar nicht mit wem, aber das werde ich noch herausfinden.

Ich knalle die Tür hinter mir zu, was mir eine hochgezogene Augenbraue ihrerseits einbringt. Ich komme nicht umhin zu sagen, dass sie umwerfend aussieht. Welcher Mann braucht schon sexy Dessous, um in Stimmung zu kommen, wenn vor ihm eine Frau im Bademantel steht, von dem man weiß, dass nur der Gürtel des Mantels sie vor dem Nacktsein bewahrt? Mein Schwanz wird augenblicklich hart.

„Sieh mich bloß nicht so an", faucht sie.

„Wie sehe ich dich denn an?", knurre ich.

„Du hast diesen Ich-will-jetzt-Sex-Blick … vergiss es."

Unter meinem Bart pulsiert das Blut in meinen Wangen. „Lass das meine Sorge sein, was ich wann wie vergesse." Okay, die Erwiderung hätte ich mir sparen können.

„Was willst du hier eigentlich?"

Sie weicht mir aus, als ich unverschämt nah an ihr vorbeigehe und hinter den Couchtisch luge, ob da irgendwas Verdächtiges liegt. Da liegt eine Wolldecke auf dem Boden und Socken auf der Couch. Sophie hatte es schon immer fertiggebracht, ihre Socken überall im Haus liegen zu lassen. Eine Angewohnheit, die sie in den Jahren beibehielt. Ich beuge mich vor, nehme eine schwarze Socke in die Hand.

„Was gefunden, Inspector Gadget?", ertönt es unmittelbar süffisant hinter mir.
Ich werfe ihr einen warnenden Blick zu. Sie soll ruhig weiter so spotten … Moment mal … „Was ist das?"
Hat ihr Augenlid gezuckt? Ich kneife leicht die Augen zusammen, nehme den Gegenstand vom Tisch und sehe ihn mir genauer an, dann sie. „Sophie, was ist das?"
Schweigen. „Ein Taschenanhänger." Schweigen.
Ich schweige. Sie schweigt. Versucht sie etwa, mich hinzuhalten, bis ich etwas sage? Sag mal, versucht sie etwa, meine Taktik an mir anzuwenden?
Ich will gerade etwas sagen, als ein leises Husten meine Aufmerksamkeit erregt.
„Hunter, nicht", ruft Sophie, weil ich losstürme.
Gnade dir Gott, wenn es ist Chris ist!
„Hunter, warte!" Sie rennt hinterher. Zuerst reiße ich die Tür zum Badezimmer auf, ziehe die Duschkabine auf. Nichts. Meine kleine Sophie stellt sich in den Türrahmen, baut sich auf, stemmt die Hände in die Hüften.
„Und? Bist du jetzt stolz auf dich? Wie ein großer starker Mann die Duschtür aufgezogen zu haben?"
Ich mache einen Satz nach vorn und packe sie am Kragen, um sie an mich zu ziehen. Sie starrt mich mit großen Augen an, ich starre zurück. Sie ist so verflucht hübsch und sexy, und mein Schwanz ist hart. Ohne Vorwarnung presse ich meine Lippen auf ihre, raube ihr die Luft und stecke meinen ganzen Frust in den Kuss, der selbst für mich grob und schmerzhaft ist. Atemlos verschlinge ich ihren Mund mit meinem, erobere ihre Zunge und dränge sie gegen die Tür. Willig schlingt sie ihre Arme um meinen Nacken, sucht Halt bei mir, zumindest bilde ich mir das ein. Sie vergräbt ihre Hände in meinen Haaren, ihre Finger jagen mir einen heißen Schauer über meinen Nacken bis hin zum Steißbein. Der heiße Schauer rast bis in meine Schwanzspitze. Ich schiebe meine Hände unter den Kragen, was sie mit einem Seufzen quittiert. Es ist das schönste Seufzen: das wohlige Seufzen deiner willigen Frau. Mit den flachen Händen gleite ich von ihren Schlüsselbeinen hinab zu ihren Brüsten, streichle über ihre harten Nippel. Sie lehnt sich

zurück, löst sich von mir und schaut mir tief in die Augen, als sie den Knoten des Gürtels löst. Für einen winzigen Augenblick hört mein Herz auf zu schlagen, so nackt und wunderschön, wie sie ist, fällt mir das Atmen schwer. Ich kneife in ihre harten Brustwarzen, ziehe an ihnen. *Ich muss ihre Nippel lutschen*, geht es mir nur noch durch den Kopf. Ich beuge mich zu ihren Brüsten, knabbere an der einen Brust, während ich die andere massiere. Mein Blut hat sich bereits aus meinem Kopf verabschiedet und ist nur noch bereit, den unteren Bereich zu versorgen.

Ich spüre ihre Hände auf meinen Hinterkopf – sie kratzt mit den Nägeln über meine Kopfhaut und löst eine neue Welle heißer Schauer aus, die über meinen Rücken jagen. Sophie zieht meinen Kopf hoch, murmelt *Komm her* und küsst mich wild. Sie hebt ein Bein an, und ich packe es an der Unterseite ihres Schenkels. Ungehemmt presse ich meinen Schritt an ihren Unterleib. Sie pfriemelt an meinem Gürtel, fährt mit der Hand über meinen Schritt. Nur diese Berührung durch meine Jeans verursacht ein schmerzhaftes Ziehen im Unterleib. Ich schiebe ihre Hände weg, öffne selbst meine Hose. Als könne sie es kaum erwarten, legt sie die Hand durch die Boxershorts fest um meinen Schwanz. Nach Luft ringend reibe ich mich an ihrer Handfläche und schiebe meine Hand zwischen ihre Beine.

„Nimm den Gürtel", gurrt sie. „Den Gürtel, den du bereits in deiner anderen Hand hältst", erklärt sie.

Unbewusst habe ich den Gürtel aus den Schlaufen gezogen, um ihn nun in meiner Hand zu halten. Sie greift nach meinem Handgelenk und zieht den Arm hoch, um mir zu signalisieren, dass ich ihr das Leder um den Hals wickeln soll. In diesem Moment sind meine Boxershorts von innen nass. Dieser Fetisch wird irgendwann mein Verderben sein, aber Leder auf nackter Haut ist wahnsinnig erregend und erotisch. Dafür würde ich sogar sterben.

Den Gürtel ziehe ich durch die Schnalle und ziehe an ihm, sodass er sich fest um ihren zarten Hals legt. Ich greife erneut zwischen ihre Beine, taste nach ihrer nassen Grotte – und verflucht: Ja, sie ist nass.

„Du hast es auch vermisst“, knurre ich. Mein Herzschlag
flackert.
Sie nickt stumm, ihre Augen schimmern von ihren Tränen.
Plötzlich emotional berührt, beuge ich mich zu ihr, küsse sie
sanft, halte sie dabei am Gürtel fest, und meine andere Hand
bleibt auf ihrer Pussy, deren Kitzler ich mit dem Daumen
streichle.
„Du hast mir gefehlt“, flüstere ich an ihren Lippen. „So sehr.“
Meine Stimme klingt, als würde ich am Kloß unterdrückter
Tränen ersticken. Sie zittert an meiner Hand und an meinen
Lippen, ich streichle weiter ihren Kitzler. Ich kann ihre
Erregung riechen. Anstatt auf Sophies Reaktion zu warten,
erobere ich ihren Mund, wieder wild und grob. Sie schreit ihre
Lust in meinen Mund, als ich ihr drei Finger gleichzeitig in die
Pussy schiebe. Ich wickle mir das Ende des Gürtels um die
Hand, ziehe ihren Kopf nah an meinen, zeitgleich schnüre ich
ihre Luft ab. Sie holt meinen harten, von Sperma nassen
Schwanz hervor und macht eine Faust um ihn. Ich fluche, reiße
ihre Hand weg und ziehe auch meine von ihrem Körper weg,
auch die vom Gürtel. Sie ringt nach Luft, aber mehr Zeit
bekommt sie nicht, weil ich sie hochhebe. Sie stützt sich auf
meine Schultern, und endlich bin ich in ihr drin. Mit einem
tiefen harten Stoß rutsche ich in ihre nasse Pussy.
„Ich will, dass mein Sperma aus deiner Pussy tropft, wenn ich
mit dir fertig bin“, knurre ich heiser. Ich lasse sie vorsichtig auf
den Boden hinab, damit ich nicht aus Versehen aus ihr
herausgleite, und Sophie behält eine Hand in meinem Nacken,
mit der anderen stützt sie sich an der Wand ab. Der Gürtel
klatscht bei jedem festen Stoß auf ihrer Haut – wie hypnotisiert
folge ich der Bewegung, und Sophie nimmt das Lederende, das
sie sich in den Mund schiebt. In diesem Augenblick spritze ich
erneut ab, dieses Mal in ihr drin und nicht in die Boxershorts.
Punkte flimmern vor meinen Augen, mir ist heiß, und das Shirt
klebt mir am Rücken. Immer noch habe ich die schwarze
Strickjacke an, die sich nun wie eine Heizdecke anfühlt. Ich
ziehe sie aus und schmeiße sie von mir weg, das Shirt gleich
hinterher. Meine Bauchmuskeln ziehen sich zusammen, weil
Sophie ihre Hand auf meinen Bauch gelegt hat. Sie lutscht

immer noch am Leder, meine Augen verdunkeln sich, als sie
lasziv beginnt, sich auf und ab an meinem Schwanz zu reiben,
der immer noch in ihr drinsteckt.
„Das war's schon?", fragt sie und blickt mich unter schweren
Lidern hinweg an.
Meine Wangen werden heiß, weil meine Lust einen neuen
Zenit erreicht hat.
„Komm her", wiederhole ich ihre Worte wie zuvor. Ich hebe
sie an ihrem nackten Hintern hoch, sofort schlingt sie ihre
Beine um meine Mitte.
„Lust auf eine Dusche?"
Sie grinst mich an. „Und wie!" Sophie schwingt die Tür ins
Schloss, greift in die Tasche ihres Bademantels und hält diesen
ledernen Taschenanhänger vor meine Augen. „Lass uns
duschen gehen!"

Unter dem heißen Wasserstrahl stehend schaue ich hinab auf
Sophie, die vor mir kniet und meinen Schwanz im Mund hat.
Sie hat sich den Ring des Anhängers über den Zeigefinger
gezogen, sodass bei jeder ihrer Handbewegung das Leder über
meinen Schwanz fährt. Auch baumelt weiter der Gürtel um
ihren Hals wie bei einer Hündin die Leine.
Das Leder schabt über meine Eichel und meine Vorhaut, was
ein Zittern in meinen Beinen auslöst. Ein Zittern vor Freude,
Lust und Glückshormonen, das mein Nervensystem überlastet.
Der Anblick von Leder auf nackter Haut macht mich rasend
vor Lust. Wild tobende Lust bringt einen ohnehin schon mit
Testosteron aufgeladenen Mann beinahe um seine Sinne, aber
wenn dann noch dem Fetisch gefrönt wird, ist es aus mit
meiner grenzwertigen Selbstbeherrschung. Ihre warme,
feuchte Mundhöhle bringt mich zusätzlich um den Verstand,
und ich muss mich an den Fliesen abstützen, weil wieder diese
Punkte vor meinen Augen flimmern. Mit dem Rücken schirme
ich Sophie vom Wasser ab; nur feine Wassertropfen rieseln auf
sie, hauchfein legt sich das Wasser wie ein Schleier über ihre
glatten Haare. Unterdessen fließt das Wasser über meine

Schultern, über meinen Brustkorb, über meinen Bauch und
prallt am harten Schwanz ab, sodass es links und rechts zur
Seite perlt.
Sophie packt mich fester, schiebt meine Vorhaut nach vorne
und knabbert an ihr – mal fest, mal sanft. Ich keuche und lege
meine Hand schwer auf ihren Hinterkopf. Ich greife fest in ihr
Haar und balle meine Hand zur Faust. Noch versuche ich,
mich zusammenzureißen, aber es fehlt nicht mehr viel, dass ich
ihr Gesicht bis zu meinem Bauch schiebe, sodass mein
Schwanz bis tief in ihrer Kehle steckt. Meine Hoden ziehen sich
schmerzhaft zusammen, zeitgleich verstärke ich den Druck auf
ihre Kopfhaut.
Sie schaut zu mir auf, rutscht näher zu mir – dabei kann ich
einen freien Blick auf ihre Brüste mit den harten, abstehenden
Nippeln erhaschen, was ein erneutes schmerzhaftes Ziehen in
meinen Eiern verursacht, und sie öffnet ihren Mund. Mir stockt
im selben Moment der Atem, als sie mich direkt ansieht,
unverfroren, ja fast kokett, wobei sie sich den Schwanz in den
Mund schiebt, samt dem Lederanhänger. Mir schwindelt, und
beinahe schroff halte ich mich an ihrem Hinterkopf fest.
„Wehe, du ziehst den Anhänger aus deinem Mund, ehe ich
komme", knurre ich.
Sie nickt.
Jetzt ist der Punkt erreicht, an dem ich die Kontrolle
übernehme. Ich rücke von den Fliesen ab, schnappe mit beiden
Händen ihren Kopf und halte sie wie im Schraubstock fest,
sodass sie nicht wegzucken kann.
Locker legt sie so ihre Hand mit dem Anhänger um meinen
Schwanz, dass das Leder schön in ihrem Mund bleibt. Ich kann
mich kaum bändigen, denn das Leder löst eine heiße Welle der
Lust aus. Eine rasende Lust, die mich dazu zwingt, ihren
Mund zu ficken. Ich kann sehen, dass ihr der Speichel aus dem
Mund tropft und sie mit dem Würgereiz kämpft. Und doch
glühen ihre Augen. Ich schiebe meinen Schwanz in ihre Kehle
und kneife ihr in die Nase. Nur für wenige Sekunden, damit
sie nicht ohnmächtig oder panisch wird. Sophie krallt sich an
meinem Oberschenkel fest, zuckt mit dem Kopf zurück, doch

ich verhindere mit meiner Hand an ihrem Kopf, dass sie weg kann.

„Bleib, wo du bist", knurre ich.

Mittlerweile zieht der Speichel, der aus ihrem Mund fließt, Fäden vom Kinn bis zu ihrer Brust. Der Anblick, den sie mir präsentiert, schießt mir unmittelbar in die Eier, und es gib kein Zurück mehr. Ich lasse ihre Nase los und halte mich mit beiden Händen an ihrem Hinterkopf fest. Sophie zieht heftig Luft durch die Nase und bohrt ihre Nägel tief in meinen Schenkel, um stillzuhalten.

„Fuck!", brülle ich unterdessen, als ich komme. Ich pumpe ihr mein Sperma schwallartig in den Mund.

Sie hat Mühe zu schlucken und würgt, aber sie bleibt, wo sie ist. Erst als ich mich aus ihrem Mund ziehe, löst sie ihre Nägel von meiner Haut, dann ihre Finger vom Schwanz und hebt stolz den Anhänger hoch, der mit Speichel und Sperma bedeckt ist. Ich gehe nur langsam in die Hocke, weil ich Angst habe, dass meine Beine mich nicht tragen. Sie lächelt mich an, ich grinse zurück und beuge mich vor, um sie zu küssen. Ich nehme ihr den Anhänger ab.

„Lutsch ihn ab", fordere ich sie auf. Als sie mich stirnrunzelnd ansieht, wiederhole ich mich meine Aufforderung scharf.

„Brauchst du erst eine Einladung?!"

Sophie schüttelt schnell den Kopf und öffnet den Mund. Ich schiebe ihr das Leder in den Mund, und sie lutscht und saugt dran und hört erst auf, als ich es ihr sage. Ihre Wangen sind tiefrot vor Scham, das Leder ablecken zu müssen – und vor brodelnder Lust.

„Spreiz deine Beine", brumme ich ihr verheißungsvoll ins Ohr.

„Du kannst dir deine Belohnung abholen."

Kapitel 19

Sophie

Ich halte mich an seinen Schultern fest, als Hunter zwischen meine Beine greift und seine Hand auf meine Pussy legt. Zuerst sehe ich ihm in die Augen, studiere den triumphierenden Blick darin, den er an den Tag legt, wenn ich seinetwegen feucht bin. Ich bin seinem Gesicht so nah, dass sich beinahe unsere Nasenspitzen berühren und ich die Fältchen um seine Augenwinkel erkennen kann, die er schon früher hatte. Nur jetzt sind sie tiefer und größer, und vermutlich, sollte er sich je den Bart abrasieren, könnte ich auch die Falten in seinen Mundwinkeln sehen, die tiefer geworden sind. Dieser Mann beherrscht und dominiert meinen Körper, meinen Verstand, meine Seele. Sein Aussehen hat mich seit jeher fasziniert – das dunkle, leicht wellige Haar, das ihm schon zu lang geworden ist, die feinen Sommersprossen auf seinen Wangen, die vollen, meist zu einem ärgerlichen Strich verzogenen Lippen, der schwarze Bart mit den mittlerweile grauen Barthaaren – und diese Augen. Seine Augen, farblich nicht besonders, eher schlichtes Braun, zogen mich magisch an. Insbesondere wenn sich darin ein Lächeln verirrte, denn dann sah man den warmherzigen, lustigen Mann hinter der harten, dominanten Fassade, in den ich mich verliebt habe.
Ich schaue auf seine Lippen, die leicht geöffnet sind, auf seine behaarte Brust, die sich schnell und schwer hebt und senkt, als hätte er einen Sprint hingelegt. Ich rutsche auf den Knien über das Duschbecken zu ihm und taste nach dem Anhänger. Die Detectives haben doch nicht ernsthaft geglaubt, dass ich das Spielchen mitmache, schon gar nicht, wenn sie unangekündigt vor meiner Wohnungstür stehen. Keine Ahnung, ob sie mich schon belauscht haben – wovon ich ausgehe –, aber das Wasser wird das Mikro sicherlich zerstört haben. Sollen die doch gehört haben, wie ich mich von Hunter habe ficken lassen. Voyeure haben Hunter und mir schon längst beim Sex zugeschaut, gesehen, wie ich ihn ritt. Ich setzte mich so, dass sie meinen geschundenen Hintern und Rücken sehen konnten,

die Hunter mir versohlte, ehe der Besuch da war. Das war unsere Art, mich in den gefügigen, devoten Bereich zu lenken, sodass es uns beiden leichter fiel, sich in unseren Rollen wiederzufinden. Auch Hunter brauchte diese Art von Spiel, nicht nur, weil es in seiner Natur liegt, dominant zu sein, sondern auch, um das Intimste mit seiner Frau zu erleben, das die Zuschauer nie zu Gesicht bekommen werden. Er brauchte die Intimität und die Nähe zu mir genauso wie ich zu ihm, um sich vollends fallen lassen zu können, um absolute Lust und keine Scham zu empfinden.

Ich stöhne laut, weil Hunter unaufhörlich meine geschwollene Perle streichelt. Hunters Iris wird schlagartig dunkel vor Lust, als ich endlich das Leder finde und es mit den Zähnen festhalte, wodurch meine Schreie gedämpft werden. Die Nieten fühlen sich trotz des heißen Wassers kalt an und schmecken ungewohnt auf meiner Zunge, aber für Hunter würde ich solange auf dem Leder rumkauen, bis auch die Nieten durchweicht wären.

„Was wird das, Sophie?" Er beobachtet mich mit Argusaugen, weil ich mich vorbeuge und seinen Kopf leicht zur Seite neige, um leichteren Zugang zu seinem Hals zu haben.

Mit dem Leder, das mir aus dem Mund ragt, schabe ich über seinen Hals. Seine Sehne am Hals tritt schlagartig hervor, so sehr erregt es ihn. Zuvor noch war Hunter in der Hocke, jetzt ging er buchstäblich zu Boden. Besitzergreifend legt er eine Hand in meinen Nacken und presst mich in seine Halsbeuge, während er seine Finger grob in meine Pussy schiebt. Ich reiße den Mund auf, wodurch ich das Leder verliere, aber der Schrei meiner Lust muss raus. Hunters Bewegungen werden gröber und schmerzhafter, statt mit dem Leder kratze ich mit den Zähnen über seinen Hals, ehe ich zubeiße. Irgendetwas geschieht gerade mit Hunter und mit mir.

„Fester", bellt Hunter, als ich ihn wieder beiße.

Er flucht und schreit, als ich mit voller Wucht meine Zähne in seinen Hals jage. Ich klammere mich an ihn, drücke ihn nach hinten, um mich auf ihn zu setzen. Grob ziehe ich den Gürtel über meinen Kopf und zerre ihn um Hunters Hals. Ich weiß nicht recht, wieso ich es tue, aber in diesem Moment spüre ich,

dass wir beide das wollen. Wahninnig vor Lust besteige ich ihn
regelrecht, schlage seine Hand weg, die immer noch auf
meiner Pussy lag, und wickle mir das Ende des Leders um die
Hand, ehe ich zuziehe. Hunters Adern stehen überall hervor,
sie pulsieren regelrecht, selbst die Ader auf seiner Stirn, die sin
meiner Gegenwart ständig pulsiert, wächst auf das Doppelte
an.
„Was jetzt?", fragt er leise und warnend, gerade laut genug
über das Rauschen des Wassers hinweg.
Ich ziehe am Gürtel, um die Bestie in ihm zu zügeln. Ich weiß
instinktiv, wenn ich jetzt die Kontrolle aufgebe, die über mich
hereinfiel, wie das Wasser über eine Stadt, wenn der
Staudamm bricht, wird Hunter es nie wieder zulassen. Ich
schwebe mit dem Becken genau über seinem steifen Schwanz,
nur wenige Zentimeter trennen uns. Doch mir kommt
urplötzlich eine andere Idee – eine verruchte Idee, auf die ich
zuvor nie gekommen wäre. Beinahe springe ich auf und drehe
das Wasser ab, das Ende des Leders immer noch festhaltend.
„Ich möchte, dass du mich leckst", flüstere ich ihm ins Ohr.
„Doch zuvor wirst du auf allen Vieren zu meiner Pussy
kriechen." So aufgeregt und erregt wie ich bin, ist es mir egal,
dass ich nass bin, als ich aus der Dusche steige, selbst dann, als
ich die Badezimmertür aufziehe und mich im Flur gegenüber
der Tür hinsetze, mit gespreizten Beinen. Ich zittere vor
Aufregung, vor der unbekannten Variable namens Hunter, der
noch in der Dusche hockt. *Bitte, Hunter*, flehe ich stumm.
Tränen steigen vor Scham und Angst in mir hoch, weil er sich
nicht rührt. Wahrscheinlich spielt mir mein Zeitgefühl einen
Streich, aber es vergehen Minuten. Ich hätte seine Reaktion
abwarten sollen, vielleicht einfach sein Gesicht genauer
studieren sollen, ehe ich wie von der Tarantel gestochen aus
der Dusche hüpfte. Ich seufze und klatsche mir die Hände vors
Gesicht. Ich schimpfe mich stumm aus, wie dumm und naiv …
Oh! Ich luge zwischen meinen Fingern hervor und sehe
plötzlich einen muskulösen Unterarm, der aus der Dusche ragt
und sich auf dem Boden abdrückt. Ich habe Hunters Arm nie
erotischer empfunden als jetzt, mir schlägt das Herz bis in den

Hals, als ich vor Schreck erstarre, weil ich etwas ganz
Wesentliches vergessen habe.
Honey! Ich habe Honey vergessen. Ruckartig schnellt mein
Kopf zur Schlafzimmertür, die offen steht, Ich bin sicher, dass
ich sie hinter Honey zugezogen hatte, bevor ich Hunter die Tür
öffnete. Sie hat den Wink mit dem Zaunpfahl verstanden, als
ich die Badezimmertür zuknallte, dass sie verschwinden soll.
Erleichtert atme ich auf und entspanne mich. Wieder etwas
lockerer in den Schultern lehne ich mich zurück an die Wand.
Hunters Oberkörper ragt hervor, nass und glänzend vom
Wasser. Der Gürtel hängt ihm um den Hals. Er hat ihn sich
nicht abgelegt, was ein gutes Zeichen dafür ist, dass er noch
die Rolle akzeptiert, die ich ihm zugeteilt habe. Er schiebt seine
Beine aus der Dusche, und ich muss mir auf die Unterlippe
beißen, um nicht laut zu stöhnen, als ich Hunters steifen
Schwanz sehe. Er hebt den Kopf, seine Augen bohren sich in
meine. Obwohl uns einige Meter trennen, kann ich die Glut
sehen und sie förmlich spüren, die in ihm lodert. Wie eine
verfluchte Raubkatze kommt er auf mich zu, seine
Bewegungen unerwartet geschmeidig, als hätte er nie was
anderes in seinem Leben getan. Ich kann verstehen, wieso
Hunter mich oft hat in dieser Position zu sich kommen lassen.
Es ist nicht nur der Anblick, der einem die Sprache verschlägt,
man spürt zugleich die Macht über den anderen. Er kriecht zu
mir, jeder Muskel ist ein wahrer Tanz unter seiner nassen
Haut. Ich lecke mir über die Lippen, weil ich mir vorstelle, wie
ich ihm jeden einzelnen Tropfen von der Haut lecke. Ich
strecke mich mit immer noch zitternder Hand nach dem Gürtel
aus und wickle erneut das Ende um meine Hand, sodass ich
ihn zu mir ziehen kann. Ich streichle ihm das nasse Haar aus
der Stirn, streichle seine bärtige Wange, die sich heiß unter
meiner Hand anfühlt. Er fixiert mich mit seinen Augen, seine
Blicke verschlingen mich.
„Ich bin nass wegen dir", sage ich leise und drücke sein Kinn
etwas hoch. Seine Nasenflügel blähen sich auf.
„Wieso?", knurrt er als Antwort darauf.
„W-wieso?" Mit der Frage habe ich nicht gerechnet, meine
Wangen brennen, und ich gerate ins Straucheln.

Ein hämisches und schmutziges Grinsen zeichnet sich auf
seinen Lippen ab, was mich wiederum wütend macht. Ich
ziehe am Gürtel und schnüre ihm die Luft ab, und da ist
wieder diese gefährlich pulsierende Ader auf seiner Stirn. Ich
ziehe sein Gesicht ganz nah an meines. Er muss sich rechts und
links von meinem Körper auf seine Arme stützen, sodass er
mich einzingelt. Ich spüre die Hitze, die von seinem Körper
ausgeht, die mir bis in die Brustspitzen und in den Unterleib
jagt. Ich bleibe ihm eine Antwort schuldig, als ich ihn küsse.
Ich wünschte, er hätte jetzt ein breites Lederhalsband an, an
dem ich eine Leine befestigen könnte. Schon das Tragen davon
hält mich immer in meiner Zone, sodass Hunter seine beiden
Hände frei hat, um meine Löcher zu stopfen. Er ließ sich oft
Zeit dabei, genoss jedes Zucken, jedes Seufzen, jede Träne von
mir.

Nur bei ihm bin ich nicht sicher, ob der Gürtel allein reicht,
dass er in seiner für ihn fremden, unterwürfigen Zone bleibt.
sodass ich ihn lieber weiter darüber kontrolliere. Ich schiebe
meine Zunge in seinen Mund, drücke meinen Oberkörper
durch, weil meine Nippel sich nach seiner Aufmerksamkeit
sehnen. Doch er rührt nicht einen Finger, also sehe ich mich
gezwungen, aktiv seine Hand zu nehmen und diese auf meine
Brust zu legen. Ich keuche in seinen Mund, als er meinen
Nippel zwirbelt. Ich wimmere an seinen Lippen, teils vor Lust
und Schmerz, wenn er zu feste kneift, teils vor Frust, weil er
die andere Brust gar nicht beachtet. Statt mit ihm zu reden,
reiße ich mich brüsk von seinem Mund los und drücke seinen
Kopf hinab. Ohne weitere Aufforderung saugt er meine harte
Brustwarze in den Mund, während er die andere zwischen
Daumen und Zeigefinger zupft. Ich schreie auf und zucke
zusammen, als er mir zu fest in die Brustwarze beißt.
„Hunter, verdammt“, fluche ich.
Er hebt den Kopf, ohne dass ich ihn dazu aufgefordert habe,
und wir beide starren uns an. „Willst du mich strangulieren?“,
faucht Hunter.
„Was?“ Ich schaue auf meine Hand und lasse vor Schreck den
Gürtel los. Das Leder hat sich schon in seine Haut gefressen,

aber noch nicht so tief, dass er tagelang Würgemale am Hals haben wird, so wie ich das oft hatte.

„Ich hab gar nicht bemerkt …"

„Lektion Nr. 1: Nie selbst die Kontrolle verlieren." Er reicht mir das Ende, seine Augen werden wieder dunkel. „Lektion Nr. 2: Übung macht den Meister."

Sein schwarzer Schopf taucht wieder hinab zu meinen Brüsten. Während er sich mit meinen Nippeln beschäftigt, greife ich selbst zwischen meine Beine und beginne, mich zu streicheln. Ich bin überrascht, *wie* nass ich bin und verteile die Nässe auf meinem Kitzler. Ich lege den Kopf in den Nacken und schließe die Augen.

„Hunter, bitte …", flehe ich ihn an. Ich lege bestimmend eine Hand auf seinen Kopf und dirigiere ihn zu meiner Pussy. Ich fluche und seufze, mal abwechselnd, mal gleichzeitig.

Hunter zupft meine Schamlippen auseinander, um leichter meine geschwollene Perle zu lecken. Ich stemme meine Fersen in den Boden und spreize die Zehen. Hunter saugt meine Perle in den Mund und knabbert an ihr.

„Leck mich", flehe ich ihn an. „Leck mich, Hunter."

Seine Zunge schnellt hervor, und ich verdrehe die Augen gen Decke. Er schiebt seine Zunge in meinen Körper, während er weiter meinen Kitzler streichelt. Meine Nerven sind zum Zerreißen gespannt. Ich schiebe mein Becken vor, drücke mein Geschlecht an Hunters Gesicht, dabei fasse ich meine Brüste an und zwirble selbst meine Nippel. Als er eine besonders empfindliche Stelle berührt, kralle ich seinen Hinterkopf und halte ihn an Ort und Stelle, damit er genau die Stelle artig weiter leckt. Ich muss auf ihn hinabschauen, um mir ein genaues Bild von ihm zu machen. Mir verschlägt es fast die Sprache, weil da dieser muskulöse, große, ungezähmte Mann zwischen meinen Beinen liegt, nackt, und darauf bedacht ist, mich zu verwöhnen. Sein Rücken ist eine wahre Freude, so kräftig und breit, der in schmale Hüften übergeht. Sein Hintern ist saftig und knackig, in den ich oft gebissen habe. Seine Pobacke schob ich auseinander, um ihn mit meiner Zunge anal zu verwöhnen. Nicht jeder heterosexuelle Mann würde das zulassen oder gar wollen. Aber Hunter war und ist sich seiner

Männlichkeit schon immer bewusst gewesen und sah keinen Grund darin, sich dieser Freude zu versagen. Ich wende meinen Blick genau auf das dargebotene Bild zwischen meinen Beinen. Er fickt mich mit seiner Zunge, und sein Daumen umkreist weiter meinen Kitzler.

Ich lege meine Hände auf seinen Hinterkopf, kralle mich an seinen Haaren fest, und als seine Zunge ganz tief in mir drin ist, halte ich ihn fest. Es ist ein unbeschreibliches Gefühl, wie er die Zunge in meiner Pussy bewegt. Ich ziehe seinen Kopf an den Haaren zurück, wobei er die Zunge ausgestreckt lässt, und ich schiebe ihn wieder ganz tief rein. Ich weiß gar nicht, wie lange ich dieses Gefühl auskoste. Ich nutze seine Zunge wie einen Vibrator und schiebe seinen Kopf vor und zurück. Rasend vor Lust reiße ich seinen Kopf hoch, um ihn aufzufordern, sich an die Wand zu lehnen. Sein Schwanz ist dunkelrot und seine Spitze geschwollen. Ich lecke mir über die Lippen, ich kann es kaum erwarten, ihn in mir zu haben.

„Wirst du mich jetzt benutzen?" Hunters Stimme klingt bedrohlich, rau und schwer von seiner Lust.

Ich nicke, weil meine Stimme plötzlich versagt.

„Stets zu Diensten", sagt er mit heiserer Stimme auf mein Nicken hin.

Rittlings setze ich mich auf ihn, und langsam gleitet Hunter in meine Pussy, die ihn schmatzend aufnimmt.

„Benutz meinen Schwanz. Komm, benutz ihn!" Damit treibt Hunter mich an und nimmt mir die Hemmung, die sich unerwartet in mir aufgebaut hat. Er legt seine Hände auf meinen Hintern, knetet meine Pobacken. Ich spreize breit meine Beine, um ihn noch tiefer in mir zu spüren, erst dann schiebe ich mein Becken vor und zurück. Nur so schaffe ich es, mich zu stimulieren, wenn Hunter ganz tief, ja fast schmerzhaft tief in meiner Pussy ist. Seine Hände auf meinem Hintern helfen mir und schieben mich mit an, immer schneller.

„Benutz mich, meine kleine Sophie. Nimm dir, was du brauchst." Dicke Sehnen stehen an seinem Hals, und die Hitze staut sich zwischen unseren Leibern.

Ich reite ihn, tue ihm weh, indem ich ihn abwechselnd beiße und kratze, und doch bleibe ich immer wieder kurz vorm

Höhepunkt, schaffe es nicht, die Schwelle zu überwinden.
Schweiß perlt von meinem Körper.
„Hilf mir, Hunter", krächze ich.
Ruckartig reißt er mich von seinem Schoß und wirft mich mit
dem Rücken auf den Boden.
„Zieh die Beine zu dir", bellt er und ich mache, wie mir
geheißen.
Ich lege die Hände unter die Knie, spreize die Beine und ziehe
sie hoch. Ich sehe, wie er sich zwei seiner Finger in den Mund
schiebt, sie mit seinem Speichel bedeckt, ehe genau diese zwei
in meine Pussy wandern. Ich keuche laut und ungehemmt, als
Hunter mich nur mit seinen Fingern fickt.
„Du wirst für mich kommen", knurrt Hunter.
Ich schreie, will instinktiv die Beine zusammenpressen, nur
dumm, dass er genau zwischen diesen hockt. Er legt seine
andere Hand flach auf meinen Unterleib, übt so Druck auf
mich aus, um das Gefühl seiner Finger, die in meiner nassen
Grotte sind, zu erhöhen.
Ich schließe die Augen, seufze, weine, wimmere und flehe ihn
zugleich an, und dann – *oh fuck* – die Erlösung. Mein Körper
krampft und zuckt, als der Orgasmus über mich kommt und
mir all meine Sinne raubt, sodass ich nur noch aus dem einen
besagten Höhepunkt bestehe.
Ich flüstere seinen Namen und lasse meine Knie los, um nach
seiner Hand zu tasten, weil ich nur noch Punkte sehe.
„Ich bin hier", antwortet er rau. Beinahe zärtlich ersetzt er
seine Finger durch seinen Schwanz. „Spürst du mich?"
„Ja!"
Ich schlinge matt die Arme um seinen Hals, doch Hunter zieht
mich weg. Er verknotet stattdessen seine Finger mit seinen und
hebt meine Hände über den Kopf.
„Ich spüre dich", sage ich leise. Vereinzelte Tränen huschen
meine Augenwinkel hinab, weil ich ihn überall spüre. So
intensiv, dass ich weinen möchte.
Ich merke, dass Hunter mitgenommen wirkt. Er räuspert sich
auffällig viel in der kurzen Zeit, was es mir noch schwieriger
macht, die Tränen zurückzuhalten. Er beginnt, sich zu
bewegen und zieht sich so weit zurück, dass nur noch seine

Spitze in mir drin ist. Ohne erneut tief in mich einzutauchen
verharrt er so und bewegt sein Becken vor und zurück, sodass
nur seine Eichel mich behutsam penetriert. Dabei schleift der
Gürtel, den er immer noch um seinen Hals trägt, über meinen
Brustkorb. Jetzt wirkt das bei einem Mann wie Hunter eher, als
hätte er die Krawatte gelockert, weil sie ihn am Atmen und
Arbeiten hindert. Langsam, als hätte er Angst mir wehzutun,
gleitet er tiefer in mich rein. Ich öffne die Augen und blinzle
die Tränen weg. Da ist er über mir, sein Gesichtsausdruck ist
angestrengt und verletzlich zugleich. Leise flüstere ich erneut
seinen Namen, damit er mich ansieht. Sein Blick haut mich
schlagartig um. Die Tränen, die darin schimmern, versteckt er
gar nicht erst und hält sie auch nicht auf, als sie auf meine
Wangen tropfen.
„Was ist los?" Beängstigt und erschreckt versuche ich zu
verstehen, was in ihm vorgeht, auch ich kann die Tränen nicht
mehr unterdrücken. Spürt er denselben Kummer wie ich? Aber
auch die Liebe, die plötzlich erneut in mir zum Leben erwacht
ist?
Urplötzlich bewegt er sein Becken, presst sich in meine
empfindlich gewordene Pussy, bis sein Schwanz ganz in mir
drin ist.
„Wieso hast du das alles hingeschmissen?"
Ich erstarre.
„Wieso hast du mich verlassen? WIESO?", donnert er. In seiner
Stimme brodelt die Wut, während seine Tränen auf mich
herabrieseln. Er beginnt, mich zu ficken, und mein Körper
erwacht auf der Stelle zum neuen Leben, reagiert mit mehr
Nässe darauf, während ich versuche, mich aus seinen Händen
zu befreien.
Tatsächlich lässt er meine Hände los, und augenblicklich
zerkratze ich seinen Brustkorb, was ihn keineswegs davon
abhält, von mir zu lassen. Es stachelt ihn eher an, und er fickt
mich, rasend vor Wut und Lust. Ich zerre an seinen Haaren,
und gleichzeitig will ich ihn zu mir ziehen. Ich entscheide mich
dazu, ihn einfach zu beißen. Ich lasse meiner Wut freien Lauf,
zerkratze ihm den Rücken, mir egal, ob er bluten wird. Er lässt

es ungehindert geschehen und zieht scharf die Luft ein, wenn ich ihm wehtue.

„Sag es mir, Sophie! Wieso bist du gegangen?“

„Du weißt doch, wieso!“ Ich schluchze, auch, als ich erneut zum Höhepunkt komme.

„Ja, ich weiß es“, keucht Hunter, stößt ein letztes Mal zu, bis er seinen heißen Samen verströmt. Er sackt auf mir zusammen.

„Weil ich mich nicht als ganzer Mann fühlte, betrog ich dich mit einer anderen.“

Die Bombe platzte, endlich, und mein Herz gleich mit.

Kapitel 20

Hunter

Es ist gesagt, und die Worte hängen schwer zwischen uns in der Luft, wie dichter Nebel, der sich nur sehr langsam auflöst. Sophie sieht mich mit großen, erstarrten Augen an. Gleich wird das eintreten, wovor ich mich die ganze Zeit gefürchtet habe. Dass sie das für einen Witz hält, mich nicht mehr als ganzen Mann wahrnimmt, wenn ich mich erklärt habe. Dass sie, sobald sie meine Ängste erfährt, mich auslacht und sagt, froh zu sein, mich verlassen zu haben. Weil es in ihren Augen zu absurd ist – zu absurd klingt.

Ich rolle zur Seite. Mit nassem und schlaffem Schwanz liege ich da, auf dem Rücken, im dunklen Flur, der nur vom Licht aus dem Badzimmer beziehungsweise aus dem Wohnzimmer beschienen wird.

Wortlos steht Sophie schwerfällig auf, wirft mir einen langen Blick zu, und dann verschwindet sie ins Bad, die Tür fällt leise hinter ihr ins Schloss, was sich schlimmer für mich anfühlt, als hätte sie diese mit Wucht zugeknallt. Mir fällt es schwer zu atmen, und als wäre der Gürtel daran schuld, zerre ich ihn vom Hals und schleudere ihn von mir. Es war ein Moment der Schwäche, in dem ich Sophie die Kontrolle überlassen habe. Es fühlte sich gut an – verrucht und heiß. Besonders, als ich aus der Dusche kroch und meine Sophie am Ende des Gangs sitzen sah. Nackt, furchtlos, erregt und mit gespreizten Beinen. Es fühlte sich richtig an, auf allen Vieren zu meiner Frau zu kriechen, um ihr zu geben, was sie wollte oder gar brauchte. Ich korrigiere mich: Wir *beide* brauchten das. Die Dynamik zwischen uns hat sich verändert, das Machtverhältnis scheinbar auch. Aber da will ich nicht zu viel hineininterpretieren. Mir schwirrt der Kopf, und durch das zu wenige Blut im Kopf brummt mir dieser noch dazu.

Ich rutsche über den Boden zur Wand und lehne mich mit angezogenen Beinen dagegen, den Kopf schwer zwischen den Schultern hängend. Ich kneife mir in die Nasenwurzel, versuche, ruhig zu atmen und die Schluchzer zu unterdrücken,

was ich auch schaffe, aber die Tränen kann ich nicht
zurückhalten, die stumm von meiner Nasenspitze zwischen
meinen Beinen auf den Boden tropfen.
Ich höre, dass Sophie im Badezimmer Wasser aufgedreht hat.
Es hört sich eher danach an, dass sie den Wasserhahn am
Waschbecken aufgedreht hat und nicht die Dusche. Ich
lausche, versuche mir vorzustellen, was sie gerade tut.
Wahrscheinlich wischt sie sich das Sperma von ihrem
Geschlecht und ihren Schenkeln. Ob sie weint?
Ich starre zur Tür und warte darauf, dass Sophie endlich
herauskommt.
Die Zeit vergeht, und Kälte kraucht mein Rückgrat hoch. Ich
schaudere und starre weiter die zerkratzte Tür mit dem matten
Knauf an, der einst glänzte. Obwohl Sophie sich – weiß Gott –
andere Wohnungen leisten kann, zog sie es vor, in ein altes
Appartement zu ziehen, weg vom Luxus, abseits der
Upperclass. Hier wohnt sie nun, die Erbin der Goldberg-
Dynastie, in einem winzigen, schäbigen Appartement.
Nirgends steht ein Hauch von Luxus, sei es Deko, Schmuck
oder Gemälde. Die gesamte Inneneinrichtung ist von IKEA,
der Rest zusammengewürfelter Second-Hand-Schrott. Und
doch fühlt sich das Appartement nach Zuhause an.
Lafayette und ich, wir wohnen immer noch im selben Haus, in
dem wir einst zu dritt lebten. Seit Sophie uns verlassen hat, ist
es nicht mehr dasselbe. Viel hat sich in den drei Jahren am und
im Haus nicht verändert, aber es fühlt sich leer und kalt an.
Selbst im angrenzenden kleinen Garten mit denselben Blumen,
die Sophie immer im Frühling anpflanzte – was nun Lafayette
übernommen hatte –, fehlt die Frische und der Glanz, obwohl
im Sommer unser Beet prächtig wuchs. Trotz der bunten
Vielfalt sah das Beet tot aus – so wie Lafayette und ich
vermutlich auch.
Als ich im Begriff bin, aufzustehen und an die Tür zu klopfen,
öffnet sich diese. Ich bleibe an der Wand stehen, und mein
Pulsschlag rast und vibriert durch meinen Körper, als ich
Sophie in ihrem viel zu großen Bademantel sehe. Sie hält einen
Waschlappen in der Hand, mit dem sie auf mich zukommt, in
der anderen hält sie ein großes Badetuch fest.

„Pst, sei still", sagt sie streng, als sie meinen Schwanz mit dem Lappen säubert.

Es ist etwas so Intimes, dass ich dabei nicht hart werden kann. Normalerweise bin ich derjenige, der Sophie wäscht und sich darum kümmert, dass sie nach einer Session warm bleibt. Sie trocknet mich ab, greift nach hinten und wickelt mir das Badetuch um die Hüften. Ich rieche an ihrem Haar und schließe die Augen. Für einen kurzen Augenblick fühlt sich das wie früher an – gemeinsam duschen, sich gegenseitig waschen und sich anschließend trocken zu rubbeln. Ich helfe ihr, das Tuch um meine Hüften zu verknoten, wobei sich unsere Hände berühren. Weder zuckt Sophie zurück, noch zeigt sie eine andere Reaktion. Ist das gut oder schlecht? Ich weiß es ehrlich gesagt nicht. Wir stehen uns nahe, Sophie einen Kopf kleiner als ich, und ich will ihren kleinen süßen Kopf an meine Schulter drücken. Insbesondere, um *mich* zu beruhigen. Doch der Moment vergeht jäh, als sie sich wegdreht und den feuchten Waschlappen ins Waschbecken wirft. Dann sieht sie mich an, studiert mich von oben bis unten, und schließlich streckt sie die Hand nach mir aus, wie eine Mutter es bei ihrem Kind täte. Stirnrunzelnd nehme ich die dargebotene Hand, und ich stakse ihr hinterher ins Wohnzimmer.

„Setz dich", fordert sie mich auf. Schwer lasse ich mich auf die Couch fallen, von wo aus ich Sophie beobachte, wie sie in die Küche geht und Gläser aus dem Schrank holt. Dann bückt sie sich, öffnet einen anderen Schrank und schließt diesen wieder, als sie gefunden hat, wonach sie sucht und kehrt mit zwei Gläsern und einer Whiskeyflasche zurück.

„Hier, trink das."

Ganz schön despotisch diese Frau, aber ich trinke. Es ist nicht der beste Whiskey, aber er reicht allemal, um mich zu entspannen. Ich schenke mir nach und kippe auch diesen runter.

„Besser?", fragt Sophie, die auf dem Sessel Platz genommen hat und mich scharf ansieht.

„Besser", krächze ich – sofort räuspere ich mich. „Danke dir."

„Nun gut", beginnt Sophie und lehnt sich zurück, dabei hebt sie ihre Füße auf den Sessel. Am Whiskey nippt sie nur, weil sie den in Wirklichkeit gar nicht mag, aber wahrscheinlich brauchte auch sie etwas, um ihre Nerven zu beruhigen. „Was genau wolltest du mir im Flur damit sagen?"

Sophie hat nicht vor, um den heißen Brei zu reden, sie kommt direkt zum wunden Punkt. An ihrer Haltung und an ihrem Blick erkenne ich: Sie duldet keine Ausreden.

Ich seufze, doch bevor ich rede, kippe ich den dritten großen Schluck Whiskey runter. Ohne meine Frau dabei anzuschauen, beginne ich zu reden: „Du hattest recht. Neulich in Moffetts Zimmer, als du sagtest, ich sei in unserer Ehe nur noch auf Sex aus gewesen …" Ich muss erneut tief durchatmen und Whiskey trinken. „Kannst du dich an den Abend erinnern, als Lafayette, du und ich in einer Session waren? In dieser *einen* besagten Session?"

Sophie runzelt die Stirn. „Meinst du, als Lafayette dich …"

„Stopp!"

„Hunter, wenn wir das hier aus der Welt schaffen wollen, solltest du schon offen über solche Dinge reden."

Heiße Scham legt sich über meinen Körper. Es gab drei Momente in meinem Leben, in denen ich mich so gefühlt habe: Meine Mom erwischte mich beim Masturbieren. Den ersten Sex hatte ich mit achtzehn und ich kam schon, bevor meine Freundin den BH ganz ausgezogen hatte. Und das hier – das ist der dritte Moment, bei dem ich vor Scham im Boden versinken mag. Wir reden über diesen Augenblick, der mein Selbstbewusstsein, mein Selbstbild von mir und mein Leben selbst in Frage stellte. Mit Lafayette sprach ich nie darüber und auch mit sonst keinem, so als wäre das, was im Schlafzimmer passierte, nie geschehen.

Sophie neigt den Kopf und sieht mich mit warmen Augen an. Da sitzt sie vor mir in wartender Haltung, ohne mich zu drängen. Tatsächlich erkenne ich in ihr meine Mutter wieder, die darauf wartet, dass ich endlich mit der Sprache herausrücke.

Meine Mom hatte einen langen Atem. Sie wusste, dass ich irgendwann das Schweigen brechen würde. Von ihr habe ich ja erst diese Taktik gelernt. Ich sollte sie mal wieder anrufen. Sie mochte Sophie von Anfang an, und es brach ihr das Herz, als ich ihr beichtete, dass sie mich verlassen hatte. Statt ihren Sohn zu trösten, bekam ich Vorwürfe zu hören. *Was ich denn getan hätte!* Zu dem Zeitpunkt existierte das Wort *Selbstreflexion* nicht in meinem Universum. Beleidigt und verletzt zog ich mich zurück und ignorierte die Anrufe meiner Mutter. Bis Lafayette mich schnappte, ins Auto prügelte und mich vor der Wohnung meiner Mutter rausschmiss. Ja, das war Lafayettes Art, mir einen Tritt in den Arsch zu verpassen. Still, aber hart, so ist Lafayette. Manchmal kam mir der Mann buchstäblich wie der Fels in der Brandung vor. Nach der einen besagten Session bekam ich Herzklopfen, wenn ich in seiner Nähe war. Entweder bekam ich kein Wort zu Stande oder ich plapperte wie ein Wasserfall. Ich wusste es zu diesem Zeitpunkt nicht einzuordnen, was mit mir los war.

„Hunter?" Sophies Stimme reißt mich aus meinen Gedanken. „Bist du noch da?"

Mein Herz klopft mir bis zum Hals, dann räuspere ich mich und beginne, mich zu erklären.

An dem Abend leckte ich Sophie um den Verstand, während sie mit den Armen ans Bett gefesselt war und ich direkt vor dem Bett kniete, mit dem Kopf zwischen ihren Schenkeln. Sie flehte mich an, sie endlich kommen zu lassen. Doch als das nichts brachte, flehte sie Lafayette an, der bis dahin der stille Beobachter war. Er saß nackt im Sessel und streichelte seinen Schwanz. Er sah großartig aus, wie er da saß. Muskulös, groß und sehnig mit einem harten Schwanz in der Hand. Lafayette saß so, dass ich ihn, wenn ich den Blick von Sophies Pussy hob, genau sehen konnte. Ich spürte ein heißes Prickeln im Unterleib, weil Lafayettes Anblick mich umhaute. Ich legte eine Hand um meinen pulsierenden Schwanz und streichelte mich, während ich immer mehr und mehr Lafayette beobachtete und nicht Sophie. Solange ich nicht selbst bekam, was ich wollte, durfte auch Sophie nicht ihre Erlösung finden. Als würde Lafayette meine Gedanken lesen, stand er plötzlich auf, ohne den Blick von mir abzuwenden und bückte sich nach seinem Gürtel. Ich schluckte und geriet ins Schleudern, als sich mein schwarzer Freund über Sophie hockte. Sie bekam nur seinen Rücken zu Gesicht, und es wurde still. Nicht unheimlich still, sondern still wie die-Ruhe-vor-dem-Sturm still. Die Stimmung war aufgeladen, und sie entlud sich in dem Moment, als Lafayette den Gürtel um meinen Hals zuzog. Er rutschte ein Stück vor, seine Eichel berührte beinahe meine Lippen. Ich konnte sehen, dass sie bereits vor Lust glänzte. „Nimm ihn in den Mund", knurrte er, dabei ballte er seine Faust in meine Haare und zog mich mit dem Gürtel den letzten Zentimeter zu seinem Schwanz. Siedend heiße Lust durchflutete meine Venen, und mein Verstand machte Platz für das reinen Empfinden von Lust. Es war das erste Mal für mich, den Schwanz eines Mannes im Mund zu haben. Es fühlte sich rau, verboten und wild an. Ich gab mir alle Mühe, ihn nicht mit meinen Zähnen zu verletzten, aber ich schien es richtig zu machen, weil Lafayette den Kopf in den Nacken gelegt hatte und stöhnte.

Sophie versuchte, an Lafayettes breitem Rücken vorbei einen Blick zu erhaschen, was ihr nicht gelang. Stattdessen begann sie zu betteln, dass sie das sehen wolle. Sie zerrte an ihren metallenen Fesseln, wodurch sie tiefe Kratzer am Bettpfosten hinterließ, was ihr in dem Moment allemal lieber war als untätig unter Lafayette zu liegen. Sie hörte nur das Schmatzen meiner Lippen, wie ich ihn mit meinem Mund verwöhnte. Der Geschmack seines Schwanzes betörte mich, und ich wollte, dass er nicht zimperlich mit mir umging. Er begann, sich in meinem Mund zu bewegen. Er befahl mir, den Mund offen zu lassen, und er fickte mich. Speichel tropfte vom Kinn auf Sophies Pussy, und ich war derjenige, der sich an ihren Oberschenkeln festkrallte. Später sah ich, dass sie tiefe Kratzer davontrug, die sie mit Stolz trug. Ich erwischte sie, wie sie im Spiegel begutachtete.

Urplötzlich riss Lafayette meinen Kopf nach hinten und befahl mir, meine Frau zu ficken. Ich wischte mir den Speichel aus dem Bart, der zu dem Zeitpunkt nur stoppelig war, und ich rutschte hinauf zu Sophie aufs Bett.

Sie flüsterte erregt meinen Namen, sah mich mit glänzenden Augen an, und ich kam ihrer Bitte nach, die Handschellen zu lösen. Sie schlang die Arme um meinen Hals und küsste mich, während ich den Kuss genauso wild und ungezähmt erwiderte. Sie war nass. Einfach nur nass und erregt, und sie konnte es kaum erwarten, mich in sich zu spüren. Erregte es sie etwa genauso wie mich?

„Entspann dich", raunte sie mir zu.

Und ehe ich kapierte, was sie mir damit sagen wollte, stand Lafayette plötzlich hinter mir. Schlagartig pumpe ich mein Sperma in ihre Pussy, als Lafayettes Eichel an meiner Hinterpforte klopfte. Lafayette zog sich zurück und spuckte mich an, ehe sich erneut seine Eichel an meine anale Pforte drückte. Er griff nach dem Gürtel und zog das Ende zu sich. Oh, Gott, ich glaubte, erneut abspritzen zu müssen, während Sophie mir versaute Worte ins Ohr flüsterte.

„Lass dich ficken", sagte sie.

Ich hielt still und nickte stumm. Sie griff nach meinen Händen, verschränkte ihre Finger in meinen und schaute mir tief in die Augen, als Lafayette Stück für Stück in mich eindrang.

Plötzlich steht Sophie vom Sessel auf und nimmt die Wolldecke, um sich und mir die Decke um die Schultern zu legen. Sie schmiegt sich an meine Schulter und greift nach meiner Hand. Beruhigend streichelt sie mit dem Daumen meinen Handrücken, während ich versuche, das Beben in mir zu kontrollieren.

„Hast du eigentlich eine Ahnung, wie heiß ich diesen Abend fand?", fragt Sophie mich. „Wie scharf ich auf dich war, als Lafayette dich fi…"

„Sophie!" Harsch unterbreche ich sie. „Ich will das nicht hören."

„Was nicht hören? Dass deine Frau geil auf ihren Mann war? Wie wolltest du die Geschichte denn weitererzählen? Diesen Teil einfach auslassen und dann fröhlich zum nächsten Tag überleiten?"

„Sophie", knurre ich. Ich schlucke, weil mein Hals schlagartig trocken ist, und genehmige mir den Rest aus meinem Glas.

„Hast du überhaupt eine Vorstellung davon, wie es am
nächsten Tag in mir aussah?"
„Eine ungefähre, ja. Nicht sofort, aber später, und ich hab mit
Lafayette darüber gesprochen. Der sah, dass es dir nicht gut
ging, und ich sah es auch. Nur du hast es nicht gesehen, weil
du uns jedes Mal, als wir mit dir darüber sprechen wollten,
abgeblockt hast."
Ich höre den Ärger aus ihrer Stimme.
Schweigen tritt ein, und ich brauche die Zeit, um mich zu
sammeln, die Sophie mir gibt. Ich halte ihre Hand fest in
meiner und schaue hinab auf unsere Hände. Wärme
durchströmt mich, und mir ist klar, dass ich mich Sophie
öffnen muss. Ich küsse ihren Scheitel und atme ihren Duft ein.
Sie schmiegt sich wie selbstverständlich an meinen Körper und
ich wünschte, alles wäre wie früher. Abends gemeinsam auf
der Couch sitzen und uns darüber streiten, welche Serie wir
auf Netflix weiter gucken sollen, obwohl ich genau wusste,
dass sie, sobald wir uns für eine Serie entschieden haben, nach
zwanzig Minuten eingeschlafen war. Es machte nie einen
Unterschied, für welche Serie wir uns letzten Endes
entschieden hatten: Sie schlief trotzdem. Keine Ahnung, ob
Frauen einen inneren Schalter für sowas haben, aber wehe, ich
wollte umschalten. In den drei Jahren, in denen ich ohne sie
war, wünschte ich mir genau diese Abende herbei. Auf der
Couch, von mir aus *Downton Abbey* guckend, mit meiner
schlafenden Frau an meiner Seite.
„Ich hatte Angst vor meinen Gefühlen", nehme ich den Faden
wieder auf, dabei schmiege ich meine Wange auf ihren Kopf.
„Es fühlte sich richtig an, was an dem Abend geschah – mich
von ihm … ficken zu lassen. Aber am nächsten Tag, als ich
aufwachte und dich in meinen Armen sah, kam es mir falsch
vor. Mal abgesehen davon, dass mir der Hintern wehtat und
der Hals rau war …"
„Willkommen in meiner Welt", nuschelt sie.
„Ich hatte Angst davor, in deinen Augen Abscheu zu sehen, als
dir genauso klar wurde wie mir, dass dein Mann sich von
einem anderen besteigen ließ. Plötzlich hatte ich eine so tiefe
Angst, dass ich mich gar in meiner Männlichkeit bedroht

fühlte, dass ich den irrwitzigen Gedanken hegte, je mehr Sex wir haben, desto mehr würdest du sehen, wie stark und männlich ich bin."

Sophie hebt den Kopf und sieht mich zweifelnd an. „Ist das dein Ernst?"

Ich spüre, wie meine Wangen heiß werden. Beschämt weiche ich ihrem Blick aus.

„Das klingt mir eher nach einer Ausrede", sagt sie brüsk. „Was ist der wahre Grund, wieso du dich wie ein Arsch verhieltst? Doch nicht wegen der lächerlichen Aussage, dass du dich in deiner Männlichkeit geschwächt fühltest."

Ich schüttle die Decke von der Schulter und stehe auf, weil ich mich bewegen muss. Ich gehe rüber zur offenen Küche und lehne mich mit der Hüfte an die Wand, wo die Durchreiche ist. Das ist gut. Abstand hilft mir, einen kühlen Kopf zu bewahren. Sophie sieht dagegen wie eine tickende Bombe aus, bereit, mich jederzeit in der Luft zu zerfetzen.

„Lächerlich?! Ich glaube kaum, dass du dir ein Urteil über mich anmaßen darfst …", sage ich schärfer als beabsichtigt.

„ANMASSEN?!", schnauzt sie. „Ich bin deine verdammte Ehefrau, und wenn sich hier einer was anmaßen darf, dann diejenige, die letzten Endes betrogen wurde!" Sie springt von der Couch und kommt zu mir. „Hast *du* eine Vorstellung davon, wie es ist, wenn man seinen Partner mit einer fremden Frau im Arm sieht?!"

Sie zittert vor Wut.

„Sagt die Frau, die einfach davongelaufen ist!" Ich baue mich vor ihr auf. „Du warst einfach WEG! WEG, OBWOHL ICH DICH AM MEISTEN BRAUCHTE!"

„DU MICH AM MEISTEN BRAUCHTEST?!" Sie weicht von mir zurück, aber nicht, weil sie Angst hat, sondern weil sie Abstand braucht. „Ich habe immer wieder die Nähe zu dir gesucht, obwohl du mich wortwörtlich abgewimmelt hast. Nur wenn du Lust hattest, kamst du zu mir und hast *mich* bestiegen. Du hast mich gezüchtigt, gedemütigt und gefickt, wie es dir beliebte. Wie oft habe ich das Safeword in der Zeit vor dem besagten Abend genutzt?" Sie wartet meine Antwort nicht ab. „Richtig, nicht ein einziges Mal. Aber nach dieser

einen Session musste ich das Safeword nutzen, weil du
plötzlich kein Gefühl mehr für deine Frau hattest. Und als
wäre das nicht schlimm genug, musste ich erkennen, dass du
mich betrogst. MICH! UND WARUM? WEIL EIN MANN
DEINE INTIMSTE FANTASIE HERVORGEHOLT HAT! Wärst
du ein beschissener ganzer Mann gewesen, hättest du dazu
gestanden, aber stattdessen wähltest du den leichtesten Weg
für dich …"
„Sophie", flüstere ich ihren Namen voller Schmerz, als sie sich
von mir abwendet. Ich greife nach ihrem Arm und bekomme
ihr zartes Handgelenk zu fassen.
Sie dreht sich zu mir, der Glanz aus ihren Augen ist verloren.
Dann sagt sie etwas, was meine Welt endgültig zum
Einstürzen bringt: „*Unicorn.*"

Kapitel 21

Sophie

Es scheint, als würde sich die Welt nicht mehr drehen. Hunter lässt augenblicklich mein Handgelenk los. Ich wünschte, ich könnte es rückgängig machen, aber es ist gesagt. Noch nie in unserer Ehe habe ich das Safeword außerhalb unserer Sessions nutzen müssen, umso brutaler fühlt es sich an, es in diesem Moment laut ausgesprochen zu haben. Hunters Augen sind voller Schmerz und Leid, als hätte ich ihm physische Schmerzen zugefügt.

Da steht dieser große, muskulöse Mann, verletzt bis ins Mark, und ich bin daran schuld. Selbst von hier, wo ich gerade stehe, kann ich sehen, wo ich ihn gebissen und gekratzt habe. Ein Moment hemmungsloser Leidenschaft, der sich wie eine Ewigkeit zurückliegend anfühlt.

Ist es das, was ich wollte? Ihn verletzen, wie er mich verletzt hat?

Ich schluchze, beuge mich vor und schlinge die Arme um meinen Körper, als könne mich das vom Leid befreien. Hunter hat seinen Kopf in den Nacken gelegt und die Hände in die Hüften gestemmt. Sein Brustkorb hebt und senkt sich schwer von unterdrückten Schluchzern. Aber ich bin mir sicher, dass er weint.

Erneut bricht es mir das Herz. Nur dieses Mal schaffe ich es nicht, auf ihn zuzugehen. Stattdessen taumle ich zurück und schaffe es ohne zu stolpern ins Schlafzimmer. Ich krabble aufs Bett und kauere mich in die Embryohaltung. Erst im Schutz der Dunkelheit beginne ich zu weinen. Ich kann hören, wie Hunter ins Bad geht. Die Geräusche deuten darauf hin, dass er sich anzieht.

Ich kann unten im Türspalt Schatten erkennen, was bedeutet, dass er vor meiner Tür steht. Kurz stockt mir der Atem, weil ich mir einbildete, dass er den Türknauf dreht, doch dann wendet er sich ab. Als ich meine, die Haustür ins Schloss fallen zu hören und es endgültig still im Appartement wird, gibt es kein Halten mehr. Mein Weinen wird herzzerreißend, und in

die Stille und Schwärze der Nacht hinein flehe ich leise, er
möge doch zurückkommen.
„Bitte, verlass mich nicht", flehe ich leise. Es ist das letzte,
woran ich mich erinnere, ehe ich vor Erschöpfung einschlafe.

Mein Husten reißt mich aus dem Schlaf, weil er mir
signalisiert, dass ich völlig ausgetrocknet bin. Ich brauche
einen Moment, bis mein Kreislauf in Schwung kommt und ich
meine Orientierung wieder habe. Am schnellsten ist der
Herzschmerz eingestellt, alle anderen Körperfunktionen
hinken hinterher.
Schleppend rutsche ich vom Bett, und vage wird mir bewusst,
dass ich immer noch den Bademantel trage. Ich fluche lautlos,
krame im Bett nach meinem Schlafshirt, das eigentlich Hunters
T-Shirt ist, das ich damals heimlich eingesteckt hatte, und finde
es tatsächlich. Der Bademantel rutscht von meinen Schultern
auf den Boden, und ich greife nach dem Shirt, das ich mir über
den Kopf ziehe. Ich beginne zu zittern und zu frieren, aber der
Durst treibt mich aus dem Schlafzimmer. Gerädert öffne ich
die Tür und mache einen Schritt vor, als ich urplötzlich über
etwas Großes und Hartes stolpere.
Ich schreie vor Schreck und Furcht, weil ich da über *jemanden*
gestolpert bin. Wild nach hinten strampelnd, weil ich auf den
Boden geknallt bin, versuche ich, weg von dem Eindringling
zu kommen. Ich höre ein Fluchen und Stöhnen, als ich ihn
irgendwo mit meinem nackten Fuß treffe, wo es weich ist.
„NEIN!" Ich schreie, als der Fremde meinen Fuß am Knöchel
packt. Ich stemme mich vom Boden und versuche, einen
Sprung auf ihn drauf zu machen, was er nicht kommen sieht.
Ich glaube, sein Kopf knallt gegen den Türrahmen.
„Sophie. SOPHIE … Ah … Verdammt!"
„Hunter?"
„Natürlich", faucht er. „Was hast du gedacht, wer das ist?!"
Er stöhnt. Nur schemenhaft kann ich sehen, dass er sich das
Gesicht reibt und sich gegen den Rahmen der Schlafzimmertür
lehnt.
„Hast du dich verletzt?"

„Du und dein *Fuß* habt mich verletzt", brummt er.
Ich beiße mir auf die Unterlippe, um ein Grinsen zu
verkneifen. Ja, ich gebe zu, dafür feiere ich mich.
„Steck dir dein Grinsen sonst wo hin", zischt er.
Überrascht ziehe ich die Brauen hoch. Unmöglich, dass er das
sehen konnte.
„Ich brauche kein Licht, um dein hämisches Grinsen zu sehen",
sagt er gereizt, als könne er meine Gedanken lesen.
Das wird jetzt unheimlich.
„Warum zum Teufel liegst du vor meiner Tür?" Ich rücke von
ihm ab und lehne mich an die Wand. Schweigen. Das
Schweigen eines Mannes, der mit sich hadert, wie und ob er
sich öffnen soll.
Hunter ringt mit sich und sucht nach den richtigen Worten. Ich
warte, mit pochendem Herzschlag, der stärker wird, als
Hunter laut Luft holt.
„Ich weiß nicht, wie ich hatte mit dir so umgehen können",
beginnt er, hörbar von seinen Gefühlen übermannt. „Du hast
mich hart getroffen, als du vorhin das Safeword erwähnt hast.
Ich war wie gelähmt – wütend und unendlich traurig zugleich,
Sophie."
Obwohl mir kalt wird, weil ich im Flur auf dem Boden sitze
und nur das Shirt trage, wage ich es nicht, auch nur einen Zeh
zu bewegen.
„Ich wollte nur noch weg. Weg von dir. Ich stand bereits an
deiner Wohnungstür, im Begriff zu gehen. Aber dann fielen
mir deine Worte wieder ein. Und …" Pause. Geräuschvoll
zieht er die Nase hoch, auch ich habe wieder mit den Tränen
zu kämpfen. „Du hattest Recht. Weder du noch jemand
anderes davor hatte je das Safeword außerhalb einer Session
benutzen müssen, weil ich *ich* war. Du hattest Recht damit,
dass ich nicht mehr auf dich Acht gegeben und auch das
Gespür für dich verloren habe. Weil ich innerlich wie gelähmt
war."
Pause. Die Pause zieht sich. Unruhig rutsche ich auf dem
Boden hin und her, meine Pobacken kribbeln. Hunter seufzt
schwer. Ich will gerade den Mund aufmachen, als Hunter
plötzlich weiterspricht.

„Ich fühlte mich zu Lafayette so stark hingezogen wie zu dir. Es ging über das Kumpelhafte hinaus. Hast du eine Vorstellung, wie das ist? Plötzlich dasselbe Geschlecht zu lieben, obwohl man sich seiner Sexualität immer bewusst war." *Ja, weiß ich, aber es ist nicht der richtige Zeitpunkt ihm das unter die Nase zu reiben.*

„Hunter", beginne ich zögernd. „Die Beziehung, die wir da zu dritt haben – du, Lafayette und ich – ist nicht und wird nie gesellschaftskonform sein. Schon von Anfang war eure Dynamik anders als sonst bei Männern, die eng befreundet sind. Ohne dir zu nahetreten zu wollen, wundere ich mich ehrlich gesagt, dass das zwischen euch nicht schon eher passiert ist. Anfangs, als ich euch das erste Mal miteinander gesehen habe, wie ihr miteinander redet, euch gebt, dachte ich, dass ihr schwul seid. Nein, Hunter, lass mich ausreden", sage ich sanft und hebe unnötigerweise meine Hand, die er nur schemenhaft sieht. „Nicht schwul *schwul,* sondern dass da ein Männerpaar ist, das sich liebt. Ich weiß gar nicht, ob du verstehst, was ich dir damit sagen will." Ich seufze, und mein Herzschlag beginnt stärker zu werden. „Vom ersten Moment an war ich von dir und Lafayette fasziniert. Ich hatte mich nie bedroht gefühlt, ganz im Gegenteil, eher beschützt, weil da starke, intelligente Männer waren, die auf mich aufgepasst hatten. Vorhin sagte ich, dass ich mit Lafayette gesprochen hatte, nach dem Abend, an dem ihr Sex miteinander hattet." Hunter stöhnt vor Scham auf.

„Lafayette erzählte mir im Vertrauen, dass auch er sich zu dir hingezogen fühlte. Er hat über Jahre schon den Wunsch gehegt, mit dir Sex zu haben. Vielleicht seid ihr schwul oder bi – oder auch nicht. Vielleicht war es eine einmalige Sache, um dann zu erkennen, dass eure Gefühle nicht tiefgehender waren, sondern weil es in euren Augen etwas Verbotenes war und der Reiz, eben etwas Verbotenes zu tun, da war. Hast du eine Ahnung, wie sexy ich das fand? Existiert in deiner Vorstellung überhaupt die Möglichkeit, dass mich das erregt hat? Wieso sollten sich nur Männer an zwei nackten Frauen erfreuen, die es miteinander treiben? Wieso nicht umgekehrt? Was meinst du, wieso ich so oft Sex mit euch beiden hatte? Klar, weil es

mich erregte, dass ich von zwei Männern gevögelt worden bin,
das will ich gar nicht bestreiten, aber weil ich die Tatsache
einfach scharf fand, dass da zwei muskulöse nackte Männer im
selben Raum mit mir waren, mit einer unterschwelligen
Anziehungskraft zueinander", sage ich atemlos.
Es tritt Schweigen ein. Hunter muss sacken lassen, was ich
gesagt habe.
„Ich hatte keine Ahnung", sagt Hunter leise, sodass ich
vermute, dass er es mehr zu sich selbst sagt. Er winkelt die
Beine an und legt die Arme auf die Knie. „Ich meine, ich sah
schon, dass dich das erregte, aber aus anderen Gründen. Ah,
fuck", flucht er gereizt und rauft sich die Haare. „Sophie, es tut
mir leid, so unendlich leid, wie ich mich verhalten habe."
Ich höre den Schmerz aus seiner Stimme.
„Weißt du, was mich am meisten verletzt hat? Nicht die
Tatsache, dass du Lafayette liebst oder lieben *könntest,* auch
nicht, dass du mit anderen Frauen geschlafen hast. Es war
dieser eine Moment, in dem ich dich mit der anderen gesehen
hab. Es sah so intim zwischen euch aus, dass ich mich verraten
fühlte. Von *dir.* Ich hatte keine Probleme damit, dass wir
zusammen Sex mit anderen Frauen hatten. Es erregte mich
genauso wie dich, und meine Bedürfnisse kamen nicht zu
kurz. Auch nach dem Sex nicht, weil du mir immer das Gefühl
gabst, wirklich die *Eine* zu sein. Und dann hast du hinter
meinem Rücken eine andere gedatet und geküsst. Ich dachte,
ich wäre deine Vertraute, deine Freundin und Frau, aber all
mein Vertrauen in dich, dass du die Phase, in der du dich
befandst, überwinden und wieder der alte Hunter wirst, ging
verloren."
Ich atme zitternd ein und aus. Emotionen kochen in mir hoch,
die mich nicht klar denken lassen, auch weil ich höre, wie
Hunter weint und flucht. Wie er sich verflucht. Ich wische mir
über die Augen und krabble zu ihm, weil ich in seinen Armen
sein und spüren will, wie ernst er es mit der Entschuldigung
meint. Stumm drücke ich seine Knie runter, und Hunter
versteht sofort und zieht mich in seine Arme. Ich lehne meinen
Kopf an seine Schulter und presse mich eng an seinen warmen
Körper. Mir ist kalt – der letzte Rest an gespeicherter

Körperwärme ist mit meinen Tränen weggespült. Hunter küsst meine Stirn, meinen Scheitel, jede Stelle meines Kopfes, die er mit seinen Lippen berührt. Ich vergrabe mein Gesicht in seine Halsbeuge und lege meine Hand auf seine Brust.
„Ich wünschte, ich könnte die Zeit zurückdrehen. Ich wünschte, ich hätte nicht die andere geküsst und dich nicht gehen lassen. Bis heute bereue ich diesen einen Moment meines Lebens, in dem ich die Liebe meines Lebens habe gehen lassen."
Mir stockt das Herz. Ich spüre, wie ernst es ihm ist. Seine Worte, so aufrichtig und voller Wärme, strömen durch meine Venen und erhitzen meinen Körper.
„Ach, Hunter", seufze ich leise, und urplötzlich gähne ich. Ich reibe mir das Gesicht, weil ich schlagartig todmüde werde. So, als sei eine Last von meinen Schultern genommen worden und als ob mein Körper endlich die Erholung und Ruhe einfordert, nach der er sich seit drei Jahren sehnt.
„Komm, wir gehen ins Bett", raunt Hunter mir zu.
Zusammen schlafen wir eng umschlungen ein. Mein letzter Gedanke, bevor ich endgültig ins Land der Träume verschwinde, ist, dass Hunter und ich das schaffen werden.

Kapitel 22

Hunter

Übernächtigt stehe ich auf, leise genug, um Sophie nicht zu wecken, und husche ins Bad, um mich zu erleichtern und Katzenwäsche zu betreiben. Anschließend gehe ich in die Küche und setze Kaffee auf. Als ich sehe, welche Sorte Kaffee Sophie da in ihrem Schrank lagert, verziehe ich das Gesicht. Gibt kein Geld für eine vernünftige und sichere Wohnung aus, aber bunkert den teuren Starbucks-Kaffee bei sich. Wie konnte sie Lafayettes ausführliche Rede über Kaffee verdrängt haben? Ich träume heute noch von Kaffeebohnen – wusste gar nicht, dass ein Mensch in der Lage ist, Kaffeebohnen so bildlich zu beschreiben. Und eins muss man dem großen Schwarzen lassen: Von Kaffee hat er Ahnung.

Apropos Lafayette …

Im stillen Kämmerchen fällt es mir leicht, über ihn, uns, nachzudenken und das sacken zu lassen, was Sophie in der Nacht gesagt hat. Hatte Sophie Recht? Ich kann nicht bestreiten, dass von Anfang die Chemie zwischen ihm und mir da war. Sie war einfach da, und es war manchmal, als hätten Lafayette und ich denselben Geist in uns. Oft dieselben Gedanken, den gleichen Tatendrang, dasselbe Auftreten – und meist den gleichen Geschmack. Unheimlich. Zurückblickend kam er mir lange vor wie der große Bruder, den ich nie hatte, und ich konnte zu ihm aufblicken.

Nach der besagten Nacht sind Lafayette und ich uns aus dem Weg gegangen. Nein, wartet, *ich* bin ihm aus dem Weg gegangen. Rückblickend hatte er das Gespräch gesucht, aber ich konnte und wollte nicht reden. Mir kam es zu dem Zeitpunkt so vor, als hätten Sophie und er sich gegen mich verschworen, weil sie ja nur das Beste für mich wollten. Was war ich doch für ein Idiot. Ich fluche und balle die Hand zur Faust. Nur mit Mühe knalle ich die Faust nicht auf den Tresen, um Sophie nicht zu wecken. Stattdessen knalle ich den Deckel der Filterkaffeemaschine zu und drücke auf *Start*.

Wie wohl die drei Jahre verlaufen wären, wenn ich nicht zu stolz und verwirrt gewesen wäre? Wären unsere Ehe und die Beziehung zu Lafayette auf eine andere Ebene gehoben worden? Ich fahre mit der Hand durchs Gesicht und seufze. *Verwirrt* trifft es auf den Punkt. Ich war so konfus und tatsächlich unsicher, wie seit langem nicht mehr. Ich war doch Sophies Mann, der sagte, wo es langging. Ich war derjenige, der sogar wollte, dass Sophie Sex mit Frauen *und* Lafayette hat, weil es mich auch erregte, zu sehen, wie sie von ihm gefickt wurde. War ich denn so blind und voller Selbstzweifel, um zu verstehen, dass ich mir das alles selbst zuzuschreiben habe, wie es gelaufen ist? Wenn Sophie das angewidert hätte, dass Lafayette mich bestiegen hat, dann hätte sie anders reagiert. Sicherlich hätte sie mich nicht am nächsten Morgen angelächelt und sich an mich gekuschelt. Ich kneife mir in die Nasenwurzel. Nein, Sophie hätte es mir nicht direkt ins Gesicht gesagt, aber ihre Körperhaltung und Mimik hätten Bände gesprochen, wenn sie von mir angewidert gewesen wäre.
Ich kneife so fest in die Nasenwurzel, dass ich Punkte sehe. Ich bin so ein verfluchtes Arschloch.
ArschlochArschlochArschloch!
Ein schlechtes Mantra, was ich da runterrassle, aber ein überaus passendes, wie ich finde. Ich öffne die Schranktür und hole zwei Tassen hervor. Der Kaffee müsste gleich durchgelaufen sein. Sophies Vertrauen zu mir und in mich ist zerbrochen, das weiß ich. Wie hatte ich bloß die andere Frau küssen können? Ich blicke von der Kaffeekanne, mich mit beiden Armen auf dem Tresen abstützend, hoch zum Schrank und finde es immer reizvoller, meine Stirn dagegen zu rammen. Wie aufs Stichwort beginnen die Kratzer über meiner Augenbraue zu jucken, die Sophie mir zufügte. Meine kleine Wildkatze. Sie hatte schon immer eine scharfe Zunge und noch schärfere Krallen. Eigentlich kratzte und zerkratzte sie mich beim Sex, aber nie außerhalb der eigenen vier Wände. Das war neu und überraschend. Es scheint, als sei sie in den drei Jahren über sich hinausgewachsen.
Es beginnt, hinter meinen Schläfen zu pochen. Habe ich sie eingeengt? Während einer Session objektivierte ich Sophie,

damit sie tief in die devote Zone eintauchen konnte. Nur durch die Erinnerung pulsiert mein Schwanz.

Sophie lag gefesselt und mit verbundenen Augen auf dem Bett, zitternd vor Lust und Furcht, weil sie nicht wusste, was ich mit ihr vorhatte. Jede Öffnung war für mich bereit, doch oft ließ ich sie warten, weil ich mich nur an ihrem Anblick ergötzte. Nur: Allzu lang kann man seine Spielgefährtin nicht warten lassen, weil sie entweder anfängt zu frieren oder weil sie die Lust verliert. Bei Sophie hatte ich die Erfahrung gemacht, dass es sie antörnte, wenn ich sie betrachtete und sie nur meine Blicke spüren konnte. Reizte ich das zu lange aus, ohne sie zu berühren, wurde sie ungeduldig und wortwörtlich *trocken*.

Wie zum Teufel komme ich denn jetzt auf den Gedanken?!

Ich seufze. Gerade habe ich mir noch Gedanken über Sophie und mich gemacht, ob ich die treibende Kraft war, dass die Ehe in die Brüche ging ... und dann – zack– hatte ich das Bild einer gefesselten Sophie vor meinem inneren Auge.

Ich nehme die Milch und den Zucker, kippe jeweils ein bisschen in ihre Tasse und gehe mit den Tassen ins Schlafzimmer.

Mein Herz klopft stark in meiner Brust, bevor es sich schmerzhaft zusammenzieht. Ich konnte gestern Abend Sophies Worte hören: *Bitte verlass mich nicht.* Ich werde mich nicht von ihr abwenden, nur weil sie das Safeword genannt hat. Schon gar nicht, wenn wir wieder die ersten zarten Bänder geknüpft haben. Dieses Mal wird es unsere Ehe aushalten, bis die zwei verletzten Seelen wieder zueinander gefunden haben.

Ich atme tief durch, als befände sich hinter der Tür eine Prüfung, und ich muss all meinen Mut zusammennehmen.

„Hey, morgen", begrüßt sie mich. Sie hat die kleine Lampe auf ihrem Nachttisch angeschaltet. Ihre Haare sind vom Schlaf zerzaust, ihre Augen sind leicht geschwollen, aber sie lächelt.

„Hab Kaffee gemacht", sage ich und reiche ihr die Tasse. Sie rutscht rüber, damit ich mich zu ihr setzen kann. „Wie geht's dir?", frage ich.

„K. o.", gibt sie zu und nippt vorsichtig am Kaffee. „Aber auch erleichtert. Einfach nur erleichtert."

Ich nicke zustimmend, und sie sieht mich mit müden Augen an. Ich glaube, ich entdecke den alten Glanz wieder, der ihre Augen glühen lässt. Zärtlich streichle ich ihre Wange, und sie lächelt. Mir wird warm ums Herz, als sie vertrauensvoll ihre Augen schließt und meine Berührung genießt. Mein Herz pocht in meiner Brust, weil meine Gefühle mich überbewältigen.

„Ich auch", sage ich leise.

„K. o. oder erleichtert?" Sie öffnet die Augen und sieht mich spitzbübisch an.

„Beides." Ich lehne mich weiter zurück und schließe die Augen. „Ich muss mit Lafayette sprechen."

„Ja, das musst du." Mehr Worte bedarf es auch nicht, damit Sophie versteht. Sie rückt zu mir und lehnt den Kopf auf meine Schulter. Ich lege den Arm um ihre Schulter, drücke sie fest an mich.

„Ich muss mich bei Chris melden", unterbricht sie das harmonische Schweigen. Mein Puls nimmt direkt Fahrt auf.

„Wieso?", frage ich bemüht freundlich.

„Den Namen magst du echt nicht."

„Weder den Namen *noch* den Typen, dem der Name gehört", brumme ich gereizt.

„Vergiss nicht, er ist immer noch *mein* Chef. Und momentan auch deiner. Ich muss ihn anrufen und sagen, dass ich später komme."

„*Später kommen* ist eine Option."

Sie seufzt entnervt. „Hunter, nicht *dieses* Später-Kommen."

Ich glaube, zudem ein leises *Blödmann* von ihr zu hören.

„Hast du mein Handy gesehen?"

Ich schüttle den Kopf.

„Lass mich aufstehen – bin gleich wieder da."

Nur widerwillig lasse ich sie los, und sie huscht aus dem Zimmer. Ich stelle meine Tasse auf dem Tisch ab, weil ich merke, dass ich müde werde. Lieber in einem trockenen Bett schlafen, als sich in Kaffee wälzen zu müssen. Ich schließe meine Augen, leise höre ich Geräusche aus dem Wohnzimmer und döse ein.

Durch irgendetwas schrecke ich ruckartig aus dem Schlaf und
drehe mich zu Sophie. Als ich bemerke, dass sie nicht da ist,
runzle ich die Stirn und reibe meine Augen. Ich ziehe mein
Handy aus der Hosentasche, um die Uhrzeit zu kontrollieren,
nur dass die Uhrzeit zur Nebensache wird, als ich sechs Anrufe
in Abwesenheit sehe. *Lafayette.* Und das in den letzten zwanzig
Minuten. Ich schwinge die Beine aus dem Bett und wähle
dabei seine Nummer. Noch während ich verbunden werde,
rufe ich nach Sophie. Ist sie im Wohnzimmer eingeschlafen?!
Ich rufe erneut ihren Namen, durchquere den kurzen, engen
Flur, in diesem Moment meldet sich Lafayette.
„HUNTER", brüllt er mich an.
Ich zucke zusammen. „WAS!", belle ich zurück.
„Irene ist auf freiem Fuß. Und das schon seit sechs Uhr in der
Früh."
„Wie ist das möglich? Ach, vergiss es. Wo bist du?"
„Wo bist du?!" Sein Vorwurf ist nicht zu überhören.
„Bei Sophie."
„Bin schon auf dem Weg. Sophie soll ihre Sachen packen."
Ich betrete gerade das Wohnzimmer. Doch der nächste Schritt
bleibt augenblicklich in der Luft hängen. „Lafayette, du
brauchst dich nicht mehr zu beeilen."
„Was ist los?"
In diesem Moment dreht die kleine, schmale Person mit dem
grauen Schopf den Kopf zu mir.
„Guten Morgen, mein Schwiegersohn", sagt Irene mit
glasklarer Stimme, ihr Blick ist gestochen scharf.
„Irene", sage ich kalt, noch während Lafayette am Telefon ist,
erst dann lege ich auf.
Ich werfe Sophie einen schnellen Blick zu. Außer dass sie
aussieht, als stünde sie kurz vor einer Ohnmacht, scheint sie
okay zu sein. Sie nickt mir schwach zu, während sie an der Tür
steht, die Arme vor der Brust verschränkt. Irene bin ich nie
tatsächlich über den Weg gelaufen. Lafayette und ich
beschatteten sie nur und schafften es tatsächlich, mit einem
Virus Zugriff auf ihren Computer zu bekommen. Also, nicht
Lafayette und ich haben es geschafft, sondern wir mit Hilfe
eines IT-Freaks, dem wir Schläge angedroht hatten. Den

Zugriff darauf zeigten wir dem Steuerprüfer unseres
Vertrauens, und der fand nach langer, langer Suche und auch
mit Sophies Hilfe, die uns Dokumente zuspielte, den Pfad der
Steuerhinterziehung. Er wusste, dass Irene das nie im Leben
alleine bewerkstelligt bekommen hätte und sie sicherlich
Kontakte haben musste, um Steuern in diesem Ausmaß zu
hinterziehen.
„Das nächste Mal rufen Sie bitte vorher an, wenn Sie uns
besuchen kommen wollen. Damit wir noch Zeit haben, uns
herzurichten."
Irene dreht sich vollends zu mir. Sie trägt ein elegantes Kostüm
in Beige mit weißer Bluse, dazu eine feine, schlichte Kette, die
sicherlich nicht aus einem Ramschladen für Modeschmuck ist.
Ihre Haare sehen erstaunlich gepflegt für eine Frau aus, die die
letzten Jahre hinter Gittern verbracht hat, wo sie fernab von
Haarkuren war. An ihrem Handgelenk trägt sie eine goldene
Uhr, auch diese ist eher schlicht und doch feminin. Das
Einzige, was sie nicht trägt, ist Make-up. Doch das tut ihrer
Schönheit keinen Abbruch. Ich kann's nicht anders sagen, als
dass diese Frau noch stolzer und ehrfürchtiger erscheint, als sie
es eh schon tut. Bei genauerer Betrachtung entdeckt man die
Arroganz auch in Sophie wieder, insbesondere wenn sie sich in
Rage redet.
„Natürlich hätte ich meine Tochter anrufen können, aber dann
wäre ja die Überraschung hinüber. Ich denke, Sophie sieht das
genauso wie ich, nicht wahr, mein Schatz?" *Schatz* hört sich aus
ihrem Munde wie eine Drohung an. „Ich möchte nicht
unhöflich erscheinen, aber dürfte ich um eine Tasse Kaffee
bitten? So frisch, wie es nach Kaffee riecht, gehe ich davon aus,
dass ihr welchen gemacht habt." Sie lächelt, ihre Augen
bleiben kalt. „Und da Sophie mich nicht aufgefordert hat, mich
zu setzen, werde ich es einfach selbst tun."
Diese Frau ist kleiner als Sophie und doch so respekteinflößend
wie Lafayette und ich zusammen. Sie weiß, wie sie einen Raum
zu beherrschen hat. Mit Argusaugen beobachte ich Irene, wie
sie es sich auf der Couch bequem macht.
Na ja, sie setzt sich mit einer halben Arschbacke auf das
Polster, der Rücken ist durchgestreckt, als stecke ihr ein Stock

im Arsch. Irene sieht Sophie und mich abwechselnd an, und da meine Frau wie angewurzelt stehen bleibt, habe ich keine andere Wahl, als meiner Schwiegermutter Kaffee zu servieren.

Kapitel 23

Es ist so absurd, dass ich lachen würde, wenn ich könnte. Aber mein Gesicht fühlt sich an, als sei es eingefroren, selbst das Blinzeln fällt mir schwer, als hätte ich Angst, dass meine Mutter mich in diesem Bruchteil der Sekunde, in der ich die Lider zu habe, töten könnte. Es fällt mir nicht leicht, mir das einzugestehen, aber ich verspüre eine lähmende Angst. Eine alles umfassende und beherrschende Angst, die meine Körperfunktionen und den Verstand ausgesetzt hat. Irene habe ich seit fünf Jahren nicht mehr gesehen, und sie ist zwar gealtert, das sieht man, aber sie hat nichts von ihrem herrschaftlichen Auftreten eingebüßt. Ganz im Gegenteil: Es scheint, als hätte ihr Ego einen Boost bekommen, der sie zwei Meter groß erscheinen lässt. Sie entzieht meiner kleinen Wohnung alles an Leben und Fröhlichkeit, selbst Gefühle wie Schmerz und Trauer sind auf und davon. Kälte kraucht aufs Stichwort meine Beine hinauf, und ich schüttle mich. Selbst der kalte Schauer, der mir über den Rücken jagt, kriecht durch meine Rippen direkt ins Herz hinein. Obwohl ich keine Anzeichen erkennen kann, dass sie eine Waffe – jeglicher Art – trägt, bleibe ich auf der Hut und auch lieber an der Tür stehen. Es erscheint mir sicherer, direkt am Fluchtweg zu stehen, obwohl ich die absurde Vorstellung habe, dass ich nicht weit kommen würde.

Hunter, der nicht eine Miene verzogen hat, bis auf den Moment, in dem er sie erblickt hat, macht keinerlei Anstalten, mich aus der Tür zu bugsieren beziehungsweise mich zu sich zu holen. Es scheint, als hätte er die Ruhe weg, selbst als er ihr die beschissene Tasse Kaffee reicht, obwohl er da die Gelegenheit hat, ihn ihr ins Gesicht zu schütten.

Sie nimmt die Tasse mit aller Seelenruhe entgegen und nippt vorsichtig. Sie genießt den Kaffee und atmete das intensive Aroma ein.

„Das ist kein guter Kaffee", merkt sie an. „Aber ihr müsst wissen, nach fünf Jahren ohne Kaffee schmeckt jeder Kaffee –

selbst der schlechteste. Und wenn ich mich so umschaue, passt
die mindere Qualität des Kaffees ins Umfeld meiner Tochter."
Ohne ihn dabei angesehen zu haben, wissen Hunter und ich,
dass das ein Seitenhieb gegen ihn war.
„Sophie, wie lange willst du da stehen bleiben?"
„Ich stehe hier ganz gut …"
„Setz dich", unterbricht Mom mich, und ohne, dass ich das
will, bewegen meine Füße mich zum Sessel.
Hunter stellt sich hinter mich und legt seine Hand auf meine
Schulter und drückt sie. Seine Wärme beruhigt mich und
macht mir auch bewusst, wie kalt mir ist.
„Also, ich bin natürlich nicht nur zu dir gekommen, um zu
fragen, wie es dir geht. Zumal es offensichtlich ist, dass es dir
nicht gut geht. Es war gar nicht so einfach, dich zu finden. Ich
hatte gehört, dass du geheiratet hast, ohne mir je meinen
zukünftigen Schwiegersohn vorzustellen, aber gut, vielleicht
ist das eine Art, dich an mir zu rächen, weil ich dich reich
geboren habe."
Irene ist ein Meister darin, Sticheleien so zu verpacken, dass sie
hinterher das Opfer ist, obwohl sie der Jäger in der Geschichte
ist, der nur auf seine Opfer wartet.
„Ich kann nichts dafür, dass ich dir sämtliche Türen
offenhalten wollte und dass ich wollte, dass mein einziges
Kind die Privilegien genießen sollte, die es sich nur vorstellen
konnte. Ich habe dir gezeigt, was es heißt, eine Goldberg zu
sein. Aber statt es zu würdigen, hast du meinen Namen
weggeschmissen. Sag, Sophie, geht es dir jetzt besser?"
Irene und ich starren uns an. Ich fühle mich deutlich wohler,
seit ich Hunters Hand spüre, und halte ihrem Blick stand.
„Wer sagt denn, dass es mir schlecht geht?"
Ein leicht spöttisches Lächeln legt sich auf ihre Lippen.
„Spätestens als man mir mitteilte, wo meine Tochter denn nun
wohnt, war mir klar, dass das kein gutes Leben sein kann.
Kindchen, auch wenn unser Verhältnis nicht das Innigste ist
…" Ich schnaube an dieser Stelle verächtlich. „… bin ich immer
noch deine Mutter. Ich sehe, dass es dir nicht gut geht und dass
du geweint hast. Glaube nicht, dass ich dich nicht kenne."

Bei den Worten *deine* und *Mutter* jagt es mir einen eiskalten
Schauer über den Rücken.

„Irene, wieso sind Sie hier?" Hunters Stimme schneidet die
Luft, und mir stockt der Atem.

Es wird schlagartig still. Ihr Blick ist eisig, aber bevor sie
antworten kann, werden wir von schweren Geräuschen vom
Hausflur abgelenkt.

„Was zum Teufel …?"

Direkt vor meiner Wohnungstür gibt es Tumult, und Männer
fluchen. Ich schrecke von der Couch hoch, als etwas Schweres
gegen die Tür gehämmert wird.

„Bleib hier. Ich sehe nach."

Hunter schielt zu Irene, die die Kaffeetasse in die Hand
genommen hat, als ginge sie das alles nichts an. Ich würde
meine rechte Hand dafür geben, dass sie genau weiß, was da
draußen los ist. Diese Frau ist die durchtriebenste Person, die
ich kenne. Selbstverständlich hält sie sich irgendwo irgendwie
ein Hintertürchen offen.

„Sei vorsichtig", sage ich in dem Moment, als Hunter die Tür
mit einem Ruck aufreißt.

Wieso vorsichtig, wenn man direkt reinpreschen kann!

Und die nächsten Sekunden laufen wie in einem Film ab. Ich
hätte vermutet, dass jemand versucht, mit aller Gewalt meine
Tür einzutreten. Aber es war Lafayette, der im Würgegriff mit
Wucht gegen die Tür gehämmert worden ist, von einem brutal
aussehenden Mann, den ich noch nie zuvor gesehen habe.
Kaum dass Hunter die Tür aufgerissen hat, gibt es keinen Halt
mehr in Lafayettes Rücken, und der Fremde und Lafayette
fallen buchstäblich auf Hunter. Ich schreie und springe vom
Sofa auf. Ich will helfen, aber als Hunter sieht, dass ich mich
auf den Berserker stürzen will, brüllt er, ich solle mich im
Schlafzimmer einsperren. Nur mit Mühe kommt Hunter auf
die Beine, und mit einem Satz stürzt er sich auf den Kerl, der
Lafayette immer noch fest im Würgegriff hat. Oh, Gott, er sieht
aus, als hätte er nur eine Mission: *Lafayette erwürgen!*

„SOPHIE!", bellt Hunter wütend. „VERSCHWINDE!"

Für einen kurzen Augenblick erscheint es mir am sinnvollsten,
mich im Zimmer einzuschließen. Doch als ich Irene da auf der

Couch sitzen sehe, die immer noch die Tasse Kaffee in der
Hand hält, als säße sie in einem beschissenen Wartezimmer,
denke ich mir, was sie kann, kann ich auch. Ich bin schließlich
eine verdammte *Goldberg!*
Entschlossen stakse ich in die Küche, greife mir eine Tasse aus
dem Schrank und komme mit Kaffee zurück, um mich direkt
neben Irene zu setzen. *Ja, Mutter, ich kann das auch!*
Sie zuckt nicht mal mit der Wimper, als ich mich neben sie
setze – weder weil sie darüber überrascht noch erbost ist.
Nichts. Sie besitzt die Unverfrorenheit, auf die Uhr an ihrem
Handgelenk zu schauen. Mir schwillt der Kamm, aber ich bin
zu aufgebracht und besorgt um Hunter und Lafayette.
Mein Rücken schmerzt von der steifen Haltung und der
Anspannung, die jeden Muskel meines Körpers auf Spannung
hält. Meine Wohnungstür steht sperrangelweit offen, und ich
frage mich, wann die ersten Nachbarn … *„Oh, mein Gott!“*
„Guten Morgen, Mrs. Feldman.“ Zum Gruß hebe ich die Tasse
und nicke ihr zu.
Mrs. Feldman, die kauzige alte Dame mit dem Dackel, steht im
Türrahmen und sieht erschrocken drein. „So tun Sie doch was,
Sophie“, ruft sie mir zu. „Rufen Sie die Polizei!“
„Ist schon in Ordnung … Oh, nein! *Mrs. Feldman!*“ Beinahe
hätte ich vor Schreck die Tasse fallen lassen, als die Alte mit
ihrem Regenschirm auf Hunter eindrischt. Inzwischen hält
Lafayette den Mistkerl fest, während Hunter auf ihn
einprügelt. Nun wird er selbst verprügelt – von einer alten
Dame. Wenn es die Situation hergeben würde, hätte ich fast
gelacht. Es sieht auch zu komisch aus, wie Mrs. Feldman mit
dem Holzgriff auf ihn einschlägt. Hunter flucht und ist zu sehr
abgelenkt, das nutzt Rambo aus und packt sich Lafayette. Ich
kann gar nicht so schnell gucken, wie Rambo es gemacht hat,
aber plötzlich fliegt mein schwarzer Freund über Rambos
Schulter und knallt schwer mit dem Rücken auf dem Boden
auf.
„Lafayette!“ Ich stürze zu ihm, aber als der Mistkerl eine
Pistole zückt, bleibe ich abrupt stehen.
Lafayette sieht sie auch und hebt beschwichtigend die Hände.
„Hey, hey, niemand will hier Tote, oder?“

Statt Lafayette anzusehen, wirft der Fremde Irene einen fragenden Blick zu. Fassungslos starre ich ihn an und dann Mom, wie sie sich endlich mal dazu bequemt, den Kaffee zur Seite zu stellen und von der Couch aufzustehen. Sie zupft an ihrem Kostüm und streicht mit den Händen über die Hose, um sie zu glätten.

„Das reicht jetzt – pack die Waffe weg, Lionel. Und Sie, alte Frau, hören Sie auf, meinen Schwiegersohn zu verhauen." Hunter hat ihr zwar längst den Regenschirm abgeluchst, aber die Dame ist so aufgebracht, dass sie Hunter mit der Hand schlägt. Sicherlich keine harten Schläge, aber beachtlich, welchen Mut Mrs. Feldman hat, sich auf Hunter zu stürzen. Sie entreißt ihm den Regenschirm, schaut in die Runde und murmelt plötzlich was davon, dass sie dringend einen Schnaps braucht. Ich höre lautes Stimmengewirr vom Hausflur – von aufgebracht bis neugierig und ängstlich ist alles dabei.

„Hunter, würdest du bitte die Tür schließen?", fauche ich. Ich fahre mir durchs Haar und stemme meine Hände in die Hüften.

Lafayette steht vom Boden auf, mit Argusaugen beobachtet er Lionel, dessen Namen wir nun kennen, und kommt zu mir.

„Alles gut?"

Um seinen Hals sind rote Male zu erkennen. Mir wird schlecht, als mir bewusst wird, dass Lafayette hätte tot sein könne.

Er nickt und reibt sich den Nacken, anschließend legt er einen Arm um meine Schulter. Er drückt mir einen Kuss auf die Schläfe.

„Alles gut", murmelt er als Antwort und zieht mich näher zu sich. „Wer zum Teufel ist der Kerl?", wendet er sich an Irene. Lafayettes sonst besonnene Art ist dahin, seine Halsschlagader tritt hervor, die ich von meinem Winkel aus genaustens pulsieren sehe.

Irene mustert Lafayette von oben bis unten und wägt die nächsten Worte ab. „Da Sie so unhöflich sind, sich nicht vorzustellen, aber scheinbar mit meiner Tochter sehr eng befreundet sind, will ich nicht so sein: Das ist Lionel, mein Chauffeur und Bodyguard. Wie Sie bereits wissen müssen, bin ich Sophies Mutter – Irene Goldberg."

„Ich weiß genau, wer Sie sind", faucht Lafayette.
Hunter und Lafayette sehen aus, als wollten sie jeden Moment
meine Mutter erwürgen.
„Wenn Sie ein halbwegs gebildeter Mann sind, werden Sie
schon lange vorher in namenhaften Zeitschriften über mich
gelesen haben. Nun gut, ich verlasse euch jetzt, damit Sophie
sich um ihre verletzten Männer kümmern kann." Irene betont
das Wort *Männer*, als wüsste sie genau über die Beziehung, die
wir zueinander halten, Bescheid.
Keiner von uns sagt auch nur ein Wort.
Hunter kneift die Augen leicht zu und presst die Lippen
aufeinander. Es brodelt gewaltig in ihm, aber er macht einen
Schritt zur Seite, damit sie hinausgehen können. Lionel und
Hunter sehen sich hart an.
Ich will zu Hunter, als Irene als letzte meine Wohnung verlässt,
doch bevor sich die Tür schließt, dreht sie sich noch einmal
um. Da ich mich schon aus Lafayettes Umarmung befreit habe,
stehe ich praktisch allein da, ohne Unterstützung meiner
Männer, als Irene sagt: „Ach, übrigens, Kindchen. Wenn ich
schon herausfinden konnte, wo du wohnst, was glaubst du,
was ich noch alles in Erfahrung bringen konnte?"
Sie lächelt mich kalt an, genießt den Schrecken, den sie in mir
hervorgerufen hat, und dann verschwindet sie endgültig.
Und da ist erneut Irenes Kälte, die nicht nur meinen Körper,
sondern letzten Endes auch meinen Geist und meine Seele
erobert hat.
„Was hast du getan, Sophie?" Hunter steht vor mir, Lafayette
hinter mir, und beide sehen mich anklagend an.

Kapitel 24

Hunter

Selbstverständlich sollte ich zuerst annehmen, dass meine Frau unschuldig ist – aber dieser Ausdruck in ihrem Gesicht spricht Bände. Da brauche ich Irene gar nicht für zu verfluchen – irgendwann wäre Sophie mit der Sprache herausgerückt.
Ich stemme meine Hände in die Hüften und starre sie an. Ich sehe, wie sie mit sich ringt, und in der Zeit, in der sie sich die Worte zurechtlegt, versuche ich, ruhiger zu atmen. Meine linke Seite schmerzt. Dieser beschissene Lionel hat mir einen harten Schlag direkt in die Rippen verpasst. Es fühlt sich nicht an, als sei eine Rippe gebrochen – ich weiß nur zu gut, wie sich das anfühlt –, aber eine saftige Prellung ist das allemal. Mir brennen die Lippe und die Schläfe, wo Lionel leider auch Treffer landen konnte. Der harte Griff vom Regenschirm tat sein Übriges, mit dem mich die alte Schachtel zwar nicht wirklich verletzte, aber hier und da werde ich sicherlich blaue Flecken finden.
Ich frage mich, ob einer der Nachbarn die Polizei gerufen hat. Wäre es so, müsste die Polizei bereits eingetroffen sein. Ich sehe zu Lafayette – auch er ist lädiert –, der meinen Blick erwidert. Sein Gesicht verrät nichts über seine Gefühlslage. Er ist aber der Erste, der die unangenehme Stille unterbricht, die Sophie mit ihrem Schweigen hervorgerufen hat.
„Sophie, ich denke, du solltest dir was anziehen – du frierst. Komm, wirf dir was über, und dann reden wir."
Sie weicht meinem Blick aus und dreht sich um. Lafayette gibt ihr einen schnellen Kuss auf die Schläfe, dann huscht sie nach hinten.
„Ich hoffe, dass noch Kaffee da ist."
„Dürfte nichts mehr übrig sein. Ich mach neuen Kaffee." Ich muss meine Hände beschäftigen, auch wenn mir eher nach was Härterem ist als nach einem einfachen Kaffee.
Lafayette und ich betreten die kleine Küchennische. Ich werfe einen Blick in die Kanne. Ich hatte Recht: Ich muss neuen Kaffee aufsetzen.

„Das nächste Mal schieße ich Lionel einfach über den Haufen",
knurrt Lafayette, während er sich dabei den Hals reibt.
„Willst du mir sagen, du hattest eine Waffe dabei?"
„Ja, du etwa nicht?" Erstaunt greift er nach seinem rechten
Hosenbein und zieht es hoch.
„Willst du mich verarschen?! Du hattest eine dabei und nutzt
sie nicht?!" Dafür müsste ich ihm direkt eine verpassen.
Vielleicht mit der Glaskanne, die ich gerade in der Hand halte.
Missbilligend schüttelt er den Kopf. „Wie stellst du dir das
vor? Dass ich ihn einfach über den Haufen schießen soll?
Meinst du, dass bei dem Krach, den wir eh schon verursacht
hatten, der Schuss unbemerkt geblieben wäre? Das glaubst du
selbst nicht. Ich hätte ihn genauso gut auf einer Bühne vor
Publikum erschießen können – weniger Zuschauer hätten wir
hier auch nicht gehabt."
Ich kreise den Kopf im Nacken und zähle bis zehn – ach was,
bis einhundert –, um meinen Blutdruck wieder zu senken. Ich
halte die Glaskanne unter den Hahn und drehe das Wasser
auf, anschließend kippe ich das Wasser in die Kaffeemaschine.
Lafayette schimpft, als er den Beutel mit der Starbucks-
Aufschrift sieht.
„Willst du jetzt Kaffee oder nicht?", fauche ich über sein
Nörgeln hinweg. Schlagartig spüre ich ein heißes Prickeln im
Nacken, als bohrten sich Laserpunkte durch meine Haut, die
bereits meine Nervenenden treffen und eine Gänsehaut auf
meinem gesamten Körper hervorrufen. Spätestens als mein
Schwanz sich rührt, weiß ich, dass die Gänsehaut nichts mit
einem kalten Schauer zu tun hat, sondern mit plötzlich
aufsteigender Erregung. Mir wird bewusst, wie eng und klein
diese Küche ist, und wie *nah* Lafayette hinter mir steht. Stoisch
konzentriere ich mich auf die Kaffeemaschine – *ein Schritt nach
dem anderen, Hunter*, maßregle ich mich, als ich das
Kaffeepulver schon in den Behälter füllen will, ohne einen
Filter hineingetan zu haben. Ich atme tief ein und balle für
Sekunden meine Hände zu Fäusten, um mich wieder unter
Kontrolle zu bekommen. Doch von jetzt auf gleich werde ich
steif – und das im wahrsten Sinne des Wortes –, als ich seinen
Atem im Nacken spüren. Vielleicht liegt das einfach nur am

Schlafmangel und an der hohen Ausschüttung des Adrenalins,
dass ich so reagiere und mir mein Verstand einen Streich
spielt. Genau, das wird es …OH MEIN GOTT!
„Vergiss das Atmen nicht", knurrt Lafayette ganz nah meinem
Ohr, als er sich ganz dicht an mich drängt. Ich spüre seine
eigene Erektion an meinem Arsch, und sofort spielt mein
Kreislauf verrückt, Punkte flirren vor meinen Augen. Ich kann
weder richtig reden noch richtig atmen, nur fühlen, und meine
Gefühle fahren erstaunlich viele Loopings, die immer mehr
werden, als Lafayettes Lippen die Stelle hinter meinem Ohr
berühren und ich seinen warmen Atem an meiner Ohrmuschel
spüre.
Ich fluche und fluche lauter, als er seine Hand direkt auf
meinen Schritt legt. Ohne etwas dagegen unternehmen zu
können, suche ich Halt am Rand des Küchentresens und
drücke meinen unteren Rücken durch, so wie es Sophie bei mir
getan hätte. Seine andere Hand legt er auf meine Kehle und
drückt meinen Kopf nach hinten. Ruhig, aber bestimmt. Mir
entringt ein lautes Seufzen, als Lafayette seine Hand in den
Hosenbund steckt und mich durch die Boxershorts reibt. Er
packt mich deutlich gröber als Sophie an, und es gefällt mir.
Schon zu sehr?
Ich fasse gerade nur noch einen Gedanken, als ich genau aus
diesem urplötzlich gerissen werde: „Hunter!"
Es ist Sophie, und ich zucke heftig zusammen. Ich versuche,
Lafayette wegzustoßen und meine Jeans zuzuknöpfen – wann
hat er denn die aufgeknöpft?! Meine Wangen und Augen
brennen vor Scham, und mein Fluchtinstinkt ist an vorderster
Front.
Doch Lafayette hat da ganz andere Pläne. Hart drückt er
meinen Oberkörper hinab auf den Tresen und verrenkt meinen
Arm auf den Rücken. Ich fluche und brülle, er solle mich
loslassen.
Er lässt mich los, als Sophie ihn auffordert, und sie kommt zu
uns. Es rauscht in meinen Ohren, und ich kann kaum
verstehen, was die beiden zu mir sagen. Erst als ich ihre Hand
auf meiner Wange spüre, beruhigen sich meine Nerven, und
das Rauschen legt sich langsam.

Lafayette lässt meinen Arm los, und ich richte mich auf, immer noch zwischen Tresen und dem Schwarzen eingeklemmt. Sophie drängt sich zwischen mich und die Küchenzeile und hüpft auf den Tresen. Sie sieht wunderschön aus, mit den aristokratischen Zügen ihrer– zweifelsohne – schönen Mutter, ihrer weichen, hellen Haut, mit den sanften Sommersprossen und dem dunklen Haar, das sie sich zu einem Knoten im Nacken gebunden hat. Sie trägt einen schlichten, weiten Hoodie in Schwarz und dazu enge, hellgraue Leggings, die ihre saftigen Waden und Schenkel betonen. Instinktiv lege ich meine Hände auf ihre Schenkel und streichle sie. Sie schlingt ihre Arme um meinen Nacken und zieht mich zu sich, um mir einen tiefen, langen Kuss zu geben, auf den ich sofort anspringe. Gott, diese Frau weiß, wie man küsst, und sie rückt näher zur Kante, um ihre Beine um meine Mitte zu schlingen. Ich lege meine Hand auf ihren Schritt und reibe ihre Pussy durch die Leggins. Früher hatte sie oft Leggings getragen, ohne einen Slip drunter, und ich hab sie solange durch den dünnen Stoff gerieben, bis sie kam. Ich weiß nicht wieso, aber es törnte mich einfach an, wenn ich sah, dass der Stoff von ihrer Lust getränkt war. Es klappte nicht immer, aber wenn, dann fickte ich sie bis zur Besinnungslosigkeit.

Ohne zu warten, zieht sie sich den Hoodie über den Kopf und den BH runter, dann erobert sie erneut meinen Mund mit ihrer Zunge. Ihre Nippel stehen aufrecht, bereit, in den Mund gesogen zu werden.

Lafayette steht immer noch hinter mir, und er rückt wieder dichter ran. Sophie spürt, dass ich mich versteife, und mein Puls nimmt neue Fahrt auf.

„Es ist okay", flüstert sie und sieht mich liebevoll an.

Um meiner Emotionen Herr zu werden, packe ich ihren Nacken und halte sie fest. Mit der anderen Hand kralle ich mir ihren Hals und drücke zu. Sophie schließt die Augen und legt den Kopf in den Nacken und genießt einfach nur. Lafayette legt seine Hand in meinen Nacken und beginnt wieder, sich an meinem Hintern zu reiben. Er drückt meinen Kopf bestimmend runter und fordert mich auf, mit ihren Brüsten zu spielen. Mein Schwanz will sich durch meine Jeans bohren, als

ich ihren Nippel in den Mund sauge. Ich nehme die Hand von ihrem Hals und lege sie zurück auf ihren Schritt, was sie mit einem lustvollen Seufzer quittiert.
Lafayette nestelt an meiner Jeans und holt meinen Schwanz hervor. Ich kann nicht anders und beginne, mich in seiner Hand zu bewegen. Sein Griff ist fest, aber es ist der richtige Druck, um meine Lust zu steigern.
Sophie hebt ihren Po an, um sich die Hose von den Beinen zu zerren, dabei helfe ich ihr und reiße die Socken gleich mit von den Füßen. Sie sitzt nackt auf dem Tresen und sieht mich mit geröteten Wangen an, dann wandert ihr Blick hinab auf meinen Schwanz. Sie wendet den Blick nicht ab, stattdessen beginnt sie, ihren Kitzler zu reiben. Das ist zu viel. Ich beuge mich hinab und lecke über ihre feuchte Spalte. Ihr leicht säuerlicher Geschmack explodiert regelrecht in meinem Mund, und ich konzentriere mich nur noch darauf, gleich meinen Schwanz in ihre Pussy zu stecken. Ich strecke meine Zunge weiter heraus und dringe unmittelbar in sie ein. Sophie sucht Halt an meinem Kopf und zieht schon schmerzhaft an meinen Haaren. Sie ruft meinen Namen zwischen den Seufzern und fleht um mehr. Sophie zerrt meinen Kopf hoch und saugt an meiner Zunge, an der ihre Lust klebt. Meine Zunge ersetze ich durch meine Finger und schiebe sie in ihre Mitte.
Lafayette zieht endgültig meine Jeans hinab, die sich um meine Knöchel legt, und Sophie zieht mir mein Shirt über den Kopf. Sie streichelt meine Brust, meine Bauchmuskeln und fährt den feinen Haarstreifen, der über meinen Bauch hinab führt, entlang. Sie knabbert an meinem Hals, küsst die Stelle und beißt sanft hinein. Ihre Hand am Bauch bleibt vor meinem Schwanz hängen, und anstatt ihn anzufassen, streichelt sie meine Hüften, und mit beiden Händen erkundet sie meine Flanken, ehe sie sie auf meinen Rücken legt. Meine Finger stecken tief in ihr drin, doch worauf ich mich in diesem Moment konzentriere, ist Lafayettes Zunge zwischen meinen Arschbacken.
Ich spüre Sophies Hände auf meinem Hintern, mit denen sie meine Pobacken auseinanderzieht. Mir stockt der Atem, und ich beginne zu zittern.

„Konzentrier dich auf mich", raunt Sophie mir ins Ohr. „Weißt
du eigentlich, wie scharf mich das macht? Wirst du mich
ficken, während Lafayette dich fickt?"
Ich blinzle, weil ich glaube, mich verhört zu haben. Ich
fokussiere meinen Blick auf ihre Augen, weil sich sonst alles
drehen würde. Da ist nichts außer Lust zu sehen – keine
Scham, kein Ekel.
„Willst du das?", frage ich krächzend und räuspere mich.
„Und wie ich das will!", gurrt sie.
Wie um mir das zu bestätigen, ziehen sich ihre Muskeln um
meine Finger zusammen. Sie presst ihre Lippen auf meine und
drückt mich mit den Händen auf meinem Arsch zu sich. Ich
löse mich aus ihrem Kuss, weil ich zu Atem kommen muss,
und lehne meine Stirn an ihre. Ich ziehe vorsichtig meine
Finger aus ihrer Pussy und stütze mich auf ihren
Oberschenkeln ab. Meine Beine zittern, als Lafayette mich
weiter mit seiner Zunge verwöhnt und zwischen meine Beine
greift, um meinen Schwanz zu packen.
Sophie legt ihre zarten Fingerspitzen auf meine Lippen und
fordert mich auf, an ihnen zu saugen. Ich knurre und greife ihr
Handgelenk. Ich werfe ihr einen langen, glühenden Blick zu,
ehe ich genüsslich ihren Zeige- und Mittelfinger in den Mund
sauge. Sie genießt den Anblick durch halbgeschlossene Lider,
ihre Lippen sind leicht geöffnet. Sie bewegt die Finger so, als
würde ich ihre Spalte lecken, und es macht mich rasend vor
Lust. Sie spielt mit meiner Zunge und labt sich am Gefühl, wie
ich an ihren Fingern sauge. Vorsichtig zieht sie die Finger aus
meinem Mund, einen nach dem anderen, und legt die feuchten
Finger auf meine Eichel. Ich blicke hinab und sehe einen
prallen Schwanz, der von einer hellen und einer dunklen Hand
bearbeitet wird. Die Spitze meiner Eichel glänzt von meinen
ersten Spermatropfen, und es werden mehr. Erneut stütze ich
mich auf ihren Schenkeln ab und lege den Kopf in den Nacken.
Still stehe ich da, genieße die Berührungen und Sophies
Lippen. Sie knabbert an meinem Hals, flüstert mir versaute
Dinge ins Ohr, und ich beginne, mich in ihren Händen zu
bewegen. Ich stöhne ihren Namen, als ich kurz davor bin,
abzuspritzen. Doch bevor das geschieht, lege ich meine Hände

in ihre Kniekehlen und ziehe sie vor. Ich muss *jetzt* in ihr sein.
Ein lautes, wohliges Seufzen entrinnt meinen Lippen, ja, fast
schon ein Schrei, als ich mich in ihren Körper versenke.
Lafayette richtet sich hinter mir auf, und ich kann hören, wie er
sich die Hose öffnet. Mir geht die Pumpe – gefährlich schnell.
Aber der Zeitpunkt ist gekommen, mich dem zu stellen, wovor
ich geflüchtet war. Lafayette legt seine Hand flach auf meinen
oberen Rücken und drückt mich bestimmt vor. Sophie legt
zärtlich ihre Hände auf meine Wangen und streichelt mich mit
den Daumen. Sie sieht mich mit glühenden Augen an und
zieht mich weiter zu sich. Ich verharre in ihr, halte in der
Bewegung inne, als ich seinen Schwanz an meiner Hinterpforte
spüre. Ich zittere am ganzen Leib, meine Nerven sind aufs
Äußerste gespannt, und dann arbeitet sich Lafayette Stück für
Stück vor.
Der Schmerz blendet mich für einen Moment, doch Sophie
reagiert blitzschnell und holt mich da raus, ehe ich mich zu
sehr verspanne. Sie spornt mich mit ihrem Becken an, mich
wieder zu bewegen und sie zu ficken.
Lafayette ist nicht ganz drin, das spüre ich, aber ich bin so
ausgefüllt, dass ich glaube, zerreißen zu müssen, wenn er
seinen Schwanz tiefer in mich hereindrückt. Er flucht, stöhnt
und seufzt, mal gleichzeitig, mal abwechselnd. Er drückt
meine Backen auseinander und geht mehr in die Hocke, um
einen anderen Winkel zu finden. Er zieht sich leicht heraus,
wobei ich den Atem anhalte, während er flucht, ich solle
gefälligst atmen, und dann – da bleibt mir wirklich die Luft
buchstäblich weg – ist er vollends in mir drin.
Wir verharren in unseren Positionen, für wenige Sekunden,
um die Szenerie auf uns wirken zu lassen. Ich wage gar nicht,
nach hinten zu schauen – wenn ich mich der Realität stelle,
befürchte ich, dass ich mich gegen Lafayette wehre. Wenn ich
ihm direkt in die Augen schaue, während sein Schwanz in mir
drin ist, schafft es mein Kopf nicht, das vernünftig zu
verarbeiten. Mir ist es lieber, Sophie anzuschauen. Meine
schöne Frau, in der nämlich mein Schwanz steckt.
Langsam beginne ich, mich zu bewegen, schiebe mein Becken
vor und zurück. Dabei stimuliere ich mich mit Lafayettes

Schwanz, der mir Zeit gibt, ehe er beginnt, sich zu bewegen.
Fuck, fühlt sich das gut an!
„Gib mir deinen Gürtel, Lafayette", fordert Sophie ihn auf
einmal auf.
Ich halte in meiner Bewegung inne und ziehe fragend eine
Braue hoch. Sie grinst mich an, hält den Arm ausgestreckt und
wartet, dass Lafayette den Gürtel aus den Schlaufen gezogen
bekommt.
Sie sieht mich unentwegt an, als sie mir das Leder um den Hals
legt. Es ist ein schmaler Gürtel, aber er reicht schon aus, dass
meine Sicherungen durchknallen. Sie hat gerade noch Zeit, das
Ende durch die Schnalle zu ziehen, ehe ich sie ficke, bis ihr
Hören und Sehen vergeht. Sie packt das Gürtelende und zieht
mich zu sich, dabei zieht sich das Leder wie eine Schlinge um
meinen Hals zusammen. Dieses Mal stoppe ich sie nicht – ich
brauche ihre Führung und den Halt, um mich fallen zu lassen.
Lafayette entscheidet, mir Zeit genug gegeben zu haben, und
er passt sich meinem harten, schnellen Rhythmus an.
Dieses Gefühl des Ausgefülltseins bringt mich an emotionale
Grenzen, und ich suche erneut Halt bei meiner Frau. Ich packe
ihre Hüften und vergrabe meine Finger in ihren Seiten. Sophies
wohlige Seufzer und Lafayettes tiefes Brummen hüllen mich
ein, und ich fühle mich wie in einer Blase, die uns komplett
von der Außenwelt abschirmt. Selbst als Lafayette seine Hände
auf meine Schultern legt, um sich an ihnen festzuhalten, damit
er mich hart ficken kann, zerstört das nicht diese imaginäre
Blase.
Seine Eier klatschen gegen meine, während mein Becken gegen
Sophies prallt. Ich beuge mich zu ihr herab, aufpassend, mir
den Kopf nicht am Schrank zu stoßen, und verharre mit
meinen Lippen wenige Zentimeter vor ihren. Wir atmen die
Luft des anderen ein, während sie meine mit dem Gürtel
abschnüren will, aber selbst das ist mir egal. Sophie ist nass.
Ihre Pussy schmatzt, wenn ich aufs Neue meinen Schwanz in
sie stoße. Sie feuert mich zwischen zusammengebissenen
Zähnen an, zischt, sie stünde kurz vor dem Höhepunkt. Sie ist
emotional so aufgewühlt wie ich, und dabei kann man schon
mal aggressiv werden.

Ich ziehe mich fast aus ihr heraus, und Lafayette tut es mir fast gleich, und in diesem Augenblick, als Lafayette mit Wucht in mich eindringt, komme ich. Ich brülle meinen Orgasmus heraus, pumpe mein Sperma in ihre Pussy, Lafayette stimmt mit mir ein.
Doch urplötzlich wird mir schwarz vor Augen, ich spüre ein letztes Mal Sophie, wie ihr Orgasmus meinen Schwanz melkt, und breche zwischen den beiden zusammen.

Kapitel 25

Sophie

„Hunter!" Erschrocken, dass er plötzlich zur Seite kippt, schreie ich seinen Namen, aber Lafayette reagiert blitzschnell und bekommt ihn zu packen, ehe er mit dem Kopf voraus auf dem Boden aufklatscht. „Was ist mit ihm?"
„Wolltest du ihn etwa am Gürtel davon abhalten, auf dem Boden aufzuschlagen?", faucht Lafayette.
„Was? OH!" Sofort lasse ich das Leder los, als hätte es mich verbrannt. Aus einem Reflex heraus wollte ich ihn tatsächlich so davor bewahren.
Lafayette legt ihn vorsichtig auf den kalten Küchenboden, dabei hängt sein schlaffes Glied aus der Hose, was ihn nicht weiter schert. Er nimmt den Gürtel und zieht ihn von Hunters Hals. Ich rutsche sofort vom Tresen und hocke mich neben ihn.
„Hunter?" Ängstlich sehe ich Lafayette an, weil Hunter nicht reagiert. „Sollen wir einen Arzt rufen?"
Er schüttelt den Kopf, nachdem er sein Ohr an Hunters Nase gehalten hat. „Er ist nur ohnmächtig geworden, alles gut."
„Das ist nicht gut!", fauche ich.
„Nun, in Anbetracht der Umstände, unter denen er bewusstlos geworden ist, würde ich sagen, wenn wir einen Arzt rufen, wird er die Cops rufen, weil es aussieht, als hätten wir versucht, ihn mit dem Gürtel zu erwürgen." Lafayette redet ganz nüchtern, als wäre er ein Pathologe, der Ursachenforschung an einer verdammten Leiche betreibt.
Entsetzt reiße ich die Augen auf. „Ich hab's schon wieder übertrieben."
„Das ist euch schon mal passiert?" Seine Brauen fliegen nach oben, vorbei die nüchterne Art.
Das Blut schießt mir raketenartig in den Kopf. „Da hatte er mich aber noch aufgehalten ... jetzt eben nicht."
Lafayette flucht verhalten. Er steht auf, reißt Tücher von der Küchenrolle und hält diese unter den Wasserhahn, um sich damit sauber zu machen. Ich glaube zu hören, wie er murmelt: *Ihr beiden seid es.*

Angesichts der Situation sehe ich ein, dass Sarkasmus
angebracht ist. Ich seufze und betrachte Hunters Gesicht.
„Komm, Liebes, zieh dich an. Du frierst."
Ich schaue auf, während Lafayette meinen Pulli und meinen
BH aufhebt und sie mir reicht. Er hat Recht – eine Gänsehaut
bedeckt bereits meinen Körper. Anschließend schickt er mich
ins Bad, damit ich mich sauber machen kann. Ich beeile mich,
schlüpfe in die Leggings und husche zurück. Ich werfe einen
Blick durch die Durchreiche. Lafayette hat Hunter ein Kissen
unter den Kopf gelegt und zieht ihm gerade die Hose hoch.
Mir wird warm ums Herz – ich habe Lafayettes beruhigende
Art in den drei Jahren vermisst.
„Ist er schon wach?"
Er schüttelt den Kopf. „Noch nicht. Ich habe ihm gesagt, er soll
das Atmen nicht vergessen …" Ein tiefer Seufzer. Beinahe
zärtlich streicht er ihm über die Wange, bevor er ihm die Hose
über den Hintern ziehen will.
„Warte, ich helfe dir."
Zusammen schaffe wir es, anschließend mache ich uns
Sandwiches. Wir gehen aus der Küche raus, essen die
Sandwiches aber direkt an der Durchreiche, um Hunter im
Blick zu haben.
„Dieses Mal wird er sich nicht von uns abwenden, oder?",
frage ich leise.
Lafayette sieht zu Hunter, lange, während er sein Sandwich ist.
Ich betrachte sein Profil, geradlinig und offen für mich.
Normalerweise sonst ein verschlossener Charakter,
insbesondere Fremden gegenüber. Er ist ein gebildeter Mann
und gibt gerne den Gentleman, der er auch ist. Er hält mit
seiner Meinung nicht hinter dem Berg, schweigt in den
richtigen Momenten und zeigt seine Gefühle nur engsten
Vertrauten.
„Wirst du es tun?", fragt er leise zurück.
Ich lege mein Sandwich zurück auf den Teller, weil ein Kloß
meinen Hals verstopft. „Lafayette", sage ich traurig seinen
Namen. Ich gehe zu ihm und umarme von hinten seine Taille.
Ich lege mein Gesicht zwischen seine Schultern und presse die
Nase in seinen Rücken. Ich atme seinen Duft ein, ein sehr

wohlriechender Duft vom Weichspüler und sein hauteigener Duft, der mich innerlich beruhigt.

Lafayette legt seine großen Hände auf meine und streichelt meine Handrücken mit den Daumen.

„Ist dir klar, dass nicht nur Hunter sich verloren vorkam?"

Seine verletzte Stimme versetzt mir scharfe Stiche direkt ins Herz.

„Als du weg warst, sprachen wir kein Wort miteinander, zumal er eine Mauer zwischen uns gezogen hat, von der Trump nur geträumt hätte. Erst seine Mutter brachte uns dazu, uns anzunähern."

Hunters Mom … an die hatte ich nicht mehr viel gedacht, und mein schlechtes Gewissen macht sich breit.

„Nachdem ich von ihr erfuhr, dass er, nachdem er ihr sagte, dass du fort warst, sich nicht mehr bei ihr meldete. Sie machte sich Sorgen. Also schnappte ich ihn mir kurzerhand und verfrachtete ihn ins Auto."

So leicht, wie er es schildert, wird es ganz sicherlich nicht abgelaufen sein.

„Wir sprachen wieder miteinander, aber vermieden bestimmte Themen, unter anderem auch dich. Es war nicht leicht für Hunter, sich der Realität zu stellen. Doch an dem Abend, da auf der Charity-Veranstaltung, sah ich zum ersten Mal etwas in ihm erwachen. Da war ein Funke in ihm losgezündet – und in mir auch."

Er macht eine Pause und dreht sich zu mir, um mich an seine Brust zu drücken.

„Ich liebe Hunter, aber auch dich, meine Sophie. Ich werde nie vergessen, wie du für mich da warst, als meine Mutter verstarb und du mich aus dem Loch holtest. Dafür werde ich dir ewig dankbar sein. Auch meine Schwester vermisst dich und konnte nicht begreifen, dass du verschwunden bist. In den Monaten danach war mir nicht bewusst, dass ich sie mied, bis sie vor unserer Haustür stand und mir eine Predigt hielt, die Mutter alle Ehre gemacht hätte. Ich gestand ihr, wie es um uns drei stand, und sie fing an zu lachen."

Ich rücke von ihm ab und schaue zu ihm hoch. „Sie fing an zu lachen?"

„Ja. Ich wusste nicht, wie ich es ihr sagen sollte und erzählte
um den heißen Brei, bis sie mich unterbrach und mir sagte,
was ich eigentlich vorhatte, *ihr* zu erzählen."
„Sie wusste Bescheid?" Ich traue meinen Ohren nicht. Wir
waren ab und zu bei Lafayettes Schwester zu Besuch oder sie
war bei uns, aber ich bin immer davon ausgegangen, dass wir
uns so verhielten, wie ein Ehepaar mit einem Mitbewohner es
eben so tat. „Halt, warte. Hat sie *uns* ausgelacht?"
Er verzieht das Gesicht. „Nein, nur *mich*. Weil sie mir vorhielt,
dass ich immer den Moralapostel bei ihr spielen würde und
selbst die größte Sünde vorm Herrn wäre."
„Das klingt ganz nach deiner Schwester – und ganz Unrecht
hat sie ja nicht. – Ah!", rufe ich aus und lache, als er mir an den
Haaren zieht.
Er beugt sich zu mir herab und gibt mir einen sanften,
keuschen Kuss.
Als er sich wieder aufrichtet, streichle ich ihm zärtlich über den
Hals. „Tut mir Leid, das mit deinem Hals und mit meiner
Mom", sage ich.
Trotz seiner dunklen Haut kann man die roten Abdrücke
sehen, die ihm dieser Lionel mit seinen Händen zugefügt hat.
„Du kannst nichts dafür. Aber da wir gerade darüber
sprechen: Kannst du mir erklären, was sie eigentlich vorhin
damit meinte? Was sollte sie denn noch in Erfahrung gebracht
haben?"
Ich seufze und versuche, etwas Abstand von Lafayette zu
gewinnen, doch er packt meine Schultern. Ich verschränke die
Arme vor der Brust und starre auf den Boden. Mir ist gar nicht
danach, mit ihm oder überhaupt darüber zu sprechen, aber
jetzt, da Irene aus dem Gefängnis ist, werde ich das Geheimnis
nicht länger hüten können.
„Du musst versprechen, nicht wütend zu werden."
Er kneift leicht die Augen zusammen, dann nickt er resigniert.
„Ich verspreche es."
„Also gut, schön, ich sag's dir." Ein Riesenknoten bildet sich in
meinem Magen. „Irene Goldberg stand hin und wieder vor
Gericht, weil sie des Mordes beschuldigt worden ist. Da
erzähle ich dir nichts Neues."

Lafayette schüttelt kurz den Kopf.

„Aber man konnte ihr nie was nachweisen, obwohl es selbst ein Blinder sehen konnte, dass diese Frau Blut an den Händen hatte. Zumal es auffällig war, dass wenn man ihr eine Firma nicht verkaufen wollte, der CEO der Firma spurlos verschwand. Ab und zu fand man eine Leiche, aber nie die nötigen Beweise, um sie ins Gefängnis zu stecken. Das Gerücht stand im Raum, dass Irene Goldberg eine Mörderin sei, und als ich alt genug war, begann ich in ihren Unterlagen zu schnüffeln. Ich war gerade fünfzehn Jahre alt, als ich glaubte, es sei aufregend und cool, Detektivin zu spielen. Also durchwühlte ich ihre Sachen, sämtliche Schränke und selbst Schuhkartons inspizierte ich. Nichts. Ich hatte sogar die Gelegenheit genutzt, ihr Handy zu durchforsten – nicht eine Nachricht, die irgendwie auffällig war. Das einzig Auffällige war, dass ihre weiße Weste viel zu weiß war. Du verstehst, was ich meine?"

„Jeder erfolgreiche Unternehmer, wie deine Mutter es ist, hat Leichen im Keller. Wenn man gar nichts findet, stinkt die Sache. Und zwar gewaltig."

„Richtig. Aber ich konnte nichts finden, zumal ich mit meinen fünfzehn Jahren keine Ahnung hatte, worauf ich eigentlich achten musste. Irgendwie glaubte ich, eine Tatwaffe oder so zu finden. Aber irgendwann rückte es in den Hintergrund. Ich wurde älter und begann ein Studium in Wirtschaftsprüfung, weil ich schon immer gut mit Zahlen konnte. Und plötzlich brachte ein Dozent mich auf eine Idee: Wenn ich schon keinen Mord nachweisen kann, dann sicherlich Steuerhinterziehung."

„Was dir und letztlich auch uns gelungen war. Aber wo ist der Haken?"

Ich kaue auf meinen Daumen vor lauter Nervosität. „Jetzt hatte ich selbst Blut geleckt und sprach mit einem der Profs, ob es möglich ist, Steuern, die bereits hinterzogen wurden, nochmals zu hinterziehen. Er fand die Idee genial, und zusammen stellten wir eine Theorie auf."

„Warte, Sophie, warte", knurrt Lafayette.

Hektisch kaue ich auf meinem Daumen. Er verstärkt den
Druck seiner Finger, und sie bohren sich schmerzhaft in meine
Schultern.
„Was willst du mir damit sagen? Du hast selbst Steuern
hinterzogen?"
„Nein, Lafayette", dröhnt es aus der Küche.
„Hunter!" Synchron rufen wir seinen Namen, und Lafayette
wirbelt herum.
Hunter sieht blass um die Nase aus, aber seine Augen sprühen
Funken. Ich weiche erst einen Schritt zurück, dann einen
zweiten und dann auch noch einen dritten Schritt. Hunter sieht
aus wie der Teufel, kurz davor, alles in der Luft zu zerreißen,
was ihm zwischen die Finger kommt. Er hebt die Hand, um
Lafayettes Fragen Einhalt zu gebieten.
„Sag, Sophie, willst du uns das selbst mitteilen?"
„Du hast versprochen, nicht wütend zu werden", versuche ich,
mich kleinlaut herauszuwinden.
„LAFYETTE HAT ES DIR VERSPROCHEN", tobt er, plötzlich
das blühende Leben, so rot wie sein Gesicht wird. Er atmet tief
durch, wie ein Löwe, der kurz davor ist, seine Beute zu töten
und sich zur Ordnung rufen muss.
Lafayette runzelt die Stirn und tritt zur Seite, um nicht Hunter
im Weg zu stehen, wenn er gerade dabei ist, mir den Kopf
abzureißen. Seine Aussage bedeutet, dass er alles von Anfang
mitbekommen und keinen Mucks von sich gegeben hat. *Dieses
Wiesel!*
Ich kneife die Lippen zusammen. Ich muss mich nicht
anbrüllen lassen.
„Okay, gut, du schweigst lieber. Dann kläre ich unseren
Freund hier auf: Sie hat uns benutzt, um ihre eigene Mutter zu
beklauen. Und Irene ist dahintergekommen, nicht wahr?"
Wieso ihm die ganze Wahrheit sagen, wenn der Teil völlig
ausreicht, um Hunter einen Herzinfarkt zu bescheren.
„Ja. Ja, genau, sie ist dahintergekommen."
„Aber wie hast du das angestellt?" Lafayette mischt sich ein.
„Als ihr mir erzähltet, dass ihr einen Steuerprüfer zur Rate
gezogen habt, der eine Koryphäe auf seinem Gebiet ist, suchte
ich ihn selbst auf, um mir erklären zu lassen, wie Irene

vorgegangen ist. Damit ging ich zu meinem Prof. Wie erarbeiteten Theorien, wie ich mir davon Geld abzweigen konnte. Mein Prof war naiv genug zu glauben, dass es rein hypothetisch wäre. Also sah ich zu, euch keine Unterlagen mehr zuzuspielen und behielt den Rest für mich, um mich an die Arbeit zu machen. Also zweigte ich Irenes Geld ab, versteckt als verschiedenste Transaktionen, die schließlich irgendwann auf meinem eigenen Cayman-Konto landeten."
Die Männer starren mich an, als käme ich von einem anderen Planeten.
„Bist du deswegen von uns weg, um dir ein reiches Leben ohne uns aufzubauen?"
Meine Augenbrauen schnellen nach unten. „Sieht das hier für dich nach einem reichen Leben aus?! Also, wenn das deine Definition von reich ist, dann …"
„Schon gut, schon gut", unterbricht mich Hunter harsch.
„Und ich hab nicht euch benutzt, sondern nur den Steuerprüfer. Ich drohte ihm Schläge von euch an, nachdem ihr ihn schon durch die Mangel genommen hattet. Das war ein Leichtes für mich."
„Unfassbar", murmelt Lafayette.
Schweigen tritt ein, und die Jungs müssen das sacken lassen. Hunter seufzt erschöpft, öffnet die Arme und fordert mich stumm auf, zu ihm zu kommen. Ich husche zu ihm und schmiege mich an ihn, mein Gesicht lege ich auf seine breite nackte Brust, da er noch nicht das Shirt angezogen hat.
„Wie geht's dir?", frage ich ihn, um mich wieder in sicherem Gefilde zu bewegen.
Er sieht zerknirscht drein. „Ganz okay – aber den Gürtel lässt du bitte vorerst weg."
„Es tut mir wirklich leid …"
„Nein, nein, das braucht es nicht. Ich hätte dir ein Zeichen geben können. Mir geht's aber gut."
Wir reißen Witze und ziehen uns gegenseitig auf, als mich plötzlich Lafayette mit gerunzelter Stirn ansieht: „Wieso wohnst du dann in dieser Wohnung, wenn du den Mut hattest, Irene zu bestehlen? Ich meine, als ich das erste Mal hörte, wo du wohntest, dachte ich, es wäre eine Art Protest, den

Reichtum *nicht* zu nutzen, den Irene auf unseriöse Weise
erworben hatte. Doch im Grunde bist du deiner Mutter
ähnlicher, als du es vielleicht wahrhaben willst."
Hunter schiebt mich von sich und sieht mich direkt an. „Er hat
Recht." Hunters Augen werden schmal, und ich beginne
wieder, auf meinem Daumen zu kauen.
„Sophie", seufzt Hunter entnervt. „Wo ist der Haken?"
Also berichte ich von den folgenden Geschehnissen. Hunter ist
nicht mehr zu bremsen.
„DU HAST WAS GEMACHT?!"

Kapitel 26

Ich war im Begriff aufzustehen, doch als ich mich aufrichtete, wurde mir schwindelig, und ich legte mich zurück. Ich lauschte den anderen, hörte Lafayettes tiefem Timbre zu. Mein großer Schwarzer klang melancholisch, als er über uns sprach, und mir wurde schwer ums Herz, was sich allerdings schnell wieder aufhellte, als ich Sophies Lachen hörte. Diese Frau wird eines Tages mein Untergang sein – und das mit aller Wahrscheinlichkeit buchstäblich, wenn sie nicht lernt, auf die Signale des anderen zu achten, dem sie gerade die Luft abschnürt.

Ich kann immer noch nicht glauben, dass sie mich fast stranguliert hätte. Wenn mir das einer vorher erzählt hätte, hätte ich gelacht und ihn als Spinner abgetan. Gut, ich hatte auch nicht damit gerechnet, mich in aller Herrgottsfrühe mit Irene Goldbergs Schoßhündchen prügeln zu müssen. Was für ein Morgen; insbesondere die darauffolgende Stunde hatte es in sich.

Wer hatte ahnen können, dass ich in der kleinsten Küche der Welt Sex mit einem Mann haben werde, in Anwesenheit meiner Ehefrau, die mich fast erstickt hätte. Da war wieder dieser Moment zwischen Lafayette und mir – es fühlte sich richtig an. Zur richtigen Zeit am richtigen Ort, wie man so schön sagt. Das Adrenalin floss durch unsere Venen. Scheinbar erkannten unsere Körper genau, was sie wollten.

Ich rieb mir übers Gesicht und stand auf. Wie schön, dass die beiden Grazien mich zugedeckt hatten, ohne mich auf eine warme Unterlage zu packen. Mein Rücken schmerzte von der Kälte, und nur schwer kam ich in die Gänge. Doch als ich hörte, worüber die beiden anfingen zu sprechen, stockte mir der Atem.

Und mir stockt immer noch der Atem vor Wut.

„Du willst mir sagen, dass dein ach-so-genialer Plan doch nicht so GENIAL WAR?!"

Lafayette muss sich setzen, während ich mich vor ihr aufbaue.
„Die Polizei hat dich im Visier, richtig?" Mir schwillt der
Kamm, als sie nur zögerlich nickt.
„Im Visier würde ja bedeuten, dass sie mich noch nicht
kontaktiert …" Ein Blick in meine Augen, und sie verstummt.
„Ich meine auch damit, dass du bereits mit den Detectives
kooperierst. Und die Schlussfolgerung liegt nahe, dass Irene
das herausgefunden hat. Wirklich großartig, Sophie!"
„Man, bin ich erleichtert, dass ich mich jemandem anver…"
„Sag jetzt nicht *vertrauen*", fauche ich. „Wieso zum Teufel hast
du nicht von Anfang offen mit uns gesprochen?"
Sie verschränkt die Arme vor der Brust. „Nun, zu dem
Zeitpunkt wusste ich nicht, dass wir heiraten werden." Sie
zuckt mit den Schultern.
„Nein, aber du hättest danach was sagen können", meldet sich
Lafayette zu Wort. „Und bevor du irgendwas Falsches sagst –
es geht hier nicht ums Geld, sondern um die Umstände, in
denen du dich letztendlich befindest."
„Bevor wir weiter darüber sprechen, in welchen *Umständen* du
dich befindest: Von wie viel Geld reden wir?" Ich stemme
meine Hände in die Hüften.
„Etwas mehr als eine halbe Million Dollar."
„Definiere: etwas mehr."
„Neunhunderttausend Dollar."
Lafayette pfeift durch die Zähne. „Also fast *eine* Million
Dollar."
„Zusätzlich zu dem Geld, das ich auf meinem Sparbuch liegen
habe, reden wir von eineinhalb Millionen Dollar."
„Es existiert noch ein Sparbuch? Ich dachte, das Geld hätten
die Behörden eingefroren?"
„Ich hab's auch nicht direkt hier vor Ort."
„Das heißt, Sophie?", seufze ich.
„In der Schweiz."
Ich werfe einen Blick zu Lafayette rüber, der soeben die Augen
verdreht.
„Natürlich", sage ich trocken. „Wo bewahrt man sonst sein
Geld auf."

„Den Sarkasmus kannst du dir sparen. Das ist gang und gäbe, Konten in der Schweiz zu eröffnen. Zumindest in den Kreisen, in denen ich aufgewachsen bin."

Ich kneife die Lippen zusammen. Ob ihr bewusst ist, wie heuchlerisch das klingt? Ihre Mutter ins Gefängnis stecken, nur um letzten Endes so zu enden wie Irene? Ob ihr die Ironie überhaupt bewusst ist?

Sophie hat die Haare zu einem unordentlichen Zopf gebunden, trägt einen weiten Strickpulli und dazu Leggings – das würde Irene nie tragen. Aber trotzdem erkennt man sofort die wachen Augen, die feinen, aristokratischen Züge, die feingeformten Lippen und eine gerade Nase mit einer süßen Spitze. Kann Sophie, die so liberal in der Ehe ist, überhaupt so skrupellos wie ihre Mutter sein? Sicherlich wird Irene, was das Thema Männer betrifft, kein Engel sein, aber sie würde nie eine Ehe eingehen, die ihr in der Öffentlichkeit Schaden zufügen würde. Nein, sie ist zu kalkuliert, als dass sie ihren Gefühlen nachgeben würde. Aber was trieb Sophie an, so zu agieren? Vielleicht das junge Alter? Der Gedanke, mit Überheblichkeit und einer Portion Optimismus komme sie davon?

Sophie sieht mich fragend an, weil ich sie schweigend studiere. *Rache.* Ja, vermutlich wird es das gewesen sein. Eine Art Racheakt an ihrer verlogenen Mutter. Nur jetzt sitzen *ihr, meiner Frau,* zwei Detectives im Nacken.

„Belassen wir es erst einmal dabei", sage ich. „Kommen wir zurück auf die Detectives zu sprechen. Jetzt ergibt es einen Sinn, dass du bei Moffett herumgeschnüffelt hast. Ich hab dich von den Jungs schon längst, am Tag, als wir dich auf den Aufnahmen sahen, aus der Cloud herauslöschen lassen. Wie gut, dass Moffett sich mit seinem eigenen Sicherheitssystem nicht auskennt."

Ich schüttle den Kopf. Wie kann man sich als Kerl nur so wenig mit seinen Kameras auskennen? Ich muss Karl anrufen und nachhaken, ob es was Neues gibt. Schließlich ist Moffett als Auftraggeber wichtig, und die Arbeit bleibt nicht einfach liegen.

„Aus deinem Ton entnehme ich, dass die Detectives nicht zufrieden sind." Es ist mehr eine Feststellung als eine Frage, aber sie nickt.

„Die rücken mir ziemlich auf die Pelle", gibt sie zu. „King und Louis wollen, dass ich Chris für sie abhöre. Kannst du dich an das Leder unter der Dusche erinnern?" Mit Daumen und Zeigefinger deutet sie die Größe an. „Dieser Taschenanhänger mit den Nieten?"

In meinem Unterleib beginnt es zu prickeln. „Natürlich."

„Nun, es war nicht *nur* ein Taschenanhänger."

Ich kneife warnend die Augen zusammen. „Was denn noch?"

„Ein Abhörgerät."

Lafayette schnaubt – oder ist es doch ein unterdrücktes Lachen?

„Wenn es ein Abhörgerät war, wieso hast du es mit unter die Dusche genommen? – Verdammt, Lafayette, was gibt es da zu lachen?!"

„Der Groschen fällt und fällt …", sagt er vom Sessel aus.

„OH, MEIN GOTT!", platzt es aus mir heraus. „Konnten man uns hören? War das Mikro etwa aktiv?!"

„Ich bin nicht sicher", murmelt sie.

Ich fluche. Sophie und Lafayette wechseln schnell Blicke, wobei sie die Augen verdreht.

„Ich warne dich", fauche ich. „Treib es nicht zu weit, Sophie."

Super, Sophie hat es geschafft, uns in eine Art Porno zu verwickeln. Auch wenn es nicht immer so aussieht, habe ich meine Prinzipien. Ich seufze genervt. „Kannst du dich bei den Detectives melden? Ich will ein Treffen mit ihnen vereinbaren."

Sie runzelt die Stirn. „Wieso?"

Lafayette steht vom Sessel auf. „Chris Moffett ist unser Auftraggeber, und wir sind noch näher am Geschehen dran als du. Wir können ihnen bieten, worauf sie hoffen: noch mehr Informationen."

„Okay, das leuchtet ein. Ich könnte King und Louis eine Nachricht schreiben, ihnen sagen, dass ihr …"

„Nein. Wir brauchen den Überraschungseffekt auf unserer Seite", werfe ich ein.

„Wir überrumpeln sie – so haben sie keine Handhabe gegen
uns", ergänzt Lafayette.
„Gut mitgedacht, Großer", sage ich.
Lafayette wirft mir einen Seitenblick zu.
„Hattest du schon die Möglichkeit, mit Moffett zu sprechen?"
Bei dem Namen wird mir direkt schlecht.
„Hatte mich krankmelden können, ehe – na, ihr wisst schon –
Irene auftauchte."
Bei der Erwähnung des Namens packt sich Lafayette an den
Hals.
„Über Irene machen wir uns später Gedanken, weil Lafayette
und ich arbeiten müssen", knurre ich und kneife mir in die
Nasenwurzel.
Wir atmen synchron ein und aus.
„Ist denn alles gut zwischen uns?", fragt Sophie geradeaus und
sieht mich dabei unverblümt an.
Mein Gesicht wird heiß. Insbesondere spüre ich *seine* Blicke,
wobei direkt mein wunder Hintern zu prickeln anfängt.
Obwohl die beiden versuchen, sich nichts anmerken zu lassen,
kann ich sehen, dass sie den Atem anhalten, als bewegten sie
sich auf dünnem Eis. Es erschüttert mich, dass Sophie und
Lafayette plötzlich angespannt sind. Sophie wirkt angestrengt
freundlich, in ihren Augen spiegelt sich die Angst wider, die
sie auf einmal ergriffen hat. Mein Hals ist wie zugeschnürt,
und mein Herz pocht zu stark in meiner Brust. Wortlos strecke
ich die Arme aus – ich brauche ihren Körper an meinem, ihre
Nähe und ihren Duft wie die Luft zum Atmen. Ich atme selbst
erst tief ein und aus, als sie ihren Kopf in meine Halsbeuge
schmiegt.
„Ich verlasse dich nicht", krächze ich an ihrer Schläfe. Sophie
schmiegt sich noch enger an mich und schlingt die Arme um
meine Taille. Wir stehen eng umschlungen in ihrem
Wohnzimmer, als Lafayette dazukommt und mich von hinten
umschlingt. Falls das falsch sein sollte, dann will ich nicht
länger leben – dazu fühlt es sich zu echt und natürlich an.
Obwohl noch alles frisch ist, weiß ich instinktiv, dass ein neuer
Lebensabschnitt beginnt – für uns alle.

Kapitel 27

Sophie

„Brauchst du einen Moment?", fragt Hunter und sieht mich
unsicher an. Er zieht den Autoschlüssel aus dem Zündschloss
und drückt die Autotür auf, als ich den Kopf schüttle.
Innerlich bin ich aufgeregt, weil ich vor meinem alten Leben
stehe. Lafayette drückt meine Schulter von hinten und folgt
Hunter nach draußen. Ich höre die beiden leise sprechen,
während sie den Kofferraum öffnen und meine Koffer
herausholen. Ich sehe ein, dass ich nicht länger alleine wohnen
sollte, aber es fällt mir schwer, auszusteigen.
Ich war drei Jahre nicht mehr hier – und es sieht auf den ersten
Blick unverändert aus. Da wir uns im nasskalten September
befinden, sieht es alles ein wenig trist aus. Oder sah das es
schon immer so aus, aber ich habe es nicht so empfunden? Ja,
wieso auch? Es war schließlich mein Zuhause, mit Ecken und
Kanten und einem vorrübergehend undichten Dach, nachdem
ein Sturm über uns hinweggefegt war. Bevor man zu den drei
Stufen gelangt, die zur Haustür führen, muss man das schmale
stählerne Törchen durchqueren und über den kurzen, fein
gepflasterten Weg laufen. Rechts und links vom Pfad befinden
sich sehr schmale Grünstreifen, die erstaunlich akkurat gemäht
sind. Ich weiß, dass Hunter Gartenarbeit hasst, also muss es
Lafayette gewesen sein. Wir hatten überlegt, die schmalen
Rasenstreifen wegzumachen und stattdessen zwei Beete
anzupflanzen oder die Stellen mit Rindenmulch auszulegen
und jeweils mittig einen kleinen Baum zu pflanzen. Da unser
eigentlicher Garten nicht sehr groß ist und ich bereits hinten
ein Beet angepflanzt hatte, war die Option mit dem
Rindenmulch eine schöne Alternative.
Hunter schließt die Tür auf und betritt mit meinem Reisekoffer
das Haus, Lafayette gleich hinterher.
Es erregt mich, wenn ich die beiden interagieren sehe, mit dem
Wissen, was die beiden zuletzt in meiner Küche getrieben
haben. Es hatte etwas Erhabenes, wie Lafayette sich von hinten
an Hunter gerieben hatte und seine Hand in seiner Hose war.

Die Ausbuchtung war deutlich zu erkennen. Der Anblick war faszinierend und erregend. Unruhig rutsche ich auf dem Sitz – mein Unterleib zieht sich in freudiger Erwartung zusammen. Ich stelle mir vor, wie ich Hunter ein hübsches Halsband um den Hals lege und er meine Füße küsst. Auf an allen Vieren kauert er vor mir, mit steifem Schwanz und prallen Hoden, während er darauf wartet, von Lafayette gefickt zu werden. Ich reibe mir übers Gesicht – *Sophie konzentrier dich!*
Was allerdings die Frage aufwirft: Wieso empfinde ich plötzlich so? Ich bin sicher, bisher immer devot gewesen zu sein. Aber bei Hunter – so einem starken, muskulösen Mann, der mir mit einer Handbewegung das Genick brechen könnte – habe ich das Bedürfnis, ihn zu unterwerfen. Ist Hunter schon immer irgendwo devot gewesen, und ich hatte es nicht wahrgenommen? Oder nicht wahrhaben wollen? Ist da in ihm eine Seele, die – so wie ich – bloß Halt sucht? Beide verloren wir früh unsere Väter – ich meinen Dad durch einen Herzinfarkt, er seinen Vater wegen Krebs. Aber im Gegensatz zu mir hat er eine liebevolle Mutter, die alles getan hätte, um ihren Sohn glücklich zu sehen. Meine Mom kannte nur Geld, mit dem sie meine Liebe erkaufen wollte. Tatsächlich klappte es auch, aber irgendwann wurde auch ich älter und war bei Freunden zu Besuch. Rückblickend war ich eine verwöhnte Göre – lange Zeit glaubte ich, mit dem vielen Geld könnte ich mir alles erlauben und sagen.
Ein scharfer Stich jagt mir durchs Herz – vermutlich wandten sich meine Freundinnen endgültig von mir ab, als bekannt wurde, dass Irene Goldberg in den Knast musste. Sie hatten sich schon vorher abgewandt, das war nur letztlich der Vorwand, um den offiziellen Schritt zu gehen. Ich fühle eine tiefe Traurigkeit. Wie hatte ich nur so sein können? Überheblich, arrogant und blind.
Tränen lassen meine Sicht verschwimmen, und ich muss tief durchatmen. Mittlerweile bin ich dreißig und erwachsen. Man kann meine Tat auslegen, wie man will, aber ich hatte es gemacht, um mein Leben in Ordnung zu bringen und Irene eine gerechte Strafe zukommen lassen, auch wenn es zu wenig ist, für das, was sie wirklich getan hatte. Die Beweise fehlten.

Das Geld zweigte ich ab, um Irene eins auszuwischen. Aber da
ist die leise, zweifelnde Stimme, die mir ins Ohr flüsterte: *War
es das wirklich?* Sicher bin ich nicht mehr, nachdem Hunter mir
vorwarf, ich sei nicht besser als meine Mutter. Es traf mich,
aber jetzt, in der Stille des Autos, als sei ich von der Außenwelt
abgeschirmt, kann ich es mir selbst eingestehen: Anfangs ging
es wirklich darum, meine Mutter zu bestrafen. Aber als ich den
Nervenkitzel spürte, der von dem Reiz des Verbotenen
ausging, war es kein selbstloser Akt mehr, der Gesellschaft
etwas Gutes zu tun, sondern eine Handlung von Egoismus, die
mich trieb, genau diese zu hintergehen, der ich eigentlich
helfen wollte.

Ich stoße einen Schrei des Zorns aus und frohlocke damit,
meine Stirn gegen die Armatur zu hämmern. Ich bin so eine
Heuchlerin. Hunter hatte absolut Recht.

Ich drehe mich auf dem Sitz und schaue hoch zur Tür. Ich
frage mich, ob rechts und links noch dieselben Nachbarn
wohnen wie vor drei Jahren. Rechts der alte Herr mit den
großen schwarzen Filzhüten und links die Familie mit den
zwei Kindern. Den Zwillingssöhnen. Sie müssten mittlerweile
fünf Jahre alt sein. Wenn ich drüber nachdenke, fehlt mir schon
das Kindergelächter und der Plausch am Gartenzaun. Ich
schmunzle, weil Hunter oft über die Kids fluchte, sie seien zu
laut. Er war aber der erste, der ihnen einen Ball schenkte, der
oft durch die Hecke gerollt kam. Mit Freude warf er den Jungs
den Ball zurück, und obwohl er es nicht zugeben würde, hatte
er Spaß daran, mit ihnen zu spielen. Oder sich mit dem Alten
über Gärten zu unterhalten.

Trotz dieser schönen Momente überschattete sein Fremdgehen
alles. Ob das mit Chris auch schon als Fremdgehen bezeichnet
werden konnte? Sicherlich nicht. Oder doch?

Wir waren getrennt oder sind es noch? Irgendwie hängt alles
in der Schwebe. Vorhin fragte ich ihn, ob alles okay ist. Das
bezog sich eher auf Lafayette und ihn und nicht auf ihn und
mich. Ich spüre, dass es gut zwischen uns ist, aber noch ist
nicht alles geklärt. Zuvor muss ich Irene und das mit den
Detectives aus der Welt schaffen. Ach so, dann wären da noch
Chris und Honey.

Bei Honey mache ich mir keine Sorgen, sie wird es verstehen, aber bei Chris wäre ich mir nicht so sicher. Solange Hunter seinen Auftrag zu erledigen hat, werde ich Chris vorerst nichts sagen – Hunter wird nicht erfreut sein.
In diesem Augenblick tritt Hunter aus dem Haus und neigt den Kopf, um mich besser sehen zu können. Dann lächelt er und winkt mich zu sich.
Automatisch erwidere ich das Lächeln. Ich horche in mich rein und fühle Schmetterlinge im Bauch. Ich steige aus dem Wagen und laufe zu ihm hoch, dabei reicht er seine Hand, nach der ich greife.
„Deine Hände sind ganz kalt. Komm, Lafayette hat schon Kaffee aufgesetzt. Stell dich darauf ein, ein Referat über Kaffee zu hören", seufzt er, ich lache.
Aber das Lachen vergeht mir schlagartig, als ich sehe, was er da an seiner linken Hand trägt. „Warte, was trägst du da? Einen Ring? Etwa *unseren* Ring?"
Hunters Augen werden schmal, und er wird wütend. „Nein, ich trage den Ehering einer anderen Frau", zischt er.
„Natürlich unseren Ring. Was ist los mit dir?"
„Ich … ich …" Ich stottere, weil mein Verstand auf einmal einen Riss hat.
„Geht dir das zu schnell? Willst du das damit sagen?" Er lässt meine Hand los und verschränkt die Arme vor der Brust.
Mir wird schlecht, und urplötzlich will ich die Flucht ergreifen, aber Hunter kennt mich zu gut und packt blitzschnell meinen Oberarm.
„Du wirst mir jetzt zuhören, Sophie. Drei Jahre habe ich es zugelassen, dass du nicht bei mir bist. Gewöhn dich lieber an den Gedanken, dass dein Ehemann wieder eine Rolle in deinem Leben spielen wird. Ob es dir passt oder nicht! Und jetzt gehen wir in unser verfluchtes Zuhause zu unserem verfluchten Freund, der uns einen verdammten Kaffee macht, und wir sind verdammt nochmal glücklich." Von Wort zu Wort wird er wütender und bellt schließlich nahezu das Wort *glücklich.*
Ich nicke stumm und presse die Lippen aufeinander. Ich geriet nicht ins Stocken, weil er recht hatte mit dem Quatsch, dass es

mir zu schnell gehen würde. Ich lasse ihn besser im Glauben, dass ich den Ring noch habe. Soll er vorerst wütend darüber sein, dass ich nicht will, dass wir wieder ein Ehepaar sind. Das ist leichter, als ihm zu erklären, dass ich den Ring beim Pokern verloren habe.
Ich seufze laut, was Hunter als Kapitulation meinerseits interpretiert, dann betreten wir gemeinsam unser *verfluchtes* Zuhause.

Kapitel 28

Hunter

„Okay, danke, Karl", sage ich und lege auf.

Es ist mittlerweile Freitagabend, und Lafayette und ich befinden uns in Moffetts Haus. Es geht mir gegen den Strich, Sophie allein zu Hause zu lassen, aber wir waren uns einig, dass vorerst nichts geschehen wird. Sie hatte sich für den Rest der Woche krankgemeldet, was Moffett dazu veranlasste, sie zu Hause besuchen gehen zu wollen. Gott sei Dank hatten wir es ihm ausreden können. Es wäre ja niemandem geholfen, wenn er sich anstecken würde. Was aber auch heißt, dass sie ab Montag wieder seine Chauffeurin sein wird und ich noch keinen Plan habe, wie ich sie von Chris fernhalten kann beziehungsweise wie ich meine Eifersucht in den Griff bekommen soll.

Und über Irene sind wir uns einig: Sie ist kein Mensch spontaner Natur, und da sie am Dienstagmorgen ihrer Tochter einen Besuch abgestattet hat, wird sie sie in Ruhe lassen. Wir sind uns auch einig, dass Irene irgendwann vor unserem Haus stehen wird – nur um zeigen, dass sie sehr gut vernetzt ist –, aber nicht mehr diese Woche.

Weder Lafayette noch ich hatten Zeit, uns groß zu unterhalten, um das Geschehene sacken zu lassen, weil wir bei Chris alle Hände voll zu tun hatten. Zwischen Moffett und Karl haben wir eine Vereinbarung getroffen, dass Karl die nächsten Wochen bei Moffett wohnen wird, um ihn rund um die Uhr im Auge zu haben. Nicht, dass einer der Schergen von Domenico Rivera hier auftaucht und auf Idee kommt, Moffett die Kehle aufzuschlitzen.

„Wie kann man nur so blöd sein?", knurre ich.

„Was hat Karl erzählt?" Lafayette steht an der Bar und begutachtet sie. Gerade hält er sich eine Karaffe unter die Nase und riecht an der Öffnung.

„Moffett will ins Drogengeschäft einsteigen – als gäbe es in New York nicht genügend Drogenbosse. Nein, dann gerät der

Idiot ausgerechnet in Riveras Einzugsgebiet, der ihm so heftig
auf die Füße treten wird, bis sie brechen."
„Ist Karl in Gefahr?"
„Nein. Moffett hat vorerst die Fühler ausgestreckt. Schließlich
muss er Vertriebler, Vertriebswege und letzten Endes auch
Abnehmer finden."
Lafayette schüttelt den Kopf. „Worin der Reiz liegt, sich bei
solchen Geschäften die Finger schmutzig zu machen, ist für
mich ein Rätsel. Wir sollten uns Gedanken machen, was es für
uns bedeutet, wenn Chris erst einmal in dieser Sache
drinsteckt. Ehrlich gesagt will ich nicht in Drogenkriege
verwickelt sein. Zumal es anfangs so aussah, als würde er nur
bedroht werden, wie es eben im Leben erfolgreicher Männer
passieren kann."
Ich nicke. „Das sehe ich ein. Wird es zu heiß, steigen wir aus.
Kenny und Dexter durchforsten sämtliche Dateien in Moffetts
Cloud, um etwas wirklich Brauchbares für die Detectives zu
finden."
Worüber Sophie, Lafayette und ich uns auch sofort einig
waren: Wir wollten genügend Daten sammeln, bevor wir auf
die Detectives zugehen.
„Wird er nicht herausfinden, dass wir seine Cloud durchforstet
haben? Normalerweise bekommt man Push-Nachrichten auf
dem Handy, wenn Änderungen vorgenommen worden sind
beziehungsweise sich mit anderen Geräten anmeldet."
Ich beobachte ihn, wie er erneut an der Karaffe riecht und dann
nickt, weil er den Alkohol für gut befindet. Anschließend stellt
er zwei Gläser bereit und schenkt Whiskey ein. Er trägt wieder
sein übliches Outfit: Hemd und Anzug, nur dass das Jackett
über dem Stuhl hängt. Sein breiter Rücken, den ich zu gerne
betrachte, zeichnet sich gut unter dem Hemd ab. Die Karaffe
stellt er vorsichtig zurück auf die Glasplatte und nimmt die
Gläser in die Hand. Er bewegt sich anmutig und geschmeidig,
mit aller Zeit der Welt und sieht mir in die Augen. „Hier,
probier. Ein sehr nobler Bourbon."
Ich nehme das Glas und trinke einen Schluck.

„Ich sehe, dass er dir schmeckt. Ich werde uns eine Flasche besorgen, damit wir ein bisschen mehr Flair und Stil in unser Haus bekommen."

Sofort denke ich dabei an Sophie – was sie wohl gerade treibt? Wie sie den Tag verbracht hat? Mit dem Daumen streichle ich das kühle Silber meines Eherings und frage mich, ob sie ihren Ring wieder tragen wird. Sie war so entsetzt drüber, dass sie blass um die Nase geworden ist. Wie ich fand, eine völlig lächerliche Überreaktion. Ich lasse ihr noch ein paar Tage, um sich an den Anblick zu gewöhnen, dass ihr Mann wieder einen Ring trägt, bis ich sie darauf anspreche, wo denn ihrer ist und ob sie nicht bedenken will, ihren auch zu tragen. Um ehrlich zu sein, hat sie mich so wütend gemacht, dass ich ihr am liebsten den Arsch versohlen wollte, aber bei Sophie weiß ich insgeheim, dass das zum Gegenteil führen würde. Sie ist manchmal wie ein bockiges Kind – so zieht sie auch eine Schnute. Darin ist sie Meisterin, nur leider zieht das bei mir, und das weiß sie zu nutzen.

„Du denkst an Sophie, nicht wahr?" Lafayette wirft mir einen warmen Blick zu. Natürlich sieht er, wie ich am Ring fummle.

„Ja, das tue ich. Den Ring zog ich an, weil ich instinktiv das Gefühl hatte, dass es richtig ist, ihn aus der Schublade zu kramen. Nur bin ich mir gar nicht mehr so sicher, ob Sophie das überhaupt so schnell wollte. Ihre Reaktion hat mich getroffen", gestehe ich.

„Mein Freund, nicht jede Frau ist direkt aus dem Häuschen, wenn der Mann sich einen Ring über den Finger zieht."

„Du bist echt ein … Ach, halt die Fresse", knurre ich, als er spöttisch eine Braue hochzieht. „Es fühlt sich gut an, ihn zu tragen. Und Sophie wird es genauso sehen."

„Gib ihr Zeit. Und uns auch, okay?"

Der Sex in Sophies Küche fühlt sich ewig zurückliegend an, und seitdem geschah in dieser Richtung nichts mehr. Es war, als hätten Lafayette und ich wieder die Machtverhältnisse zwischen uns geklärt.

„Zerbrich dir nicht allzu sehr den Kopf darüber, was da zwischen uns ist", fügt er leise hinzu.

Ich runzle die Stirn und horche in mich rein. Nein, da ist kein Prickeln, keine heiße Anziehung, als sei es verpufft. Sophie und ich hatten erst heute Morgen vor dem Aufstehen miteinander geschlafen, aber Lafayette hatten wir nicht vermisst. Gut, das war damals nicht anders – er war nicht jedes Mal dabei, wenn ich ganz normalen Vanilla-Sex mit ihr hatte. Aber bisher hatten die beiden auch keine Andeutungen gemacht.

„Tu ich nicht", sage ich gereizter als beabsichtigt.

„Doch, tust du. Wir müssen es akzeptieren und das Kind beim Namen nennen: Wir beide hatten Sex. Richtig heißen Männerse…"

„Ah, Lafayette, ich will das nicht hören!", fauche ich. Vor Scham färben sich meine Wangen rot.

Auf meine Reaktion hin rollt er mit den Augen. „Werd erwachsen", ermahnt er mich. „Wir sind es damals falsch angegangen – damit meine ich: wir alle." Er trinkt den Bourbon und starrt in das Glas, um seine Gedanken zu ordnen.

„Ich mag dich, mein Freund. Und daran ändert sich nichts, selbst wenn ich dich hin und wieder ficke."

Würde sich endlich ein Loch auftun?! „Mehr Alkohol, bitte", knurre ich stattdessen. Auf Lafayettes Aussage weiß ich keine Antwort. Ja, ich mag ihn auch, aber die Worte wollen mir nicht über die Lippen.

Völlig ruhig nimmt er mein Glas, um damit noch geschmeidiger als zuvor zur Bar zu gehen.

„Wir werden uns irgendwann ausgiebig darüber unterhalten", sagt er und reicht mir das Glas. Er selbst hat sich auch nachgeschenkt. „Sophie hat sich verändert – also nicht zum Negativen, das meine ich nicht", fügt er schnell hinzu, als er meinen Blick sieht. „Sie ist so viel reifer und ruhiger geworden. Ich glaube, unsere Kleine ist erwachsen geworden."

Ich verfalle ins Schweigen. Wie zuvor frage ich mich, ob ich derjenige war, der sie kleingehalten hat? Es beginnt, hinter meinen Schläfen zu pochen, als ich versuche, aus meinen Gedanken eine logische Schlussfolgerung zu ziehen.

„Glaubst du, dass ich sie daran gehindert habe, sich zu entwickeln?"

„Wie meinst du das?" Lafayette reicht mir das Glas, und ich
beginne, im Salon auf und ab zu tigern, während er sich an die
Wand lehnt und mich mit gerunzelter Stirn ansieht. Lafayette,
der besonnenere von uns beiden, wartet und beobachtet.
Natürlich weiß er, was ich meine, denke ich zornig. Seine *Wir-
müssen-darüber-reden*-Marotte, die er seit neustem im Repertoire
hat, treibt mich in den Wahnsinn.
Ich stürze den Bourbon runter und knalle das Glas auf den
Tisch. „Vergiss es", sage ich.
Lafayette zuckt mit den Schultern. Er akzeptiert meine
Entscheidung, nicht ins Detail zu gehen, und nimmt
stattdessen den Faden bezüglich der Push-Nachrichten auf.
„Also, was haben Kenny und Dexter gemacht, damit Moffett
nicht über die Cloud-Aktivitäten informiert wird?"
„So genau kann ich es nicht wiedergeben", gebe ich zu. „Wenn
ich's richtig verstanden hab, sollen sie etwas auf Moffetts
Handy installiert haben, um es quasi auszuspionieren, ohne
das Handy selbst bedienen zu müssen. Darüber können sie
Nachrichten abfangen – alle Nachrichten über die Cloud
hinaus –, und zudem haben sie ganz einfach den
Benachrichtigungsdienst ausgestellt."
„Okay", sagt er schlicht. „Kenny und Dexter werden wissen,
was sie da tun."
„Ich hab sie drauf angesetzt, sämtliche Nachrichten zu sichten
und zu listen. Kenny erzählte mir was davon, dass ich ihm
Begriffe aufschreiben sollte, wonach er explizit suchen kann.
Ich hab ihm ein paar genannt; das heißt nicht, dass er sich nur
auf die Wörter stützen soll."
Die Jungs hätten zwischenzeitlich Spanisch mit mir sprechen
können, so wenig verstand ich von dem Kauderwelsch, das sie
von sich gaben. *Ernsthaft, ich bin zu alt für so einen Scheiß.*
Lafayette und ich unterhalten uns über Belangloses, bis endlich
Karl mit Moffett auftaucht. Karl, der meist unzufrieden
dreinschaut, ist wirklich unzufrieden. Das kann ich von seiner
Nasenspitze ablesen.
Er schüttelt unbemerkt hinter Moffetts Rücken den Kopf, dass
wir nicht allzu viele Fragen stellen sollten. Karl fasst das
Notwendigste des Tages zusammen.

„Sophie hat mir geschrieben", erwähnt Chris auf einmal ihren Namen. Er interpretiert unsere Blicke falsch und fügt hinzu, dass Sophie seine Chauffeurin ist. Chris steht mir nur wenige Meter gegenüber, Lafayette befindet sich rechts von mir, auf der Höhe der Mitte von Chris und mir. Weil ich einen Schritt vormache, macht es Lafayette auch, der mich warnend ansieht, ich solle unseren Auftraggeber bloß heil lassen. Auch Karl stellt sich so, dass er sich notfalls vor Chris stellen kann. Irgendwann werde ich ihm für jeden Buchstaben, die Sophies Namen bilden, einen Zahn ausschlagen, wenn er auch nur an sie denkt.

„Und *was* hat sie geschrieben?", brumme ich.

Er steckt die Hand ins Jackett und holt das Handy hervor.

„Sagen Sie, Hunter, hat der Ring an Ihrem Finger eine Bedeutung? Den habe ich zuvor nicht an Ihnen bemerkt."

Von wegen! Seit ich mit dem Ring am Finger aufgetaucht war, hatte Moffett immer wieder neugierig auf meine Hand gestarrt.

„Ja, hat er", sage ich knapp.

Obwohl er mich mit hochgezogenen Brauen ansieht, verkneift er sich weitere Fragen. „Sie könne es kaum erwarten, mich am Montag wiederzusehen."

Okay, das reicht – die Zähne sind fällig! Mit bebenden Nasenflügeln balle ich meine Hände zu Fäusten, aber Lafayette stellt sich mir in den Weg, nicht frontal, nein, mit seiner linken Seite mir zugewandt, damit es nicht allzu offensichtlich ist.

„Wie schön, dass es Ihrer Chauffeurin besser geht", kommentiert Lafayette, ohne dabei eine Miene zu verziehen und wirft mir einen warnenden Seitenblick zu. „Aber zurück zum Thema: Sie sagten, Sie hätten Kontakte nach Kolumbien?"

Es klirrt im Hintergrund: Karl ist zur Bar und schenkt sich einen großzügigen Schluck Bourbon ein.

„Wenn Sie schon einmal dabei sind, können Sie uns allen einen Drink bringen", sagt Moffett bissig.

Karl wirft einen stummen Blick in die Runde. Lafayette und ich lehnen dankend ab, weil sein Gesicht Bände spricht. Eher wird er uns in den Drink spucken, als uns einen zu bringen, bei Moffett reißt er sich zusammen.

„Ich habe einen Mittelsmann gefunden, der mir wichtige Kontakte schaffen will."
„Hat der Mittelsmann einen Namen?", frage ich.
„Nicht von Bedeutung."
„Ich denke, das ist von Bedeutung …"
„Was mein Freund hier sagen will: Um Sie schützen zu können, sollten wir den Namen erfahren, um einen Background-Check zu machen", mischt sich Lafayette ein.
„Antonio. Nur Antonio."
„Und er ist selbst Kubaner?"
„Scheiße, keine Ahnung. Kann auch Spanier mit kolumbianischen Freunden sein."
Ich unterdrücke ein entnervtes Seufzen. Wie sollen wir einen verdammten Spanier, der eventuell Kolumbianer ist, durchchecken?! Wie kann man nur so dumm sein und sich auf solche Gestalten einlassen, ohne je vorher mit der Branche in Berührung gekommen zu sein? Ich muss mich beherrschen, sonst schüttle ich den Idioten, bis ihm der Kopf abfällt. Ich schiele zu Lafayette. Der verzieht mal wieder keine Miene. Er zückt sein Handy und speichert den Namen, lässt sich von Moffett eine Beschreibung geben. Eine *ungefähre* Beschreibung. Später machen wir uns auf den Weg nach Hause. Karl bleibt dort, und Kenny und Dexter sind auch schon nach Hause getrollt, machen aber mit der Sichtung der Dateien weiter.

„Sophie, wie sind da!", rufe ich durchs Haus und höre es als erstes in der Küche klirren. Lafayette und ich wechseln Blicke.
„Sophie?", rufe ich erneut.
„Küche!", ruft sie zurück. Ihre Stimme klingt eine Spur zu hoch. Irgendwas wird sie ausgefressen haben, denke ich mir und gehe zur Küche, Lafayette folgt mir.
„Honey?" Überrascht sehe ich sie an und dann zu Sophie, die soeben einen zerdepperten Teller vom Boden aufhebt.
„Ich glaube, wir kennen uns noch nicht", sagt Lafayette mit rauer Stimme.
Ich ziehe eine Braue hoch, angesichts seiner Stimme und seinem durchdringenden Blick.

„Honey, das ist Lafayette", meldet sich Sophie zu Wort.
Honey lächelt Lafayette sehr wohlwollend an, und ich bücke
mich zu Sophie, um ihr zu helfen.
„Alles okay?", frage ich leise.
„Ja. Ja, alles ok." Sie strengt sich an, den Blick auf die Scherben
gerichtet zu lassen.
„Sophie, würdest du mich bitte anschauen? *Sophie*", warne ich
sie, als sie nicht aufblickt.
Sie streckt den Rücken und sieht mich direkt an. Ich studiere
ihr Gesicht, kann aber auf den ersten Blick nichts erkennen. Ich
weiß, sie verbirgt etwas vor mir. Obwohl sie sich anstrengt,
kann ich es von ihrer Nasenspitze ablesen. Der sonst zarte
Teint auf ihren Wangen ist gerötet, und ich meine, dass ihre
Augen zu stark leuchten. Ich mache mir nichts vor: Das liegt
nicht an mir, weil sie sich so sehr freut, dass ich zu Hause bin.
Ich stehe auf, gehe zum Mülleimer und schmeiße die Scherben
hinein. Sophie huscht zum Kämmerchen, das sich in der Ecke
der Küche befindet, aus dem sie den Besen holt.
Ich lehne mich an den Tresen und verschränke die Arme, dabei
beobachte ich Lafayette und Honey. Honey lacht hell auf und
legt die Hand auf seinen Oberarm. Na, sieh mal einer an, die
beiden verstehen sich. Ihre blondgelockten Haare stehen wild
vom Kopf ab, dazu die kurzrasierten Seiten und der
Nasenpiercing stehen ihr wahnsinnig gut. Das Outfit, das sie
trägt, passt absolut zu ihr – die schwarze, enganliegende
Latzhose mit vier großen goldenen Knöpfen, die das Brustteil
bedecken, dazu das langärmlige weiß-schwarz gestreifte
Oberteil. Und als ich mich etwas weiter zurücklehne, um einen
kurzen Blick auf ihren Hintern zu erhaschen, entdecke ich,
dass das Oberteil nur bis zu ihrem Bauchnabel reicht. Die Hose
selbst reicht ihr etwa bis zur Hälfte ihrer Schienbeine, und da
fällt mir auf, dass sie weder Socken noch Schuhe trägt.
Ich verlasse ihren Bereich und scanne den Raum. Auf dem
Küchentisch stehen zwei Rotweingläser, und als ich einen
genaueren Blick auf die Gläser werfe – wobei Sophie glaubt,
ich würde die hektischen Bewegungen ihrerseits nicht
bemerken –, entdecke ich an beiden Gläsern Lippenstift.

Ich schiele zu Honey, die sich weiter mit Lafayette unterhält.
Ob bewusst oder unbewusst – sie leckt sich gekonnt über die
Lippen. Kein Lippenstift mehr dran. Der Bereich um ihren
Mund sieht irgendwie gerötet aus, als hätte sie sich hektisch
über den Mund gewischt. Leider kann ich nicht sehen, ob noch
restlicher Lippenstift auf Honeys Handrücken ist.
„Sophie, kann ich dich nebenan sprechen?" Ich versuche,
meine Stimme neutral zu halten.
„Äh, ja, warte, ich komme", erwidert sie und wirft Honey
einen schnellen Blick. Das glaube ich sofort, dass du *kommst*.
Sie räumt den Besen und das Kehrblech zurück und huscht an
mir vorbei.
„Du siehst gut aus, Sophie", beginne ich und meine es wirklich
so. Sie trägt ein schwarzes schlichtes Kleid, das ihren kühlen
Teint unterstreicht. Ihre Haare hat sie oben auf dem Kopf zu
einem schönen Knoten gebunden, sodass ihr langer Hals gut
zur Geltung kommt. Sie trägt silberne Kreolen und schmale
Silberringe an den Zeigefingern.
„Danke, du auch. Das Hemd steht dir gut."
Heute ließ ich mich von Lafayette überreden, ein Hemd zu
tragen, sogar in Weiß und nicht in Schwarz. Mehr Farbe
brauchte ich wirklich nicht. Es reichte mir, dass Sophie mir
damals Weihnachtsboxershorts mit *Lebkuchenmännern* gekauft
hat – zu mehr Farbe in der Öffentlichkeit werde ich mich nicht
bekennen. Ich knöpfe die Ärmel auf und kremple diese hoch,
während ich sie nach ihrem Tag frage. Sie antwortet mir brav,
erzählt, dass Honey sich bei ihr gemeldet hätte. Also schlug sie
vor, Honey solle sie besuchen kommen, und sie würde etwas
kochen.
„Es roch nicht nach Essen, als ich reinkam", werfe ich ein.
„Wir beschlossen, mit dem Essen auf euch zu warten."
„Stattdessen habt ihr Wein getrunken. Hat der euch
geschmeckt?"
Sie nickt.
Während wir uns so unterhalten, nähere ich mich ihr, bis ich
direkt vor ihr stehe. Ich streichle ihre Wange und hebe sacht
das Kinn mit dem Finger an.
Sophie stiert auf meine Lippen, als sie antwortet: „Ja, hat er."

„Habe ich dir gefehlt, Sophie?" Ich dränge mich eng an ihren Körper und nehme ihre Hand, um sie mir auf den Schritt zu legen. Ich bin erregt, seit ich eine ungefähre Ahnung habe, *wieso* die beiden es nicht geschafft haben, zu kochen.
Fest presst sie ihre Hand auf meinen Schritt – eine Antwort bedarf meine Frage nicht mehr, als sie mich am Kragen packt und zu sich zieht, damit ich sie endlich küsse. Ungeniert reibe ich mich an ihrer Hand. Sie knöpft hektisch meine Hose auf und zieht sie ein Stück runter, wobei ich ihr helfe. Ihre Gier schiebt alles andere in den Hintergrund, und ich kann nur noch ihre flinken Finger an meinem Schwanz spüren und ihre Zunge um meine. Eigentlich hatte ich vor, sie Rede und Antwort stehen zu lassen, aber eine hungrige Frau lässt man nicht zappeln. Mir wird bei ihrem Tempo ganz schwindelig. Ich stütze mich mit den Händen an der Wand ab, weil sie bereits in die Hocke gegangen ist und meine Eichel lutscht. „Sophie, verdammt", fluche ich, weil sie genau weiß, wie sie meinen Schwanz lutschen muss, damit ich schnell zum Höhepunkt komme. „Nimm die Hände weg und lass den Mund offen", stöhne ich.
Sie stützt sich an meinen Oberschenkeln ab, während die Wand ihren Rücken stützt. Es dauert nicht lang, und ich spritze meinen Samen in ihren Mund.
Ich wische mir durchs Gesicht und muss erst einmal zur Puste kommen. „Sophie?"
Sie richtet sich auf, und ihr Kopf steckt wieder zwischen meinen ausgestreckten Armen. „Ja?" Hitzige Flecken bedecken ihre Wangen.
„Was sollte das?"
„Der Blowjob?"
„Natürlich der *Blowjob*", knurre ich.
„Ich wollte dir eine Freude bereiten." Sie lächelt mich verlegen an.
Ich stopfe mein Hemd in die Hose und knöpfe diese zu, als mein Blick auf ihre Brüste fällt. Ich runzle die Stirn und finde es merkwürdig, wie stark sich ihre harten Brustwarzen vom Kleid abheben. Was an sich ein schöner Anblick ist, wenn ich nicht zu aufgebracht wäre, über die Erkenntnis, dass meine

Frau keine Unterwäsche trägt. Ich strecke die Arme aus und umfasse ihre Brüste.

„Du … Du kannst dich später revanchieren", sagt sie schnell und versucht, sich aus meinem Griff zu befreien.

„Sophie", zische ich ihren Namen. „Sag mir bitte, dass du Unterwäsche trägst."

„Hunter!" Empört schiebt sie meine Hände weg, als ich den Rock hochheben will.

Genervt packe ich ihre Oberarme und wirble sie herum. Einen Arm verrenke ich auf ihrem Rücken. Sie flucht und tritt nach mir. Dann schiebe ich den Rock hoch. Nicht ein bisschen Stoff bedeckt weder ihren Hintern noch ihre Scham. Ich greife zwischen ihre Beine, und sofort entflieht mir ein Keuchen. Ihre Schamlippen sind geschwollen und feucht von ihrer Lust. Meine Finger gleiten zwischen ihre Lippen und finden den empfindlichen Kitzler. Sie flucht und schimpft, aber gleichzeitig hält sie still und schließt die Augen. Ich muss mich beherrschen, weil mich von Lust glänzenden Pussys immer schwach machen, insbesondere die meiner Frau. Ich reiße mich von ihr los und schiebe den Rock wieder runter. Sophie zupft am Saum und dreht sich zu mir, als sie sich gesammelt hat.

Ich räuspere mich. „Erkläre mir doch bitte mal, wieso meine eigene Frau keine Unterwäsche anhat", sage ich betont ruhig.

„Du kennst die Regel."

Sie spitzt die Lippen wie ein bockiges Kind, aber ihre Augen sprühen Funken. „Du kennst sie doch auch."

„Treib es nicht zu weit, Sophie", fauche ich kalt. „*Wie* lautet die Regel?"

„Ich habe tagsüber bis zum Schlafengehen Unterwäsche an, außer du bestimmst, dass ich *keine* tragen soll. Wenn Besuch erwartet wird, habe ich spätestens da welche anzuziehen, weil mein nackter Körper nur meinem Mann bestimmt ist."

Ich hasse es, wenn sie keine Unterwäsche trägt, wenn Besuch da ist. Ich will keine lüsternen Blicke auf meine Frau sehen, wenn sie entdecken, dass sie keinen BH trägt, und Frauen sollen nicht auf die Idee gebracht werden, schlecht über Sophie zu reden. Per se geht es mir darum, sie zu schützen.

„Schön, dass du sie nicht vergessen hast. Wie lautet deine Erklärung?“
Sie kaut auf dem Nagel ihres Daumens – ein sicheres Zeichen, dass sie innerlich aufgewühlt ist. Sie überkreuzt die Knöchel und lehnt sich an die Wand. Sie hadert mit sich, was irgendwie niedlich aussieht.
„Du hast ja die Gelegenheit gehabt, Honey kennenzulernen, und auch wenn du nicht viel mit ihr gesprochen hast, wirst auch du die Anziehungskraft gespürt haben.“
Honey hat wirklich etwas an sich, was man als Mann nur schwer ignorieren kann.
„Und jedes Mal, wenn sie bei mir war, bin ich schwach geworden. So wie in der Küche.“
„Ihr hattet Sex, nicht wahr?“
Sie zuckt bei meiner Frage zusammen.
„Schau mich an, wenn ich mit dir rede.“
Nur widerstrebend nimmt sie den Blick vom Boden.
Ich atme tief durch und stemme die Hände in die Hüften. Schweigend starren wir uns an, und ich merke, dass sie anfängt zu mauern.
„Der Blowjob war also nur, damit ich nicht herausfinde, dass du keine Unterwäsche anhast.“
Sie schweigt.
„Erzählst du mir, wieso du bei Honey so schwach wirst?“
Sie schweigt wieder, ihre Scham ist gerade viel zu groß.
„Sophie?“, ruft auf einmal Honey. „Seid ihr im Wohnzimmer? Oh, stör ich?“ Honey bleibt an der Tür stehen und schaut zwischen uns hin und her, Lafayette taucht direkt hinter ihr auf, der wie der wahrhafte Fels in der Brandung aussieht. Ich gehe jede Wette ein, dass die beiden sich geküsst haben.
„Nein, du störst nicht“, meldet sich Sophie zu Wort. „Wir sind …“
„… noch nicht fertig“, unterbreche ich sie. Verwundert hebt Honey die Augenbrauen, während Sophies tief ins Gesicht fallen. „Da meine Frau mit der Sprache nicht herausrücken will, wird es noch dauern.“
„Mit welcher Sprache?“ Neugierig schaut Honey uns an.

Auffordernd ziehe ich meine Brauen hoch, aber irgendwie hat
es meiner Frau die Sprache verschlagen. Ich zucke mit den
Schultern, sie will es nicht anders. „Nun, da du schon mal hier
bist, kannst du uns damit beehren, mit der Sprache
rauszurücken."
Honey zieht eine Braue hoch und wirft Sophie und mir jeweils
einen langen Blick zu, dann zuckt Goldlöckchen mit den
Schultern und beginnt zu lachen. „Wundert mich, dass Sophie
plötzlich so verkrampft ist."
Lafayette beugt sich vor und hält seine Lippen an ihr Ohr:
„Dann bin ich gespannt, *wie* unverkrampft du uns darüber
aufklären wirst."

Kapitel 29

Sophie

Als Honey mir schrieb, sie würde an mich denken, stand für
mich fest, dass ich sie nach Hause einlade. Zu *unserem*
Zuhause, in dem solange keine echte Freundin mehr war. Das
war das erste Mal seit Jahren, dass eine Freundin zu Besuch
kommt, und ich war aufgeregt. Vielleicht ein bisschen
übertrieben, aber ich fuhr vorher noch zu meiner Wohnung,
um mir ein Kleid zu holen. In aller Eile am Dienstag dachte ich
gar nicht daran, mir schicke Sachen einzupacken.
Als Honey dann vor unserer Haustür stand, pochte mein Herz
nervös in der Brust, und ich führte sie durchs Haus. Sie war
beeindruckt, weil sie fand, dass die Einrichtung einen ganz
eigenen Charme hätte. Das Mobiliar ist weder neu noch nobel,
aber – und das ist Honeys Aussage – es spiegelt unsere
Charaktere wider. Die Aussage fand ich etwas hochtrabend,
und doch ehrte es mich. Ich schenkte uns Wein ein, und wir
unterhielten uns über Irene bis Belangloses.
Tja, bis ich dann aufstand und eigentlich mit dem Essen
beginnen wollte.

„Es gibt da nicht viel zu erzählen", reißt Honey mich aus den
Gedanken und kommt zu mir, obwohl sie sich sichtlich wohl in
Lafayettes Nähe fühlt. Sie nimmt meine Hand in ihre und
zwinkert mir zu.
Ich schiele zu Hunter – mein Schoß prickelt immer noch. Der
Mann sieht verflucht scharf im Hemd aus, besonders, weil er
beim Barbier war und sich hat Haare und Bart schneiden
lassen. Ich hätte ihm so oder so den Schwanz gelutscht. Er kam
mir leider mit dem Argument in die Quere, dass ich den
Blowjob nur gab, um mich aus der Affäre zu ziehen. Ganz
unrecht hatte er nicht, aber blöd, dass ich aufgeflogen war.
Wenn ich ihm stecke, dass mein BH und mein Slip im Schrank
liegen, weil ich keine Zeit mehr hatte, mich anzuziehen, und
der Teller nur kaputt ging, weil ich hektisch vom Tresen

gesprungen war, um mein Kleid wieder zu richten, wird
Hunter vollends ausrasten. Eher weniger, weil ich Sex mit
Honey hatte, sondern weil ich es ihm verschweigen wollte.
Und noch weniger passt es *mir*, dass sie dazwischenfunkt. Ich
entziehe ihr meine Hand und bitte Lafayette und sie,
hinauszugehen. Kann sein, dass Honey sich zurückgewiesen
fühlt, aber wenn es darum geht, solch intime Details meinem
Mann zu erzählen, dann bin ich es und nicht sie, die das macht.
Der selbstgefällige Blick Hunters bedeutet, dass er wusste, dass
ich das nicht zulassen würde. Und wieder denke ich: Dieses
verfluchte Wiesel!
„Aber beeilt euch", wirft Lafayette ein. „Honey und ich wollen
mit euch essen gehen."
„Komm her, Sophie", fordert Hunter mich auf, dabei streckt er
mir seine Hand entgegen. Ich lege meine Hand in seine, und er
zieht uns auf die Couch. Er verlangt von mir, mich rittlings auf
seinen Schoß zu setzen, mit dem Rücken ihm zugewandt.
Verwundert über die Position schaue ich ihn über meine
Schulter fragend an. Er schlingt seine Arme um meine Mitte
und zieht mich nahe an sich ran, sodass ich seinen Atem im
Nacken spüren kann. Meine Haut wird sofort warm, und die
Stelle prickelt, an der sein Atem mich berührt hat.
„Manchmal kann man sich über Dinge unterhalten, wenn man
nicht von Angesicht zu Angesicht spricht."
„Von wem hast du denn das?"
„Scheinbar hat Lafayette – nebst Dokumentationen auf Netflix
– Ratgeberzeitschriften für sich entdeckt", seufzt er. Zu mehr
will Hunter sich nicht äußern. „Kommen wir zurück zum
Thema: Was läuft da zwischen dir und Honey?"
Ich blicke hinab auf seine Unterarme, die mich fest im Griff
haben. Die Sehnen stehen hervor, was ich bei einem Mann
überaus sexy finde. Sanft fahre ich die Sehnen mit dem Finger
nach, streichle seinen Arm und betrachte den Silberreif an
seinem Finger.
„Genau kann ich es nicht erklären. Ich fühle mich zu dieser
Frau so hingezogen, dass mein Verstand aussetzt. Ich bin
aufgeregt und doch entspannt in ihrer Gegenwart. Ich fühle
mich leicht und sorglos. Also, das soll nicht heißen, dass ich

mich nicht leicht und entspannt in deiner Gegenwart fühle, aber es ist halt anders …" Ich rede mich um Kopf und Kragen, aber das Sich-nicht-Angucken ist eine gute Sache – die Scham ist deutlich geringer.

Hunter beginnt zu lachen.

„Was ist so lustig?" Verärgert ziehe ich die Stirn kraus.

„Du redest ganz schön um den heißen Brei. Nennen wir das Kind beim Namen: Du bist total verknallt in sie."

Empört will ich von seinem Schoß springen, aber Hunter hält mich fest.

„Sophie, das ist in Ordnung für mich – weil wir von Honey sprechen, nicht von einem anderen Mann."

„Ich würde es nicht verknallt nennen", rede ich mich raus. „Es ist eine … eine …" *Verdammt.* Verzweifelt suche ich nach dem richtigen Wort. „Schwärmerei!"

Wieder lacht Hunter leise.

„Nenn es, wie du willst, Schatz, aber ich kann damit umgehen. Aber womit ich nicht umgehen kann …"

Hunter spannt sich an, ich versuche Abstand zu gewinnen. Denn jetzt wird's unangenehm.

„Ich kann nicht damit umgehen, dass du es mir verschweigen wolltest."

Seine Stimme wird schneidend, mir stellen sich die Nackenhaare auf.

„Zehn Schläge mit dem Rohrstock, damit du es beim nächsten Mal nicht vergisst, es mir zu erzählen."

Da ist mein Dom, mein Herr, dem ich gehöre, und mein Herz schmilzt dahin. Angst vor der Strafe habe ich nicht – eher vor den Schmerzen, die mich die nächsten Tage begleiten werden. Der Rohrstock ist ein effizientes Gerät, Gehorsam einzufordern.

„Du siehst das ein, Sophie?" Warnend legt er seine Hand schwer in meinen Nacken.

„Ja, Sir", antworte ich heiser.

Hunter bestand nie drauf, dass ich ihn mit Sir anspreche, aber mir war es ein Bedürfnis, ihn mit dem Titel anzusprechen, wenn ich ihm besonders viel Respekt zollen wollte. Und ich bin sicher, dass Hunter es bis heute genießt, wenn ich ihn so anrede.

„Auf den Boden mit dir, Rock hoch. Ich gehe den Rohrstock holen", knurrt er.

Bevor er das Wohnzimmer verlässt, zieht er mich plötzlich in seine Arme und küsst mich lang und tief. Seine Hände umrahmen mein Gesicht, und der Ehering liegt warm auf meiner Haut. Wie soll ich bloß Hunter erklären, dass ich den Ring verspielt habe? Ich muss unbedingt mit Honey sprechen. Vielleicht hat sie ja eine Idee. Langsam löst Hunter sich von mir, und ich schaue direkt in seine glühenden Augen.

„Wenn wir essen gehen, wirst du deine Unterwäsche anziehen."

Ich nicke. „Ja, Sir."

Dann gleite ich auf die Knie.

„Kopfgeldjäger", schwärmen Honey und ich synchron.

Hunter und Lafayette verdrehen die Augen gen Decke. Wir sitzen im Lokal, das an diesem Freitagabend gut besucht ist. Es ist laut, stickig und lebendig – wie herrlich! Wir sitzen zusammengepfercht in einer kleinen Nische, und doch kann ich mir nichts Schöneres vorstellen.

Honey hat irgendwie mit dem Thema angefangen, mit welchen Stars sie unbedingt Sex haben will – und das war eine verdammt lange Liste.

Fragt mich nicht, wieso sie unbedingt damit anfangen musste, aber es war zu komisch zu hören, wem sie alles *nicht* abgeneigt wäre. Na klar, dann durften die Kopfgeldjäger nicht fehlen.

„Das sind *keine* Stars", schimpft Hunter.

Hunter und Lafayette reagieren extrem empfindlich auf diese Kerle, weil sie ihnen oft genug potentielle Arbeitgeber vor der Nase weggeschnappt und eingesperrt hatten.

„Dafür, dass sie keine Stars sind, werden sie ziemlich oft in den Medien erwähnt", wirft Honey ein und lacht.

„Dieser Wyatt Hayes kann froh sein, dass sein Bruder der Bürgermeister von New York ist. Sonst würde er schon längst hinter Gittern sitzen. Er wäre sicherlich ein begehrtes Stück Fleisch für die Insassen."

„Wyatt Hayes", sage ich träumerisch.

Hunter beugt sich vor, sofort erfasst mich ein heißer Schauer. „Wenn du noch einmal den Namen erwähnst, wirst du freiwillig nach dem Rohrstock schreien, wenn ich mit dir fertig bin", knurrt er.

Bei der Erwähnung des Foltergeräts rutsche ich schmerzgeplagt über den Sitz, zugleich beginnt es im Unterleib zu ziehen.

Bis wir endlich zum Essen aufgebrochen sind, vergingen noch etliche Minuten. Hunter begnügte sich ausgiebig mit meiner Pussy, ohne mich zum Orgasmus zu bringen. Seitdem stehe ich etwas unter Strom und kann nur noch daran denken, befriedigt zu werden. Herausfordernd sieht er mich an. Ich hadere mit mir, wirklich, aber letzend Endes beiße ich mir auf die Zunge, währenddessen grinst er mich an.

Brauchen die Herrschaften noch was?" Eine flotte Kellnerin serviert uns das Essen und sieht fragend in die Runde.

„Ja. Ich brauche dringend Alkohol", seufze ich.

Spöttisch zieht Hunter eine Braue hoch, weil Honey einfach nicht aufhört, über die Kopfgeldjäger zu sprechen.

Irgendwann um Mitternacht kommen wir zu Hause an – ich völlig beschwipst, während den anderen der Alkohol scheinbar nichts ausmacht.

„Waren die Treppen schon immer hier?", lalle ich, als ich die drei Stufen vor der Haustür hochfliege.

„Vorsicht, Babe", ruft Honey aus.

Ein starker Mann zieht mich hoch, bugsiert mich ins Haus und hilft mir die Treppen hoch ins Schlafzimmer.

„Hunter? HUNTER!", rufe ich laut. Schlagartig knallt mir ein Gedanke durch die Gehirnstränge.

„Ich stehe direkt *neben* dir", faucht er und hält sich demonstrativ die Hand vors Ohr.

„Oh, hi", sage ich. Wo kommt er plötzlich her? Ich zucke mit den Schultern, ist ja auch egal. „Ich muss in die Küche."

„Wieso?"
„Meine Unterwäsche holen."
„Deine *was?*"
„Un-ter-wäsche", betone ich. „Hunter meckert, wenn ich keine Unterwäsche anhabe."
Wieso auch immer, aber der Mann neben mir seufzt genervt.
„*Sein* gutes Recht, wenn *seine* Frau die Unterwäsche ‚verliert'", faucht er.
Was ist dem denn für eine Laus über die Leber gelaufen?
Ich zucke wieder mit den Schultern, laufe schwerfällig die Stufen hinab, und der große Mann folgt mir, der mich dabei beobachtet, wie ich in die Küche gehe und den Schrank aufreiße.
„Sophie, *was* machst du da?"
„Mich anziehen", sage ich.
„Das darf doch nicht wahr sein", knurrt er.
„Was macht sie da?", höre ich plötzlich eine neue Stimme.
Ich drehe mich um und sehe Lafayette *und* Honey.
„Honey! Ich dachte, du wärst schon Heim."
„Ich bin doch mit dir gerade rein ins Haus", erklärt sie.
„Sophie, was machst du da?" Sie kommt zu mir und sieht belustigt drein.
„Mich an-zie-hen." Erneut betone ich die Silben.
„Ja, aber du bist doch …"
„Nicht, lass sie", mischt sich Hunter ein.
„Willst du sie so ins Bett bringen?", höre ich Lafayette fragen.
Was haben die bloß?!
Bei der Erwähnung des Bettes werde ich schlagartig müde.
Hunter nimmt meine Hand und zieht mich hinterher.
Lafayette drückt mir noch einen Kuss auf die Schläfe.
Hunter deckt mich zu und seine letzten Worte, bevor ich einschlafe, sind: „Das wirst du morgen bereuen."

Kapitel 30

Hunter

Mit Kopfschmerzen sitze ich am Küchentisch und lasse mir zu gerne von Lafayette den Kaffee bringen. Honey war in aller Herrgottsfrühe gegangen, sodass wir alleine in der Küche sind. Sophie schnarcht noch fröhlich vor sich hin. Wie können aus einem Frauenkörper nur solche Geräusche kommen?!
„Sophie schläft noch?"
Lafayette reicht mir die Kaffeetasse, ich nicke.
„Sie schnarcht wie ein verdammter Holzfäller. Aber du siehst auch nicht so aus, als hättest du viel Schlaf bekommen", bemerke ich spöttisch.
Selbstgefällig zieht er die Augenbraue hoch. „Das würdige ich keiner Antwort."
Den ersten Schluck Kaffee nimmt mein Körper wohlwollend auf, und ich versinke in Gedanken. Ich frage mich, wieso Sophie gestern so getrunken hat. Ob der Rohrstock zu viel für sie war? Ich würde nicht behaupten, dass sie überfordert war – eher erfreut. Ihre Wangen waren rosig, ihre Augen leicht gerötet von den Tränen. Schon beim ersten Schlag zuckte sie zusammen, weil sie nicht mehr trainiert war, aber ich hatte nicht das Gefühl, dass sie anschließend wütend auf mich gewesen wäre.
Ich rufe mir ihr Gesicht vor Augen, die Szene im Wohnzimmer nach den Schlägen. Sie war angespannt, fällt mir ein. Das münze ich darauf, dass ich sie nicht zum Höhepunkt gebracht hatte. Ich lehne mich auf dem Stuhl zurück und lege den Fußknöchel auf das andere Knie, trinke den Kaffee. Selbstbewusst schwillt mein Ego an, weil Sophie bettelte und flehte, ich solle ihr entweder den Gnadenstoß geben oder endlich Erlösung bringen. Ich reibe mir über die Augen und versuche, mich von ihrer nackten, feuchten Pussy zu lösen und auf andere Gedanken zu bringen. Dass ihr geschundener Hintern auf einmal vor mein inneres Blickfeld tritt, ist nicht hilfreicher als Bild ihrer Pussy. Mein Schwanz zuckt bei den Bildern.

„Woran denkst du?" Lafayette, der sich an den Tisch setzt,
nachdem er die Zeitung reingeholt hat, reißt mich aus meinen
Gedanken.
„Meinst du, Sophie hat gestern so viel getrunken, weil sie sich
nicht wohlfühlte?"
Lafayette runzelt angesichts meiner Frage die Stirn.
„Wie kommst du darauf? Es war ein lustiger Abend,
besonders, als deine Frau versuchte, sich die Unterwäsche
übers Kleid zu ziehen."
Ich seufze, gleichzeitig muss ich grinsen. „Das sah zu komisch
aus", gebe ich zu. „Aber nein, mal im Ernst: Meinst du, dass sie
mit irgendwas nicht zurechtkommt und es mit Alkohol
kompensiert?"
„Meinst du nicht, du interpretierst zu viel hinein? Es war ein
schöner und lustiger Abend – sie hat einfach nur zu viel
getrunken."
„Wahrscheinlich hast du Recht."
Ein paar Minuten sitzen wir schweigend da. Er studiert die
Zeitung, während ich einfach entspanne und es mir merklich
besser geht, bis Lafayette sich räuspert.
„Was hast du?"
Konzentriert legt er die Zeitung genau auf Falte zusammen
und platziert sie vor sich auf den Tisch. „Wirst du sauer, wenn
ich dir einen Vorschlag mache?"
„Kommt darauf an, was für ein Vorschlag es denn ist",
brumme ich.
Wir starren uns über die Tischplatte hinweg an, und wir
wissen beide, dass ich sauer werde.
„Wie du weißt, lese ich zurzeit sehr viel …"
„Frauenzeitschriften", werfe ich ein.
„Du kannst es nennen, wie du es willst, aber ja, durchaus
Frauenzeitschriften. Neulich bin ich über einen sehr
interessanten Artikel gestoßen, der von Ehebera…"
„Lafayette, ich warne dich: Sprich es lieber nicht aus", zische
ich.
Wieder starren wir uns an. Ich kann es an seiner Nasenspitze
ablesen, dass er es sagen wird, in drei, zwei, eins:
„… Eheberatung handelt."

„Du hast es gesagt!" Empört springe ich vom Stuhl auf. „Wie
kommst du auf so einen Schwachsinn?"
Dieses Mal ist er derjenige, der sich entspannt auf dem Stuhl
zurücklehnt und mich beobachtet, wie ich in der Küche auf
und ab tigere.
„Ich denke, dass Sophie, du und ich es uns ziemlich einfach
machen, indem wir so tun, als hätte es die drei Jahre nicht
gegeben. Das kann nicht gesund für eine Ehe sein."
„Könntest du das nicht Sophie und mir überlassen, wie wir es
in unserer Ehe handhaben?"
Er zuckt nicht mal mit der Wimper, als ich ihn so anfahre.
„Lass es dir durch den Kopf gehen. Und wenn du schon über
eure Ehe sprichst, dann vergiss nicht, dass ich quasi
miteingebunden bin. Also, sobald wir einen Termin bei einem
Eheberater haben, werde ich euch selbstverständlich
begleiten."
„Sobald?! Sag mal, hast du etwa schon einen Eheberater in
New York gefunden?"
„Du wirst nicht glauben, wie viele Eheberater es in New York
gibt. Es war gar nicht so einfach, einen ..."
„Halt die Klappe", fauche ich. „Ich muss das sacken lassen, ehe
ich mir weiter Gedanken drüber mache."
„*Gedanken worüber?*"
Sophie steht im Türrahmen. Sie muss geduscht haben, weil ihr
Haar feucht glänzt, das sie zu einem Zopf geflochten hat, und
trotz der Dusche sieht sie eher wie das *verblühte* Leben aus. Ich
wünsche Sophie einen guten Morgen und drücke ihr einen
Kuss auf die Stirn, anschließend dirigiere ich sie zum Stuhl.
Dankend nimmt sie den dargebotenen Kaffee.
„Wie geht's dir?", fragt Lafayette.
„Wie soll es einem gehen, der versucht hat, sich die zweite
Lage Unterwäsche übers Kleid zu ziehen?", murmelt sie.
Lafayette lacht leise.
„Hunter, wieso hast du mich *so* ins Bett gehen lassen?"
Belustigt zucke ich mit den Schultern. „Normalerweise bin ich
schnell dabei, wenn es darum geht, meine Frau von ihrer
Unterwäsche zu befreien ... aber es war einfach zu komisch."
Sophie sieht mich böse an, dann beginnt sie plötzlich zu

lachen. „Ich muss gestern echt gebechert haben. Mir tun die Knie wehe, wahrscheinlich vom Sturz auf die harten Stufen vor dem Haus."

Sie trägt eine bequeme schwarze Leggings und einen meiner Hoodies, in dem sie versinkt. Selbst Lafayette trägt noch seine karierte Pyjamahose und sein Pyjamaoberteil in Dunkelblau; normalerweise würde er am Samstagmorgen schon fertig angekleidet am Tisch sitzen. Die einzige Ausnahme ist der Sonntag.

„Wo ist Honey? Schon gegangen?"

„Ja, sie ist schon weg."

„Hattet ihr Sex?", fragt Sophie geradeheraus.

„Ja, hatten wir."

Schweigen.

Ich lehne am Küchentresen und sehe zu Sophie. Ihre Lippen bilden einen schmalen Strich, den sie an der Tasse zu verbergen versucht.

„Rede mit mir, Sophie", fordert Lafayette sie in seiner ruhigen Art auf.

Gespannt warte ich, dass sie den Mund aufmacht. Da ihre Wangen sich bereits röten, kann ich davon ausgehen, dass es gleich aus ihr herausplatzen wird.

„Wieso hast du sie nicht weggeschickt?" Ihr Ton ist scharf, was von der inneren Unruhe zeugt.

„Sie sieht gut aus, ist charismatisch und lustig. Da wir beide uns zueinander hingezogen fühlten, sah ich keinen Grund, sie zu bitten, nach Hause zu gehen."

Sophie zuckt mit den Schultern. „Okay." Angespannt steht sie mit der Tasse in der Hand auf und will die Küche verlassen.

„Sophie, setz dich hin. Wir sind noch nicht fertig", sagt er bestimmend.

Sophie spitzt die Lippen und sieht mich an. Auch ich gebe ihr zu verstehen, dass sie sich lieber setzen sollte.

„Ich möchte verstehen, was dich an der Tatsache stört, dass Honey über Nacht bei mir war."

Sophie legt ihre Hand an den Mund und überlegt angestrengt. Erst als sie sich die Worte zurechtgelegt hat, nimmt sie die

Hand weg. „Es ist dumm. Ich möchte nicht darüber sprechen“, weicht sie aus.

Da aber wir beide keinerlei Anstalten machen, sie gehen zu lassen, seufzt sie. „Es ärgert mich, dass Honey erst mich und dann dich gevögelt hat. Ist nur noch eine Frage der Zeit, bis sie Hunter fickt …“

„Sophie, das wird nicht passieren“, beschwichtige ich sie. Obwohl ich mich auch zu Honey hingezogen fühle, würde ich nichts mit einer anderen Frau wollen, außer mit meiner eigenen. Das Risiko ist mir zu hoch, meine Frau erneut zu verletzen und zu verlieren, was ich ihr auch sage.

„Es geht doch gar nicht um *euch*“, schimpft sie und sieht beschämt drein. „Ich dachte, zwischen Honey und mir würde etwas Besonderes sein. Es ist einfach nur lächerlich“, sagt sie leise.

„Du darfst gehen“, sagt Lafayette, und sie verlässt – mir einen kurzen Blick zuwerfend – mit hängenden Schultern die Küche.

„Hat sich Sophie gestern mit dir über Honey unterhalten? Was da genau zwischen den beiden ist?“

„Sie ist in Honey verknallt“, gebe ich preis. Ich hatte nur nicht geglaubt, dass die Gefühle so tiefgehen.

„Honey hatte so eine Bemerkung gemacht, und ich konnte mir keinen Reim drauf machen. Aber als sie heute Morgen ging, meinte sie, sie fände es unpassend, Sophie über den Weg zu laufen, um sie nicht zu verletzen. Also glaube ich, dass Honey schon bemerkt hat, dass Sophie Gefühle für sie hegt.“

„Aber Honey wird sich nicht so Gedanken machen, wenn sie nicht auch Gefühle für Sophie hegen würde, oder?“

Mir schwirrt der Kopf. Über solche Sachen mache ich mir selten Gedanken.

„Klingt, als wärst du bereit, dich mit Gefühlen auseinanderzusetzen.“

„Fang nicht wieder mit dem Thema an“, fauche ich.

„Gut, ich lasse es. Vorerst. Denn zuerst werden wir uns mit Sophie unterhalten.“

Gemeinsam gehen wir ins Wohnzimmer, wo Sophie aus dem großen Fenster starrt, das zum Garten zeigt. Es regnet.

„Ist schon okay, Jungs", sagt sie, ohne sich umzudrehen. „Ich komm zurecht."

„Das wissen wir", stimmt Lafayette ihr zu und tritt hinter sie. Er legt die Arme um ihren Oberkörper, dabei legt er zärtlich die Wange auf ihren Scheitel. Ohne Eifersucht sehe ich zu, wie Lafayette sie in seinen Armen wiegt. Sie flüstern miteinander, aber laut genug, dass ich sie verstehe. Lafayette entschuldigt sich bei ihr, erklärt ihr aber, dass Honey ein schlechtes Gewissen hätte.

Sophie ruft mich dazu, streckt die Arme nach mir aus. Sophie wird von uns eingekeilt, und sie genießt unsere Wärme und Geborgenheit. Noch vor wenigen Tagen stand ich zwischen den beiden und brauchte die Nähe der beiden, um mich geerdet zu fühlen.

„Sagt, worüber habt ihr euch unterhalten, bevor ich in die Küche kam?" Sophie hebt den Kopf und sieht uns abwechselnd an.

Ich seufze. Natürlich hakt sie nach.

„Eheberatung", sagt Lafayette schlicht. Ihre Augenbrauen schießen in die Höhe. „Ernsthaft?"

„Er hat wieder in Frauenzeitschriften geblättert", werfe ich brummend ein.

„Stimmt! Hunter erwähnte da was von vielem Lesen in Zeitschriften." Sophie neigt ihren Kopf in den Nacken, um Lafayette in die Augen zu schauen.

„Ja, ich will mich genügend informieren."

„Worüber? Über Frauen?"

„Über schwangere Frauen", gibt er zu.

„Schwanger?!" Sophie beendet die Kuschelrunde und dreht sich zu Lafayette, dabei verschränkt sie die Arme vor der Brust.

„Meine Schwester ist schwanger, und ich will mich eben …"

„Sie ist SCHWANGER?" Freudig springt sie ihm um den Hals. „Wann ist es soweit? Gibt es schon einen Geburtstermin? Ich muss sie unbedingt treffen. Nein, wir laden sie zu uns ein."

„Mein Neffe soll nächstes Jahr im März kommen …"

„Es wird ein Junge! Ich muss unbedingt Babysachen shoppen – wie aufregend!"

Für sage und schreibe dreißig Minuten werde ich ignoriert, während sie sich über Schwangerschaft unterhalten und Lafayette, der er es nicht erwarten kann, Onkel zu werden. Bis Sophie auf einmal auf ein Thema zurückkommt, das mir säuerlich aufstößt: „Also Eheberatung, ja?"
In diesem Moment schellt es an der Tür.
„Ich erwarte niemanden", erwidert Lafayette auf meinen fragenden Blick hin.
„Wir reden später drüber", erinnert mich Sophie, ehe ich zur Tür gehe.
„Mr. Moffett", rufe ich überrascht aus, Karl steht direkt hinter ihm, der mir einen finsteren Blick zuwirft. „Ist alles in Ordnung?"
„Ich bin nicht sicher." Er tritt ein, ohne dass ich ihn aufgefordert habe. „Seit zwei Tagen versuche ich, meine Chauffeurin zu erreichen, die zwar auf meine Nachrichten antwortet, aber nicht ans Telefon geht, wenn ich sie anrufe. Also bin ich zu ihrer Wohnung hin, und sie machte nicht auf. Eine alte Dame sagte mir, dass es ganz schön turbulent in Sophies Wohnung zuging und Männer hätten sie mitgenommen. Ich glaube, sie ist entführt … Sophie?!" Chris steht zwischen Lafayette und mir, und während er sprach, sah er mich an, bis er sich zu Lafayette dreht und Sophie hinter ihm erblickt.
„Chris!"
Moffett stürmt auf sie zu und zieht sie in seine Arme.
Ich werde ihm jeden Muskel in seinen Armen brechen! Stattdessen drehe ich mich weg und knöpfe ich mir Karl vor. „Wieso zum Teufel hast du nicht eine Nachricht geschickt?"
„Das habe ich", knurrt er leise. „Aber keiner von euch Arschlöchern hat reagiert."
Ich seufze genervt und schließe die Augen, um bis zehn zu zählen, ehe ich die Bombe platzen lassen. Mit den Händen in den Hüften wende ich mich zu Chris und Sophie, der sie eine Armeslänge von sich hält, um ihr Gesicht zu studieren.
„Mr. Moffett, wären Sie freundlich und würden meine Frau loslassen?"

Kapitel 31

Sophie

Ich dachte, heute Morgen in Unterwäsche aufzuwachen, die ich mir im Suff übers Kleid gezogen hatte, wäre das Beschämendste, das ich je erleben würde. Ich irrte mich – gewaltig. In diesem Augenblick wünsche ich mir sehnlichst ein riesiges Loch herbei.

Chris sieht verdattert drein, und Hunter könnte nicht selbstzufriedener aussehen, obwohl er kurz zuvor danach aussah, Chris die Arme ausreißen zu wollen.

Ich seufze schwer und weiche einen Schritt zurück, dabei verschränke ich die Arme vor der Brust. Ich ärgere mich, dass ich nicht auf seine Anrufe reagiert hatte, denn so hätte ich ihm die Sorgen nehmen können. Aber er ging mir ziemlich auf den Senkel mit seinen Anrufen und dass er gar nichts darauf gab, dass meine Nachrichten knapp formuliert waren.

Irgendwie hat er kein Gespür dafür, dass ich keine Lust hatte, mich mit ihm zu unterhalten. Gut, er war schon immer ein selbstverliebter Mann, aber plötzlich habe ich Hunter und Chris im direkten Vergleich. Vorher nahm ich Chris oft als weich und warm wahr, aber jetzt steht er da, zwischen zwei starken Männern, die selbst vor Selbstbewusstsein strotzen, und irgendwie geht Chris' Persönlichkeit unter.

„Sophie, was soll das heißen? Habt ihr etwa diese Woche geheiratet, und du hast dich deswegen krankgemeldet?" Tief zieht er seine Augenbrauen ins Gesicht und studiert prüfend meine Hände.

Ich blase die Wangen auf und atme langsam die Luft aus.

„Nicht ganz …" Ich stocke, weil Hunter mich warnend ansieht. Als wäre das nicht genug, beginnen meine Pobacken zu kribbeln. Es ist nicht einmal zwölf Stunden her, dass Hunter mir den Rohrstock über den Hintern zog, und meine Haut schmerzt und spannt. „Hunter und ich sind seit fünf Jahren verheiratet."

„Was?" Der arme Chris steht verdattert da. „Wie ist das
möglich? Dein Nachname …" Er bricht ab und ordnet seine
Gedanken.

„Ich habe einen falschen Nachnamen angenommen", erkläre
ich. Trotz des Geldes, das ich hatte, war es nicht einfach, an
einen gefälschten Pass zu kommen. Man kann schlecht im
Internet nach einem Anbieter suchen. „In Wirklichkeit heiße
ich Sophie Clark – Mrs. Hunter Clark", sage ich. Als ich zu
Hunter schaue, schwillt seine Brust an. Ich kehre kurz in mich,
ordne meine Gefühle, und es fühlt sich gut und richtig an, den
Namen zu sagen.

„Aber wieso? Ich verstehe das nicht." Er hält inne. „Ist das ein
kranker Plan zwischen dir und Hunter, mich zu hintergehen?!"
Rote Flecken bilden sich auf Chris' Wangen, und er macht
einen Schritt auf mich zu.

Sofort schiebt sich Lafayette zwischen uns und baut sich
drohend vor ihm auf. „Mr. Moffett, bitte, beruhigen Sie sich.
Bei einer Tasse Kaffee können wir sicherlich einiges klären."
Um Chris nicht unnötig zu provozieren, wage ich es nicht, zu
Hunter zu gehen. „Chris, es tut mir leid, dass du es auf die
Weise … Wer ist das denn jetzt?"

Jemand klopft fest an die Haustür, und ich seufze. Meine
Kopfschmerzen bohren ein Loch in meinen Schädel. Lafayette
bugsiert Chris in die Küche, der nur unwillig mitgeht. Hunter
und ich wechseln müde Blicke, als Karl die Tür öffnet.
Schlagartig wird mir kalt, und Hunter spannt sich merklich an.

„Guten Morgen, Lionel. Ich wusste gar nicht, dass wir
verabredet waren", sagt Hunter sarkastisch.

Karl schlägt seinen Mantel zur Seite und greift nach seiner
Waffe, die an seiner linken Seite befestigt ist. Drohend sehen
sich Lionel und Karl sekundenlang an, in der Zeit halte ich die
Luft an. Hunter hebt beschwichtigend die Hände und
versucht, keine Hektik reinzubringen, so als bewege er sich auf
einem Minenfeld. Eine falsche Bewegung, und wir fliegen alle
in die Luft.

„Sir, es wäre sehr bedauerlich, meine eigene Waffe zücken zu
müssen", sagt Lionel im hochgestochenen Ton.

Karl dagegen sieht aus, als würde er den Lackaffen nur zu gerne über den Haufen schießen. Insgeheim bin ich auf Karls Seite, aber bedauerlicherweise weiß ich zu gut, wie Lionel kämpfen kann.

Lionel wendet sich an Hunter und grinst ihn an. „Wie ich sehe, haben Sie sich gut von der Tracht Prügel erholt." Lionel amüsiert sich wirklich, das Lächeln erreicht sogar seine Augen. Still beobachte ich die Männer, auch Lafayette stößt dazu und nimmt den Posten eines stillen Beobachters ein – unmittelbar neben mir.

„Was wollen Sie?", knurrt Hunter. „Dieses Mal ohne ihr Frauchen unterwegs?"

Lionel lacht auf. „Irene hat für das Wochenende ein Zimmer im Wellness-Hotel gebucht. Sie hat mich gebeten, ihre Tochter aufzusuchen und ihr zu sagen, sie möge doch am Montagmorgen ihre Mutter zu Hause besuchen."

Zu Hause. Ich bin seit fünf Jahren nicht mehr zu Hause gewesen. Mein Herz rutscht mir in die Hose, und ich spüre, wie mein Gesicht anfängt zu kribbeln.

Hunter legt seine Hand schwer auf meine Schulter und fragt, ob ich es schaffe. Ich nicke schwerfällig, aber ja, es geht.

„Hat sie gesagt, wieso?", frage ich mit fester Stimme.

„Ms. Goldberg, ich denke, Sie wissen, warum Irene Sie sehen will." Unheimlich, wie Lionel einen väterlichen Ton anschlagen kann.

„Lionel – was machen Sie denn hier?" Chris hat seinen Kopf aus der Küche gesteckt, und als er erkennt, wer da in unserem Hausflur steht, tritt er hervor, geht zu ihm und schüttelt ihm die Hand. „Wie ich hörte, ist Irene auf freiem Fuß. Wie geht es ihr?"

Die beiden unterhalten sich, als wären wir nicht anwesend, und Hunter schüttelt entnervt den Kopf.

„Ich muss Ihren Small Talk an dieser Stelle unterbrechen", poltert Hunter. „An der nächsten Ecke gibt es ein Café, wo es auch köstlichen Bacon gibt."

„Irene wird sich freuen, von Ihnen zu hören, Mr. Moffett", sagt Lionel. „Also, Mrs. Goldberg, Ihre Mutter erwartet Sie am Montagmorgen – sagen wir neun Uhr? Wenn Sie möchten, kann ich Sie abholen …“

„Ich werde sie begleiten und selbst fahren“, zischt Hunter und öffnet die Haustür.

Lionel winkt, als würde er sich von Freunden verabschieden. Synchron atmen wir erleichtert auf, als Hunter die Tür hinter Lionel schließt. „Arschloch“, knurrt er hinterher.

„Wer von Ihnen möchte mich darüber aufklären, dass meine Chauffeurin die Tochter von Irene Goldberg ist?“, fragt Chris in die Runde. Er ist wütend und fährt sich aufgebracht durchs Haar, dabei funkeln seine Augen vor Zorn. Dahin ist seine affektierte Art, und dahinter kommt ein verzogener Bengel, dem das Spielzeug aus der Hand gerissen worden ist, hervor. Wir gehen gemeinsam in die Küche, Lafayette hat bereits neuen Kaffee aufgesetzt, den ich uns schweigend einschenke. In Chris brodelt es, das sehe ich. Es nützt nichts, es weiter auf die lange Bank zu schieben, also beginne ich, mich zu erklären. Natürlich lasse ich die Tatsachen weg, dass ihm Cops auf den Fersen sind und dass ich meine eigene Mutter bestohlen habe. Dann frage ich ihn, woher denn Irene kenne; er erzählt, dass die beiden sich auf einem Gala-Abend begegnet seien, und seitdem stünden sie im Kontakt. Ich hake gar nicht erst nach, wie genau dieser Kontakt aussieht, sonst stülpt sich mein Magen um.

„Nun, dir ist klar, dass ich dich nicht weiter als Chauffeurin beschäftigen kann“, sagt Chris. „Eine Goldberg kann nicht länger als Angestellte arbeiten. Das würde uns unnötig schaden, Sophie. Das siehst du ein, oder? Da du verheiratet bist, wirst du auch nicht länger mein Bett teilen können …“

„Richtig, das *kann* sie nicht“, faucht Hunter wütend.

Chris und Hunter funkeln sich wütend an – Hunter, weil er eifersüchtig ist, und Chris, weil er erkennt, dass er nicht mehr am längeren Hebel sitzt. Wie gesagt: verzogener Bengel und Spielzeug und so.

„Aber was ich *kann*, und das mit Vergnügen: Sie feuern. Das war eine kurze Zusammenarbeit, aber Sie verstehen: kein Vertrauen, kein Arbeitsverhältnis.“ Chris steht auf und schaut überheblich auf Karl, Lafayette und Hunter hinab, mich ignoriert er komplett, dann verschwindet er, ohne darauf zu warten, dass einer von uns aufsteht.

Die Tür knallt ins Schloss, dann herrscht Ruhe.

„Was für ein Morgen", murmle ich und reibe mir das Gesicht.

„Das wird nichts im Vergleich zu Montag", warnt Lafayette vor, und ich befürchte, er wird Recht behalten.

Kapitel 32

Hunter

Ich pfeife angesichts des Luxus durch die Zähne, während
Sophie aussieht, als würde sie auf dem Weg zum Schafott sein.
Seit Samstag schweigt sie behaglich, wie es in ihr aussieht, hat
mich gestern bestiegen, als sei ich ein scheiß Hengst, und aß
Eis bis zum Abwinken.
Lafayette wollte uns begleiten, aber tatsächlich entschied sie
sich dagegen, weil sie glaubte, dass ihre Mutter
Familienangelegenheiten gerne in der Familie lassen will – und
ich sei eben der Schwiegersohn.
Ich sehe es anders, aber da Sophie sich in einer Art Blase
befindet, die sie das ganze Wochenende umgab, schien es mir
sinnvoller, ihr nicht zu widersprechen.
„Hier bist du aufgewachsen?", frage ich Sophie ungläubig.
Bisher bewegte ich mich selten durch die Upper East Side – ein
besonders nobles Viertel von Manhattan. Meine Klientel
bewegt sich eher in der mittelständischen Klasse.
Wir laufen durch die marmorne Halle zum Empfang, um uns
anzukündigen. Die Empfangsdame erkundigt sich bei Irene,
die unseren Besuch bestätigt, anschließend begleitet sie uns zu
den Fahrstühlen, die versteckt um die Ecke liegen. Verstohlen
wirft die Empfangsdame Sophie Blicke zu. Als Sophie sich mit
Tochter der Goldberg ankündigte, konnte die Dame ihren Augen
nicht trauen, wer da vor ihr stand. Die Tochter der Goldberg,
die man seit Jahren nicht mehr in diesem Gebäude gesehen
hat. Als wäre Sophie ein Promi. Sie ist leider weiter in ihrer
Blase gefangen und nimmt nicht wahr, was um sie herum
geschieht.
Wir verlassen den Fahrtsuhl und laufen durch einen mit
Kunstgemälden behangenen Flur. Es ist Punkt neun Uhr am
Morgen, und es regnet aus Kübeln. Das Wetter und die
Goldbergs drücken mir aufs Gemüt, und ich hätte keinerlei
Bedenken gehabt, Irene warten zu lassen. Aber da Sophie der
Meinung war, auf Teufel komm raus pünktlich zu sein, sah ich
mich gezwungen, aufzustehen, obwohl mein Schoß sich wund

anfühlte und ich jeden verdammten Muskel im Unterleib spüren konnte, als hätte ich an einem beschissenen Triathlon teilgenommen.

Vom Flur gehen nur drei Türen ab – und eine Doppeltür, vor der wir stehen bleiben. Sophie hebt den Arm, aber bevor sie anklopft, halte ich sie auf.

„Schau mich an, Sophie", flüstere ich.

Sie nimmt den Blick von der Doppeltür und sieht mich an. Sie sieht blass aus, und ihre Augen zieren dunkle Ringe. Sie hat sich heute für Bluejeans entschieden, eine schwarze Bluse und einen schwarzen Blazer, darüber trägt sie einen schlichten schwarzen Mantel. Ihre Haare hat sie zu einem straffen Zopf gebunden. Sie hielt sich lange im Bad auf, um die Haare mit einem Stab zu einzelnen Locken zu formen. Sie fluchte, und irgendwas ging zu Bruch, aber ich fragte lieber nicht, was sie denn darin mache.

Sie umklammert fest die Henkel ihrer Louis-Vuitton-Tasche. Von ihren Erzählungen weiß ich, dass sie einige solcher Taschen besitzt, die aber bei ihrer Mutter zu Hause sind. Zu besonderen Anlässen kramte sie immer diese Handtasche hervor – die einzige, die sie nach unserer Hochzeit, als sie bei uns einzog, mitnahm.

„Ich bin bei dir, okay? Egal, was kommt, ich bleibe bei dir."

Sie schließt die Augen, atmet tief ein und aus und drückt zuversichtlich meine Hand, ehe sie an der Tür klopft. Ein Dienstmädchen macht uns die Tür auf, bittet uns herein und nimmt uns die Mäntel ab. Der Eingangsbereich ist relativ klein und holzvertäfelt – der einzige Blickfang ist ein Ölgemälde, das wie in einem Museum ausgeleuchtet ist.

„Picasso", sagt Sophie angespannt.

„Deine Mutter hat einen Picasso hier hängen?!"

„Es ist nicht das einzige Gemälde eines bekannten Künstlers im Penthouse."

Vor uns befindet sich eine weitere Doppeltür.

„Wollen wir nicht reingehen?", frage ich etwas planlos.

„Nein. Das Dienstmädchen bringt unsere Jacken weg, dann öffnet sie mit einem Chip die Tür zum Wohnzimmer." Sie zeigt auf das schwarze quadratische Feld links der Tür. „Den Gang da lang läufst du in die Küche." Sophie dreht sich zum Flur, der rechts vom Haupteingang führt. „Mom hasst die Gerüche aus der Küche im Penthouse. Von dort gelangt man ins Esszimmer. Aber auch vom Wohnzimmer führt natürlich ein Weg ins Esszimmer. Mit Freunden spielte ich gerne Fangen, wir rannten oft hier lang, ehe Irene die Sicherheitsmaßnahme mit dem Chip einführte."

Ich möchte irgendwas sagen, um Sophie aufzumuntern, doch in diesem Augenblick kommt das Dienstmädchen zurück, greift in die Tasche ihrer Schürze und hält den Chip vor das Feld. Es gibt ein leises Klicken, und das Mädchen dreht den Türknauf.

„Bitte, Mrs. Goldberg erwartet Sie bereits im Salon. Soll ich Sie begleiten?"

„Nein, nicht nötig."

Das Wohnzimmer ist verflucht groß und die Aussicht – wenn das Wetter nicht so bescheiden wäre – sicherlich imposant. Die gesamte gegenüberliegende Seite besteht nur aus Fenstern – es ist der Wahnsinn. Ich durchquere den Raum und genieße den Panoramablick.

„Komm, Hunter", ruft Sophie, die bereits links abbiegt. Sie ignoriert völlig die Fensterfront, als existiere diese gar nicht. Das Interieur ist sehr nobel, und es macht fast den Eindruck, als wäre das ein Ausstellungszimmer. Man sieht keine eingerahmten Fotos, kein unnützes Dekor, keine Gebrauchsspuren. Selbst die Fenster sind streifenfrei geputzt. Widerwillig wende ich mich vom atemberaubenden Anblick ab und hole auf halben Wege Sophie ein, die keinen Blick für die Einrichtung hat.

Im Salon treffen wir auf Irene, die auf der Couch sitzt und Kaffee trinkt, dabei blättert sie in der *New York Times*. Irene macht keine Anstalten, sich zu erheben oder uns zu begrüßen und liest den Artikel in der Zeitung einfach weiter. Ich lege Sophie meine Hand in ihren Nacken. Die Geste soll sie stärken und beruhigen zugleich. Aber auch ich brauche die Berührung mit Sophie, um nicht in Irenes Gegenwart aus dem Gleichgewicht zu geraten. Die Couch, auf der Irene sitzt, ist schmal und steht hoch auf grazilen, metallenen Füßen. Der

Bezug ist schwarz mit feinen Rosen. Dem gegenüber steht genau die gleiche Couch, und dazwischen befindet sich ein dunkler Tisch. Ein dicker Fellteppich liegt ausgebreitet vor einem anmutigen Kamin, der nicht aussieht, als wäre er oft angezündet worden. Auch hier setzt sich der Panoramaausblick fort. In der einen Ecke befindet sich eine Treppe, die nach unten führt. Ich vermute, dass sich dort die Schlafräume befinden. In der anderen Ecke befindet sich eine vollausgestattete Bar.

„Guten Morgen", begrüßt Irene uns und klappt die Zeitung zu. Sie trägt wieder ein elegantes Kostüm und ein feines Tuch um ihren Hals. Ich betone es wieder: Sophie hat eindeutig das Aussehen ihrer Mutter geerbt.

„Darf ich euch Kaffee anbieten?" Sie greift zur Porzellan-Kanne, doch Sophie winkt ab.

„Nein, danke. Wir wollen nicht lange bleiben. Also, was willst du?"

Irene lässt sich gar nicht darauf ein, stattdessen schenkt sie sich Kaffee nach. „Hunter, und Sie wollen wirklich keinen Kaffee?" Neben der Kanne auf dem Tablett stehen zwei Tassen für uns. Ich verneine und warte, bis Irene den nächsten Schritt macht. Doch sie lässt sich alle Zeit der Welt und fordert uns nur auf, uns zu setzen. Ich bete kurz, dass die schmale Couch mein Gewicht aushält, bevor ich mich neben Sophie setze. Ich achte darauf, dass mein Hosenbein nicht zu sehr hochrutscht, weil ich es dieses Mal wie Lafayette gemacht habe: Ich habe mir eine Waffe um den Knöchel geschnallt. Aber von Lionel ist weit und breit nichts zu sehen.

„Wie war Ihr Wochenende im Spa-Hotel?", frage ich.

„Nach fünf Jahren im Gefängnis war das Balsam für meine Seele. Endlich sehe ich wieder vorzeigbar aus. Apropos vorzeigbar: Wie ich sehe, hast du dich herausgeputzt, Sophie. Schick gemacht für Mami?"

Sophies Wangen werden heiß, und sie spitzt die Lippen. „Bitte, komm zum Punkt, Mutter."

Irene lächelt leicht und stellt die Tasse auf den Untersetzer, dann steht sie auf. Ich sehe, dass sie Pumps trägt – diese Frau hat Stil und Flair.

Ich lege Sophie meine Hand auf den Oberschenkel, und sie legt
ihre Hand, die ganz kalt ist, auf meine. Stille legt sich über
unsere Köpfe, aber erstaunlicherweise keine unangenehme,
selbst als Irene zurückkehrt und uns einen schmalen braunen
Hefter überreicht.
„Was ist das?", frage ich stirnrunzelnd.
Sophie hat den Hefter in die Hände genommen und
aufgeschlagen, wobei ich nur Zahlen und Daten sehe, die mir
nichts sagen.
„Och, ich denke, Sophie weiß ganz genau, was das ist",
erwidert Irene, die ihre Beine übereinanderschlägt und wieder
die Kaffeetasse in den Händen hält. „Nicht wahr, mein
Schatz?"
Der Blick ist stechend, und urplötzlich verschwindet die
angenehme Ruhe und weicht dem Sturm, der sich auftut.
„Mom, das ist über fünf Jahre her", verteidigt sich Sophie. „Ich
war jung und dumm …"
„Nun, als Akt einer Dummheit würde ich das nicht
bezeichnen. Nein, nein, meine Tochter war schlau genug, mich
so zu hintergehen, dass ich nichts bemerkt habe. Ich muss
gestehen, zuerst war ich nicht glücklich darüber, dass ich
bestohlen wurde, doch als man mich darüber aufklärte, wie du
das angestellt hast, muss ich zugeben, war ich beeindruckt."
So langsam verstehe ich, was Sophie in den Händen hält: Es
sind Bankdaten mit den jeweiligen Transaktionen. Ich blicke
von den Zahlen auf und sehe Irene an, die weder verärgert
noch stolz dreinblickt. Aber ihre Augen glühen förmlich –
hinter der aufrechten Fassade glüht ein Feuer, und ich bin
nicht sicher, ob wir das erleben wollen. Ich mache mir zu große
Sorgen um Sophie, deren Augen zwar auch glühen, aber eher
vor Angst und Magenschmerzen, weil sie nach Jahren wieder
ihr Zuhause betreten hat, in dem sie ihre gesamte Kindheit
verbracht hat und ihrer Mutter gegenüber sitzt, die seit einer
Woche auf freiem Fuß ist.
„Mom, ich gebe dir die Zugangsdaten zu den Konten …"
„Wer sagt, dass ich den lächerlichen Betrag zurückhaben
will?", unterbricht Irene ihre Tochter. „Ich brauche das Geld
nicht und will es auch gar nicht zurückhaben. Ich will nur eine

Sache, und auf diesem Wege bekomme ich letzten Endes das,
was ich schon immer wollte.“
Schlagartig nimmt mein Herzschlag Fahrt auf, ein mulmiges
Gefühl bahnt sich an. Auch in Sophie regt sich dieses Gefühl.
„Irene, was wollen Sie, wenn Sie nicht das Geld möchten?“,
greife ich ein.
„Das liegt doch auf der Hand.“ Sie lehnt sich erneut zurück
und kostet den Moment aus. „Ich will dich, Sophie.“

Kapitel 33

Sophie

Der Eisklumpen, der sich gestern in meinem Bauch formte, nachdem ich viel zu viel Eis gegessen hatte, ist nur die Spitze des Eisberges, der sich soeben im gesamten Körper Bahn bricht.
Ich kralle mich an Hunters Hand fest, die immer noch auf meinem Oberschenkel ruht. Hunter, selbst verwirrt über die Aussage meiner Mutter, strahlt weiter Selbstbewusstsein und Stärke aus, und ich wünschte, ich könnte das auch von mir behaupten. Sie sitzt auf der Couch, als wäre das ein beschissener Thron.
„Was genau meinen Sie, Irene?", fragt Hunter als erster von uns.
„Sophie hat nicht viele Optionen in ihrer gegenwärtigen Situation, nicht wahr? Ich meine, ich könnte zur Polizei gehen und meine eigene Tochter wegen Steuerhinterziehung anzeigen. Aber so grausam kann keine Mutter sein, oder doch?" Paradoxerweise zwinkert sie uns zu, als schmiedeten wir gemeinsam einen Komplott, aber der Seitenhieb sitzt, und ich zucke zusammen. „Dann könnte ich der Polizei gleich mitteilen, dass du Dokumente hast fälschen lassen und unter falschem Namen unterwegs bist. Blättere weiter im Ordner."
Ich schlucke und tue, was sie sagt. Ich stöhne auf. Sie hat eine Fotokopie meines gefälschten Passes. Das darf nicht wahr sein.
„Aber ich denke, mit mehr als einer Bußgeldstrafe dürftest du nicht rechnen. Das wäre kein gerechter Ausgleicher für die fünf Jahre im Gefängnis – das sehen wir ein, nicht wahr?"
Hunter wird wütend, seine Hand zerquetscht meinen Oberschenkel.
„Also worauf wollen Sie hinaus, Irene?", knurrt er.
Ein harter Zug legt sich um Irenes Mund, und sie beugt sich vor. „Ich will, dass Sophie für mich arbeitet und endlich eine anständige Goldberg wird. Sie soll erwachsen werden und einsehen, dass es unsinnig ist, sich dem Erbe zu widersetzen, das ich hinterlassen werde, wenn ich nicht mehr bin."

„Auf keinen Fall …" Hunter springt auf und hält inne, als ich
eine Antwort murmle. „Was hast du gesagt?" Er sieht mich
stirnrunzelnd an.
Ich räuspere mich. „Einverstanden", wiederhole ich mich.
Übelkeit brodelt in mir, und gleichzeitig sind meine Gedanken
klar wie nie zuvor.
Hunter starrt mich an, als wäre ich nicht ganz bei Trost. Irene
hat sich schneller im Griff, und ein triumphierendes Lächeln
macht sich in ihrem Gesicht breit.
„Könntest du uns für einen Augenblick allein lassen, Mutter?"
Irene steht auf, und ich warte, bis sie den Salon verlassen hat.
„Was ist los, Sophie?"
Ich stehe auch auf und tigere vor dem Kamin auf und ab, dabei
kaue ich auf meinen Daumen. „Hunter, überleg doch. Eine
Frau wie Irene wird mich nie loslassen und mein Leben leben
lassen, wie ich es will. Sie hat Möglichkeiten, mich jederzeit
und überall zu finden. Sie wird immer irgendwas gegen mich
in der Hand haben."
„Sie wird auch weiter gegen dich was in der Hand haben –
egal, ob du für sie arbeitest oder nicht! Das wird nicht einfach
verschwinden. Denk doch nach …"
„Ich denke, Hunter!", fauche ich. Wir starren uns über die
Couchgruppe hinweg an. Hunter ist wütend und hat die
Hände in die Hüften gestemmt.
„Ich weiß, dass du auf Luxus keinen Wert legst, aber meinst du
nicht, dass es schön wäre, die Möglichkeit zu haben, in einem
Penthouse wie diesem zu wohnen?"
„Findest du unser Haus nicht schön?", fragt er verletzt.
„Doch, natürlich! Aber es ist schön zu wissen, dass man sich
das leisten *könnte*. Wir könnten Urlaub machen, wo wir wollten
– wir haben uns Urlaub verdient."
„Verdammt, das haben wir", stimmt er brummend zu.
„Wir könnten eine Yacht chartern und auf der Yacht mitten im
Meer Sex haben … Du weißt, auf welche Szene ich anspiele?"
Vor kurzem schauten wir den Film *365 Tage* auf Netflix, und
weil Hunter so scharf wurde, musste ich ihm während des
Films den Schwanz blasen. Selbst einen Mann wie Hunter
kann man mit Sex locken.

„Oh, ja!" Ein dreckiges Grinsen zeichnet sich auf seinen Lippen ab, was schnell wieder verschwindet. „Das ist kein faires Argument!" Warnend hebt er den Zeigefinger.

„Ich versuche dir nur zu erklären, welche Vorteile es hätte, wenn wir für Irene arbeiten würden. Du hast Recht: Sie wird mich immer irgendwie verfolgen, und wir müssen akzeptieren, dass sie immer ein Teil von uns sein wird."

„Immer ein Teil von uns?" Seine Augenbrauen schnellen hoch bis zum Haaransatz.

„Ja, Irene Goldberg ist und bleibt meine Mutter." Ich seufze laut. „Ich will, dass das mit uns funktioniert." Dafür mache ich Handbewegungen, die auf ihn und mich zeigen. „Irene, hat Recht. Ich muss erwachsen werden. Ich will mit dir zusammen sein, ohne wieder weglaufen zu müssen – weder vor unangenehmen Situationen noch vor lauter Angst. Anstatt mich zu verkriechen, kann ich das Beste draus machen. Und wir würden ein finanziell sorgloses Leben führen."

Urplötzlich kommt Hunter zu mir, zieht mich in seine Arme und küsst mich tief und innig. Ich lege meine Arme um seinen Nacken und erwidere den Kuss. Atemlos frage ich ihn, wofür der denn war.

„Ist dir klar, worüber du da gesprochen hast? Über uns als Ehepaar und über unsere gemeinsame Zukunft. Du machst dir ernsthaft Gedanken."

Ich blinzle ein paarmal, als mir die Tragweite meiner eigenen Worte bewusst wird. „Du hast Recht", gebe ich zu und lache, als er mich durch die Luft wirbelt.

Plötzlich ertönt ein lautes *Plopp*. Wir drehen uns und sehen Irene, wie sie eine Champagnerflasche in der Hand hält.

„Darauf muss gebührend angestoßen werden." Sie greift über die Theke und holt drei Sektgläser hervor, und ich vermute, dass sie sie längst griffbereit dort hatte.

Verkrampft stehen wir zu dritt da und stoßen nun auf eine gemeinsame Zukunft an. Wer hätte gedacht, dass Hunters und meine Zukunft mit Irene beginnen würde.

Irene erklärt uns, wie mein Aufgabengebiet aussieht, und mir schwirrt der Kopf von all ihren Plänen.

„Kindchen, die Pläne habe ich nicht erst seit meinem
Gefängnisaufenthalt, sondern seit deiner Geburt, natürlich."
„Das mit dem Gefängnis wirst du mir vermutlich noch ein
paarmal vorwerfen", brumme ich.
„Bis ich tot bin."
Ich seufze wieder, auch als mir einfällt, dass ich noch etwas zu
beichten habe. Ich lege meine Hand in Hunters und atme tief
ein. „Da wäre noch eine Sache, die ich dir zu sagen habe."
„Die mit den Cops oder die mit dem großen Schwarzen?"
Ich zucke erschrocken zusammen. „Was … was willst du mir
mit dem großen Schwarzen sagen?"
„Ach, Kindchen, du kennst mich immer noch nicht. Ich weiß,
dass ihr zwei, sagen wir, eine außergewöhnliche Ehe führt."
Hunter schaut gen Decke und stöhnt beschämt auf, während
ich mir die Hand ins Gesicht klatsche.
„Darüber werden wir nie wieder sprechen, Mutter", brumme
ich.
„Du musst wirklich entspannter werden … Glaubst du, dass
ich im Gefängnis …"
„MOM!", rufe ich entsetzt aus.
Meine Mutter beginnt zu lachen und spottet über ihre prüde
Tochter, bis ich unterbreche: „Was weißt du denn über die
Sache mit den Cops?"
„Du wirst von ihnen erpresst. Solltest du nicht die besagten
Informationen besorgen, wanderst du in den Knast."
„Woher wissen Sie davon?" Hunter zieht skeptisch seine
Augenbraue hoch und krempelt sich die Ärmel seines
cremefarbenen Strickpullis mit den dunkelbraunen Knöpfen
am Kragen hoch. Stricksachen stehen dem Mann und betonen
seine breiten Schultern, deswegen habe ich ihm für den Winter
neue Pullis besorgt. Er wird sich sicherlich freuen, dass ich in
einem meiner Online-Warenkörbe Weihnachtspullis für
Lafayette, Hunter und mich liegen habe, die nur warten,
bestellt zu werden. Ich hoffe, am Black Friday einen satten
Rabatt einzufahren.
„Ich habe so meine Quellen, und wenn ich mir sicher sein
kann, nicht mehr hintergangen zu werden, verrate ich sie euch
– bis dahin bleibt es ein Geheimnis."

„Warten Sie." Hunter gerät ins Stocken, und in wenigen
Sekunden wird er stocksauer auf mich sein. „Wenn Sie
wussten, dass Sophie von den Cops erpresst wird, dann wissen
Sie auch, dass die Polizei längst von den Konten und der
Steuerhinterziehung weiß. Also, wieso drohen Sie Sophie,
damit zur Polizei zu gehen?"
Fragend schauen Irene und Hunter mich an.
„Hunter, versprich mir, nicht wütend zu werden …"
„Das wird interessant." Mutter lehnt sich in ihrer geliebten
Pose mit einem Glas Champagner in der Hand zurück und
betrachtet das Schauspiel von ihrem Thron aus.
Selbstverständlich waren es nicht die Zahlen der Konten auf
dem Blatt, von denen ich Hunter erzählt hatte. Es gibt da noch
weitere Konten und Aktiendepots, in denen das unsaubere
Geld liegt, das ich Irene abgezweigt hatte.
Seine Ader auf der Stirn pulsiert gefährlich, und ich weiß, ich
bewege mich gerade auf ein Pulverfass zu.
„Es gibt da noch andere Konten …", beginne ich kleinlaut.
„Was für Konten?!" Hunter ist so freundlich, mich nicht vor
meiner Mutter anzuschreien, wie er es sonst gerne getan hätte.
Aber sein Ton ist schneidend.
Also erkläre ich ihm kurz und knapp, dass die eineinhalb
Millionen Dollar nicht das einzige Geld ist, das da schlummert.
„Nicht das EINZIGE?!" Zu früh gefreut – er schreit wieder.
Meine Wangen werden heiß, weil gerade ein Damm in ihm
bricht, und er tobt und brüllt wie der Teufel.
„Das ist also, was Irene gegen dich in der Hand hat, wovon die
Cops nichts wissen", fasst er zusammen, als er sich beruhigt
hat. Irene und ich nicken. „Ich brauche dringend Alkohol",
faucht er und stampft zur Bar.
„Ein sehr impulsiver Mann." Fast träumerisch schaut Irene
meinem Mann nach. „Er erinnert mich sehr an deinen Vater."
Mir stockt der Atem. Mutter hat kaum ein Wort über ihn fallen
lassen, und meine Erinnerung an ihn verblasst bereits.
„Wie Dad?" Meine Stimme zittert plötzlich.
Ich glaube, einen mütterlichen Blick in ihren Augen zu
erhaschen, der vorbei ist, als Hunter zu uns zurückkehrt.
Ich räuspere mich. „Es tut mir leid, Hunter."

Er ist immer noch aufgebracht, drückt mir aber einen Kuss auf die Schläfe und flüstert, sodass nur ich es hören kann: „Das wirst du bereuen."

Irene klärt uns auf, dass sie die Sache mit Chris und den Cops aus der Welt geschafft habe. Wann und wie genau, erzählt sie nicht, denn am Samstagabend traf ich mich mit King und Louis gemeinsam mit Lafayette und Hunter. Die Detectives gaben nichts preis – weder dass sie darüber überrascht waren, dass meine Männer bei dem Treffen dabei waren noch über das Filmmaterial auf dem Stick, den Dexter und Kenny uns noch vorbeigebracht hatten. Wir erklärten King und Louis, dass auf dem USB-Stick ein Programm installiert ist, womit sie Zugriff auf Chris' Handy haben. Wir hielten zwar Small Talk, aber mit keiner Silbe erwähnten sie meine Mutter.

„Also wandert Moffett bald ins Gefängnis", resümiert Hunter.

„Ob und wann kann ich nicht sagen." Irene winkt ab.

„Chris erwähnte, dass ihr euch kennen würdet", werfe ich ein. Wieder winkt sie ab. „Kennen würde ich das nicht nennen. Er begleitete mich eines Abends nach Hause …"

„Stopp! Mehr will ich nicht wissen …" Ich schnappe mir den Champagner und schenke mir ein, kippe ihn sofort runter. Ich muss den Gedanken ersäufen, dass Mutter und ich denselben Liebhaber hatten. Ich befürchte, Champagner allein wird mir nicht helfen zu vergessen.

Auch Hunter stürzt den Whiskey runter, er hat dasselbe Problem.

Erst am Nachmittag verlassen wir das Penthouse, und die Sonne kommt hinter den dichten Regenwolken hervor.

„Was für ein Morgen", sage ich, und Hunter pflichtet mir bei.

„Komm mal her, Sophie." Er zieht mich in seine Arme und küsst mich wieder. „Ich bin stolz auf dich, wie du dich geschlagen hast. Für deine Lügen wirst du bestraft, das siehst du ein."

Ich nicke, und mein Unterleib zieht sich freudig zusammen.

„Ab sofort keine Geheimnisse mehr."

„Keine Geheimnisse mehr, Sir", sage ich feierlich an seinen
Lippen.
Mit meinem Ehemann steige ich in den Wagen, und
gemeinsam fahren wir nach Hause zu unserem Freund.

Drei Monate später …

Hunter und ich sitzen gemeinsam das erste Mal bei Dr. Barlow
auf der Couch. Zuvor gab es Einzelgespräche, auch mit
Lafayette, um uns und unsere Dynamik besser
kennenzulernen. Der Kerl sieht verflucht gut aus, weswegen
Hunter eigentlich ein Veto gegen ihn einlegen wollte. Lafayette
und ich sahen gar nicht erst ein, einen neuen Therapeuten zu
suchen. Zumal er einfühlsam und sympathisch ist. Zwar ist Dr.
Barlow kein klassischer Eheberater, aber bei uns dreien
brauchte man auch nichts Klassisches.
In meiner ersten Sitzung ging es eher um Formalitäten: wie er
mich ansprechen darf, wie alt ich bin und wo ich wohne.
Überrascht nach der ersten Sitzung war ich schon, weil ich
schon beim ersten Gespräch heulen musste. Dr. Barlow
beruhigte mich, versicherte mir, dass das völlig normal sei.
Dann glaubte ich ihm das auch.
Die ersten Minuten unserer gemeinsamen Therapie verliefen
ganz ruhig, aber ich wusste, das ist die Ruhe vor dem Sturm.
Bisher hatte ich Glück, und Hunter fragte nicht nach dem Ring,
wieso ich ihn nicht tragen würde und so. Also brauchte ich
bislang das Versprechen, keine Geheimnisse mehr zu haben,
nicht zu brechen.
Die letzten Wochenenden waren Honey und ich viel
unterwegs, nachdem wir uns ausgesprochen hatten. Lafayette
und Honey haben weiterhin Sex, und ich mit ihr auch, weil sie
auch in mich ein bisschen verknallt ist. Verrückte Welt, in der
ich lebe, aber Honey hat etwas an sich, was mein Herz
höherschlagen lässt, und ich kann es kaum erwarten, zwischen
ihren Beinen zu sein.

Nun, worauf ich hinauswill: Sie und ich waren einige
Wochenenden in derselben Bar unterwegs, in der Hoffnung,
dem Mann zu begegnen, der meinen Ring hat. Es ist ein
Strohhalm, an den ich mich klammere, der mich kläglich
ersäufen ließ. Also beschloss ich, Dr. Barlow einzuweihen, und
gemeinsam wollen wir es Hunter sagen.
„Würdest du endlich stillsitzen?", faucht Hunter mich an. „Seit
Tagen ist Sophie nervös, als hätte sie Hummeln im Hintern",
wendet er sich an Barlow.
„Reagieren Sie immer schnell gereizt?"
„Wenn dem Herrn etwas gegen den Strich geht, ist er nicht nur
gereizt, sondern er brüllt direkt rum", antworte ich an seiner
Stelle.
Missbilligend bekomme ich von beiden Seiten Blicke
zugeworfen.
„Ich *brülle* nicht, und wenn, dann auch nur, weil du schon
wieder Mist gebaut hast."
So geht das die nächsten Minuten, bis Dr. Barlow sich räuspert
und Hunter darauf hinweist, dass ich etwas zu beichten hätte.
Schon bei dem Wort *beichten* sehe ich seine Halsschlagader
pulsieren.
„Es fällt mir nicht leicht, das zu sagen ..."
Barlow nickt aufmunternd. Ich nehme Hunters Hände in
meine und sehe ihn direkt an. Er kneift leicht die Augen
zusammen.
„Der Ring, also mein Ehering ... Den habe ich nicht mehr."
Mein Hals wird trocken, und ich muss mich räuspern. Seine
Augen werden zunehmend schmaler.
„In der ersten Zeit, in der ich von dir getrennt war, fühlte ich
mich leer und verletzt. Und da glaubte ich, dass wir uns nie
wiedersehen werden. Ich trieb mich in Bars rum, betrank mich
und begann zu spielen."
„Spuck es aus, Sophie", knurrt Hunter.
„Sehen Sie, Dr. Barlow, sofort gereizt."
„Weil du ständig um den heißen Brei reden musst ..."
„*Ich* rede um den heißen Brei?!"
„Ich kenne dich gut genug, Sophie, um zu wissen, dass wenn
du dich so aufführst, wieder eine Bombennachricht aus deinem

Mund kommt, die mich explodieren lässt, weil du erst mit der
Sprache herausrückst, wenn du es nicht länger verbergen
kannst. Also …?"
Kurz sehe ich Dr. Barlow an, der mir erneut zunickt, dann
nehme ich all meinen Mut zusammen: „Ich habe meinen Ring
bei einem Pokerspiel verloren."
Stille.
„Hunter?"
Er sieht aus, als hätte er einen Schlaganfall. Er zieht seine
Hände weg, ballt sie zu Fäusten und lockert sie wieder. Das
wiederholt er einige Male.
„Wiederholst du das bitte? Ich glaube, dich nicht verstanden
zu haben."
„Ich hatte ein kleine Spielsucht entwickelt und dabei meinen
Ring verloren. Bei einem Pokerspiel."
„Du hast WAS GEMACHT?!"
„Sehen Sie, Dr. Barlow – wie ich sagte: Er brüllt."
„ICH BRÜLLE NUR, WEIL DU SCHON WIEDER MIST
GEBAUT UND DARAUS WIEDER EIN RIESENGEHEIMNIS
GEMACHT HAST!"
„Hunter, wir hatten drüber gesprochen: Erst atmen, dann
reden." Dr. Barlow sieht ihn auffordernd an.
„Erst atmen, dann reden", murmelt Hunter und atmet langsam
ein und aus. Ich traue meinen Augen nicht: Seine
Halsschlagader schwillt ab.
In diesem Moment geht draußen ein Tumult los, und die Tür
wird aufgerissen. Barlow springt wütend vom Ledersessel und
tobt, was denn hier los sei.
„Wer zum Teufel sind Sie?" Barlows Stimme ist plötzlich
autoritär und scharf.
„Was soll das, Irene?" Fassungslos starren wir Mutter an, die
Barlow ansieht, als wäre er nur ein Insekt.
„Das kann ich euch fragen", zischt sie.
„Irene Goldberg? Ihre Mutter?" Barlow packt Mutter grob am
Arm und hält sie davon ab, auf uns loszugehen.
„Soll ich die Polizei rufen?" Barlows Sekretärin taucht auf, die
wütend dreinschaut.
„Nicht nötig. Mrs. Goldberg, was soll das Theater?"

„Ich will meine Tochter zur Vernunft bringen. Sie braucht doch keinen Therapeuten. Und nehmen Sie die Finger von mir."
Wütend springe ich hoch. „Du stürmst hier rein, in *unsere* Eheberatung und behauptest nach der Aktion, dass ich KEINEN TEHRAPEUTEN BRAUCHE?!"
Totale Stille tritt ein, nur mein Schnauben ist zu hören. Irene ringt nach Worten, rote Flecken bilden sich auf ihren Wangen. Eingeschnappt wirft sie sich den Schal über die Schulter und trottet hocherhobenen Hauptes hinaus.
Dr. Barlow ringt selbst nach Fassung, nur Hunter feixt.
„Sophie, Schatz?"
„Ja?"
Ich könnte ihm das Grinsen aus dem Gesicht schlagen.
„Erst atmen, *dann* reden." Wie sehr er seinen Triumph genießt … Plötzlich lache ich und falle auf die Couch. „Blödmann", schimpfe ich, nicht ernst gemeint.
Hunter legt seinen Arm um meine Schulter und drückt mir einen Kuss auf die Schläfe.
Dr. Barlow setzt sich in den Sessel und sieht uns kopfschüttelnd an.
„Sie haben meine Mutter nun live erlebt. Wir wissen alle, dass es noch lange Sitzungen bedarf, um meine verkorkste Kindheit aufzuarbeiten."

Wir verlassen das Gebäude, und ich erlebe ein Déjà-vu, als Hunter mir befiehlt, zu ihm zu kommen, damit er mich küssen kann. „Fertig mit Geheimnissen?"
„Ja", antworte ich ehrlich, und dann neige ich den Blick: „Sir, ich habe Strafe verdient."
„Ja, das hast du. Um ehrlich zu sein, ich auch."
Ich hebe den Blick. „Was meinst du?"
„Ich wusste schon von Honey, dass ihr versucht hattet, den Spieler zu finden."
„Sie hat es dir gesagt?"
„Ja, schon nach dem ersten Wochenende, an dem ihr aus wart. Sie hatte ein schlechtes Gewissen."

„Und du hast nichts gesagt“, sage ich fassungslos. „Deswegen die Strafe, weil du ein Geheimnis vor mir hattest.“

Hunter beugt sich vor, um seine Lippen ganz nah an mein Ohr zu halten: „Ich habe Strafe verdient, *Ma'am.*“

Seit seinen Einzelsitzungen mit Dr. Barlow sprach Hunter mich des Öfteren so an, und jedes Mal zog es mich in einen Strudel der Lust.

„Was wirst du nach deiner Strafe deiner Ma'am sagen?“, raune ich zurück.

„Dass ich sie liebe.“ Er hebt den Kopf. Seine Lippen schweben nur wenige Zentimeter über meinen, und er legt seine Hand um mein Kinn. „Was wirst du deinem Herrn sagen?“

„Dass ich ihn liebe.“ Ich küsse ihn und lege meine Gefühle in diesen Kuss. „Vergiss bitte nicht diese Worte, wenn am Wochenende die Fotos gemacht werden.“

Ich lache, weil ihm die Gesichtszüge entgleiten. Es ist mittlerweile Dezember, und wir müssen endlich die Weihnachtskarten machen – mit den Weihnachtspullis.

„Du hast ganz viel Wiedergutmachung zu leisten.“

„Mit dem allergrößten Vergnügen, Sir.“

„Aber zuvor habe ich noch was für dich.“ Hunter greift in die Jackentasche seines Mantels und holt eine schwarze samtene Schatulle hervor. Ich blinzle die plötzlich aufkeimenden Tränen weg, die sich Bahn brechen, als er mir den Ring an den Finger steckt.

„Der sieht ganz anders aus“, sage ich. „Er ist wunderschön.“

„Der sieht anders aus, weil ihn Lafayette und ich ausgesucht haben. Und warte, ich habe noch etwas …“

Ich beginne zu schluchzen, als Hunter eine zweite Schatulle hervorholt.

„Auch für mich haben wir einen neuen Ring gekauft.“

Zitternd nehme ich den Silberreif aus der Schatulle. Hunter nimmt den alten Ehering ab, steckt ihn an seine rechte Hand und streckt mir die linke entgegen. Ich schluchze lauter, als Hunter mir sagt, dass Lafayette denselben Ring einem Schmied in Auftrag gegeben hat. Hunter ringt mit den Tränen und küsst mich.

„Ich liebe dich, Ma'am“, sagt er tränenerstickt.

„Ich liebe dich, Sir."
Er nimmt meine Hand und führt mich zum Wagen. „Lass uns zu unserem Mann fahren", sagt Hunter. Er sieht glücklicher denn je aus.
„Zu unserem Mann", wiederhole ich ehrfürchtig. Zu unserer neuen, gemeinsamen Zukunft.

… Danke …

In erster Linie will ich euch Lesern danken.
Also: Danke!
Ohne euch würde ich mir keine Geschichten ausdenken und
keine Bücher schreiben.

Natürlich möchte ich mich an dieser Stelle bei
Covermanufaktur bedanken. Ohne Sarah Buhr hätte ich nicht
die heißen und schönen Buchcover.

Keiner mag Kritik – wer tut das schon –, aber meine Lektorin
merzt gnadenlos meine Fehler aus. Vielen Dank dafür!

Wenn ihr mich besser kennenlernen wollt, besucht mich gerne
auf Facebook oder auf Instagram.
Falls ihr mir lieber eine E-Mail schreiben wollt, dann sendet sie
mir an
autorin_c.daron@web.de